海礁石

李传华　著

天津出版传媒集团

百花文艺出版社

图书在版编目（CIP）数据

海礁石 / 李传华著 . -- 天津 ： 百花文艺出版社，2024.1
ISBN 978-7-5306-8706-2

Ⅰ．①海… Ⅱ．①李… Ⅲ．①长篇小说－中国－当代 Ⅳ．① I247.5

中国国家版本馆 CIP 数据核字（2024）第 001577 号

海礁石
HAI JIAO SHI

李传华　著

出 版 人：薛印胜
特约策划：李昌鹏
责任编辑：张　雪
装帧设计：吴梦涵
出版发行：百花文艺出版社
地址：天津市和平区西康路 35 号　　**邮编**：300051
电话传真：+86-22-23332651（发行部）
　　　　　　+86-22-23332656（总编室）
　　　　　　+86-22-23332478（邮购部）
网址：http://www.baihuawenyi.com
印刷：三河市华东印刷有限公司
开本：880 毫米×1230 毫米　1/32
字数：180 千字
印张：8.75
版次：2024 年 1 月第 1 版
印次：2024 年 1 月第 1 次印刷
定价：58.00 元

如有印装质量问题，请与三河市华东印刷有限公司联系调换
地址：三河市燕郊冶金路口南马起乏村西
电话：19931677990　邮编：065201

穿越世俗的价值书写

王 干

李传华是一位热爱生活而又熟悉社会生活的作家，他粗略有致的笔触时时传递出这个时代特有的生活气息。《海礁石》这部长篇新作体现了他观察生活的不凡的洞察力和表现力，叙述有腔调，人物有个性，是一部写实力强的现实主义小说。

现实主义文学擅对人性进行纵向挖掘，《海礁石》同样遵循这样的写作定位。阅读《海礁石》的过程中，我一再地猜测作者的写作意图，以一个国企的盈亏为题材的小说，它的主题究竟指向何处？不到小说结尾，一切似乎皆有可能。李传华显然是能给人惊喜的小说家，不到最后一刻，读者一颗悬着的心不可能被放下，于是峰回路转间拥有了让人回味无穷的结尾。

《海礁石》是一个有关理想的故事，小说的写作基本是以人物塑造在传达某种信念。《海礁石》这部小说讲述一个名为民生公司的国企的故事，围绕总经理、副总、工会主席，以及上级部门的管控等角度来讲述一个公司开展工作的方方面面。《海礁石》的写作意图昭然若揭：时代的氛围下，在人情关系的利益链中，个体，尤其是身居高位的人，如何掌控是非善恶的标尺，如何在复杂的冲突中积极突破，实现自我的价值等问题。小说在处理这些问题时，处处显示出作者对人情、人性以及人物关系的深刻洞察。生活中不如意想要在工作中找补的心理，长期被父母过分纵容与溺爱的孩子长大后的反社会人格等等，都在小说中有所涉及，可以说，这部小说贡献了以国企为中心的众生群像，里面所包罗的面孔非常的复杂且多样。

首先，小说对"正义感"的塑造非常符合读者的阅读期待，这也是绝大多数小说在讲述故事以及塑造人物形象的过程中非常重视的一点。《海礁石》这个小说中的人物思路基本坚持善恶有报，尤其是主人公在民生公司三年间敢作敢当、重实事、知进退的行事作风让他在一系列的陷阱中经历山重水复，最终在法律的公正与善意中得到了他该有的清白。那些在各种利益关系中把持不住自己的人，最终需要自尝苦果。这是《海礁石》遵循传统的一方面，即：对正义的坚守。这样的价值观无疑也为弘扬社会正能量做了应有的贡献。

其次，《海礁石》这个小说严格来说没有绝对意义上的主人公，这是小说在人物塑造上最突出的特色。作者李传华在写作过程中似乎没有刻意地去刻画主人公的品行，而是通过身边人做事的方式方法以及他们的处事态度来衬托一个人的品行。在这个过程中，作者对这些"周边"人物的形象塑造尤为成功。小说中民生公司的新任老总辛志清，原副总杨大彪，资管中心党委书记、主任杨达川，分管民生公司的副主任熊海平，甚至辛志清身边的司机，做事处处得力的禤晓龙等，这些形象没有明显的主次与先后。在讲述公司经营的时候，每一个人物的形象都被刻画得血肉丰满，拥有自己独特的性情，继而在公司的发展过程中，在各自岗位上发挥着至关重要的作用。从这些人物形象以及他们各自在公司岗位与运营中所处的角色中可以看到，小说家的内心能装下整个宇宙。因此，《海礁石》这部小说更像是一个群像小说，在这里，少有绝对概念上的好人与坏人。

《海礁石》这部小说情节生动曲折，能在最大程度上激发读者的兴趣。像是电视剧，观众迫不及待地想要知道后续的情节发展，以便长长地舒出胸中那口为情节发展而憋闷的气。《海礁石》就是这样的小说。小说的故事线埋伏得足够长，叙事也足够细致，每一个人物，每一个情节，甚至每一句话都是小说密网中不可或缺的一环，比如：次要人物江小玉第一次出场时，她的说话做事风格就给人留下了深刻的印象，让人一直期待着她在后续情节发展中所发挥的作用。因此，读者在阅读时有阅读侦探小说之感，不忍心遗漏任何一个细节，这样细致的现实主义书写极其考验作者结构故事的功力，从这一方面可以看出作者扎实的写作功底。

李传华的《海礁石》在满足小说写作的这些基本要素之外，对人性有着自己的洞察与思考。容易被别人左右的司机阿牛，一点点贪小便宜的心思被副总看穿，而背后的原因不过是为生病的孩子筹集多一点的药费；杨大彪的"傻头傻脑"，以及被人利用之后还帮别人数钱，甚至自己并不知道已经闯下大祸的滑稽与无奈；辛志清在工作中的处处留心……等等细节，无不体现出作者的巧思。而整个小说在辛志清一轮又一轮的被调查中走向高潮。如何判定一个人的罪与非罪，这不仅仅是法律的问题，也是人心的问题，作者对这些情节的处理让读者看到了"相信"的力量。相信你所信仰的那些东西，只要有所坚持，那么现在经历的一切将只是黎明前的黑暗，正因为相信，一个人身上的光才能照亮别人，最终也照亮自己。

作为一部小说，《海礁石》的带入感很强，它给人的身临其境的叙述，让众多读者在其中看到了工作中那个微小的自己。但哪怕生存环境非常恶劣，小说仍然坚定地传达了一种观念：能守住内心的信念与底线，不让自己的欲望无止境地膨胀，人就不容易走上绝路，而那些自掘坟墓的人其实都是自己给自己挖陷阱。这是《海礁石》这部小说要传达的最主要的价值观。这是值得肯定的价值观，也是作者的可贵之处。

（王干，著名评论家、编辑家，鲁迅文学奖得主）

第一章

1

有一天晚上，寂静无声。辛志清梦见他常去的那片海发生了海啸，惊涛骇浪，旋转翻滚，卷起几十层楼高。他最喜欢的那块海礁石也被卷起，然后重重摔下，跌入海中。待海浪退却，原来的那块海礁石不知所终，连旁边的一个航标灯塔也踪影皆无。

辛志清被吓醒了，大汗淋漓。梦恐怖了些，但因为每个人都做梦，他就没当回事。可是一连几个晚上，他都会做到同一个梦。

辛志清是南方沿海海兴省民生房地产开发公司法人代表、总经理。民生公司成立于20世纪90年代，其时，海兴省迎来了房地产开发热潮。

当年，有一家国有贸易公司，借着房地产开发热潮的东风，打着为海兴省教职员工解决住房的名义，宣称要在东、西、南、北、中五个方位建设五个教师村，让每位教师都"居者有其屋"。社会上一片叫好，称这是尊师重教的实质之举，就连一位省领导也帮着"站台"鼓劲。项目还没启动，媒体就大肆宣传。公司在几家报纸上整版整版地打出广告，以低价认筹的方式吸引了大批购房者。这样大量的资金如洪流一样涌进了公司。

这家公司在海兴省各地选了几块地，准备建设。然而没有想到的是，他们做贸易可以，做房地产是连门都没入。这个项目就这样成了一个笑话：广告做了，地买了，钱收了，却没有一处能够动工。

一拖就是几年，然后遇到海兴省房地产的退潮，大批房地产老板跑路。尤其是省会江口市，一栋栋烂尾楼竖立在城市的每个地方，像极了人身上的疮疤，诉说着满目的无奈。

购房者交了钱，一等几年看不到房，谁能答应？于是，大批的购房者采取各种方式进行维权。海兴省委、省政府出手干预，责令由省国资委迅速成立一家房地产公司展开善后工作。

民生公司由此应运而生，第一任老总老冯，曾长期在政府任职，是一个厅级单位的巡视员。

老冯临危受命，大刀阔斧地干起来，清查资金来源与去向，捋清与每位购房者的关系，处理土地问题……一宗宗，一件件，弄得清清楚楚，明明白白。接着，公司在省城一个说在闹市又不在闹市，说偏又不太偏的位置选了一块地，开始建房。最终建起了一个偌大的小区，使此前的购房者都拿到了房子。

海兴省委、省政府领导很满意，表扬老冯"识大体，顾大局，能力强，水平高"。得到表扬的老冯以为要受到重用，或者调他回厅里。谁知省国资委领导找他谈话，说国资委下属就这么一家房地产公司，既然成立了，那就继续往下干吧，谁干都不放心，他干，党和人民才放心。就这样，老冯就继续当着民生公司的老总。

公司成立时接受的一大笔建房资金，已花得干干净净，还欠下了三百多万元的工程款。此时，海兴省的房地产还处在看不到期限的退潮期，老冯也就业绩平平。公司员工工资本来就不高，加上没有效益，好几年里只能给员工发百分之七十的工资。给员工发工资的钱来之不易，是靠公司自己成立的一家物业公司收物业费"救济"。因此，干部职工怨声载道，却又无可奈何。

老冯在这个位置上一坐就是八九年，有人归结这八九年里是房地产的大环境不好，也有人认为是老冯这人没什么本事，没有开拓精神，平庸无能。

其实，这可真是冤枉了老冯。他倒是想做点事，至少得让手下的几十号人有饭吃。但公司力推力举的几个有可能挣钱的项目都被否或抹杀了，老冯也就心灰意冷了下来。

老冯离退休大约还有一年，这时他开始琢磨谁来"接班"的事。辛志清的父亲是一名老公安，一直在一个大山里工作，干到市级公安局局长后退休了。由于父亲处处做表率，辛志清便端端正正做人，勤勤恳恳做事。老冯看他年轻，又有文化，能力也强，就把那个物业公司交给他管。

那么大的一个小区，被他带着一个不大的团队管理得井井有条，由此公司多次被评为优秀物业管理公司。正因为辛志清的表现可圈可点，临近退休时，老冯就向上级主管单位力荐他接替自己的位子。这让很多人没想到，连辛志清也没想到。

辛志清搞物业管理很在行，但对房地产，却是个不折不扣的门外汉。老冯之所以让他接班，看中的是他的道德品质。按老冯的话说，他是坚持"以德为先"这个标准的人。

那个时期，江口市的房地产市场极不景气，所以房地产公司老总这个位置也不是什么"香饽饽"。老冯将接班名单报给资管中心，资管中心派人来走了走，回去开会研究了一番，就让辛志清接班了。

虽然是个并不吃香的老总，却也遭了一些人眼红、嫉恨。有人背后议论辛志清，从一个物业公司老总直接走马上任房地产公司老总，不知道走了什么关系。

公司副总杨大彪，可把辛志清恨得牙疼。杨大彪身高一米七几，极瘦，好烟酒，右手食指和中指焦黄焦黄的，总是一副看谁都不顺眼的样子。只要一说话，他那两个眼珠子就滴溜溜乱转，像个被人拨动的地球仪似的。

杨大彪比辛志清大两三岁，也比辛志清早进公司，是公司成立时由资管中心从另一家公司选调给老冯当副手的，跟了老冯好几年，老冯也曾考虑过让他接班。他也自以为公司就他一个副总，论资排辈也该是他，因此很兴奋。他也曾担心老冯不让他接班，私下里去找过老冯。老冯考虑来考虑去，觉得把公司交给杨大彪太不合适，就说："你的想法我知道了，但这是组织决定的，不是我个人能决定的，能考虑你肯定考虑你，考虑不了你也不要怨谁，都要服从组织。"

杨大彪听老冯这么一说，知道这事没戏了。他迁怒于辛志清，认为是他挡了自己的道。

2

资管中心，全称海兴省国有资产资金管理中心，隶属于省国资委，管着大大小小十几家国有企业。辛志清上任时，资管中心党委书记、主任是杨达川，而分管民生公司的副主任叫熊海平。

杨达川五十二岁，此前一直在基层工作，当过乡镇干部，还在江口市一个区当过副区长，最后调到资管中心任职。他工作认真，作风廉洁，是个想做事也认真做事的人，不管在哪个单位，都享有较好的口碑。尤其是在一个偏远镇任书记时，他通过招商引资，激发农民创业积极性，硬是让一个人均收入不足千元的贫困镇跃升为人均收入上万元的小康镇，就连当年的省报都报道了他的事迹。

而熊海平则不同，他大学毕业后就进入政府部门工作，行将四十岁时，进入国资委系统。但他工作能力一般，为人圆滑，虚荣心强，所以在国资委系统一干十来年，依然是一名主任科员。

资管中心成立时，组织考虑熊海平是个"老同志"，打算用他，但在进行民主测评时，他的票数不高。所以，人事任命下达时，一把手成了名不见经传的杨达川。

熊海平打听到，杨达川年龄跟他差不多，过去一直在基层工作，进步很慢，奇怪的是，最近两三年却突然像坐上了火箭，噌噌往上升，从一名乡镇干部跃升到正处级领导干部。

熊海平心里十分不爽，但他并不表现出来，该上班上班，该开会开会，该下基层下基层。他表面上对杨达川很尊重，不管交办什么工作，都是满口答应。但在私下场合，他不止一次发牢骚：现在的领导，有几个人是靠真本事上位？他没有点杨达川的名，但听话听音，无人不知道他是在说杨达川。有人把他的话说给杨达川听，杨达川听了呵呵一笑，对人说："人吃五谷杂粮，谁还没几句牢骚？"

有一次，按照上级通知要求，要对所属企业资产进行统计，按时上报。这项工作由熊海平分管，因此杨达川就在一次例会上交由熊海平具体抓。熊海平当场允诺，说没问题。但时间快到了，熊海平才将工作布置下去，自然无法按时上报，也就受到了上级的通报批评。为此，杨达川找他谈话，他却一个劲地解释，工作太多给忙忘了。

杨达川对熊海平的一些行为虽然看不过眼，但他念及熊海平是个老同志，还跟自己搭着班子，得团结，因此他也不想把他怎么样。但他心里开始设防，告诫自己不管工作还是生活，都要小心，毕竟"害人之心不可有，防人之心不可无"。

3

辛志清上任的时间是夏天，上任后，第一次组织召开公司全员大会，会议通知是下午三点召开，结果到了三点半，人还没到齐。公司办公室主任名叫高晓岚，是个直性子的女人，气得在会场大骂那些不按时到会的人，可人家根本不在乎，照样嘻嘻哈哈。听高晓岚说，老冯在任上时，一年都开不了几次会，除非是上级要求非开不可的会他才开。

辛志清看出了公司人心涣散。他进一步了解，公司现状概括起来有三：一是银行账户上没钱；二是长期以来没有新的业务；三是几十号员工都对公司不看好，混日子，没斗志。一个姓邓的员工四十多岁了，老婆没有工作，长年生病，孩子在上中学，家里的负担全压在他一个人的身上。公司工资低，他没有办法，只能去找了一份兼职，帮一个钢筋卖场守夜，每月多挣个千把块钱补贴家用。

他单独找那人谈话，那人跟他说，现在的地产，就跟一个病入膏肓的老人一样，要死不死，要活不活，不要讲什么发展，能把老冯交给他的摊子守住就不错了。

但也有人说，现在公司是一潭死水，说其他都没用，就两样，一是挣钱，二是活下来。只有先挣到钱，保证公司活下来，才能进一步考虑发展壮大的事。

这话很对辛志清的胃口。说这话的叫禤晓龙，四川人，大个子，大脑袋，却长了一对眯缝眼。他大学读的专业是建筑工程，毕业后就到了民生公司，已经有五六年了。因为公司不景气，他有时也在外面接点兼职干。前一段时间，他正在琢磨跳槽的事，听说要来新老总，就想留下来再看看。就是因为这番话，辛志清开始注意到他。

辛志清将公司原来的业务骨干召集到一起，要求大家都出去跑业务，开出的条件也很丰厚，谁跑回来业务就重奖谁。

但对于业务，公司没划定范围，只要不犯法，凡是跟房地产沾边的都行，包括土地转买转卖，帮人跑批文，提供资质供人挂靠……

禤晓龙感觉自己得到了新领导重用，很庆幸没有急着跳槽，就约阿牛喝酒。

阿牛原来是老冯的司机，也是老冯的亲侄子，给老冯开车七八年了。老冯退休前，把位置交给了辛志清，也把阿牛交给了辛志清。

那天，公司为老冯送行，老冯喝了酒，跟辛志清掏心掏肺："小辛，我爸妈去世得早，我是我哥嫂给带大的，这是我哥嫂的儿子，我的亲侄子，我退了，什么事也不麻烦你，就麻烦你一件事，好好关照我这个侄子。"

辛志清在物业公司时就知道阿牛除了开车，平时还爱喝酒，心想一个司机爱喝酒可不是好事，但碍于老冯的面子，只得答应。

有一回喝酒，禤晓龙对阿牛说："新老板好像跟你叔叔不一样，想干事。"

阿牛说："想干事当然好，说实话，我都看不起我叔叔，这么些年除了搞了一个教师村，别的什么业务都没搞成过，让别人笑话不说，让员工们也跟着连饭都吃不饱。"

禤晓龙说："我感觉辛总好像对我还不错。"

阿牛说："那是好事，他刚到公司，要用人，你好好表现。"

禤晓龙说："幸亏没有急着跳槽走，走了这机会就失去了。"

喝了口酒，又说："要是我能干出点名堂，兄弟，咱们以后的日子肯定就好过了。"

他又劝起阿牛："辛总不比你叔叔，他深沉，你把嘴管住，少说话，最好不要喝酒。辛总不喝酒，你一个司机，给他开车，要是被他发现喝酒，是往他枪口上撞。"

又说："我也得少喝酒，最好不要喝酒，我们一起共勉。"

阿牛说："我听你的。"

4

收获总是属于辛勤付出的人。经过两个多月的努力，禤晓龙终于带回一条重要信息：一位私人老板手里正好有一块地，他姓李，是外地人，很早就来到江口市搞房地产开发，而且他嗅觉灵敏，在房地产退潮前选择了上岸，为此他赚了不少钱。他本想放着手中的这块地，但那样估计十年八年也增不了值，还是一个牵挂，就决定把地卖掉。禤晓龙跟李老板谈得差不多了，初步同意把地卖给民生公司，一口价，每亩三十五万元，一共三十亩，需要一千多万元的资金。这个价格在当时并不低，但跟后来江口市房地产市场复苏后的地价比起来，简直就是萝卜白菜的价格。

禤晓龙显得很兴奋，他认为如果能够把地拿到手，伺机进行开发，公司就能实现咸鱼翻身。

辛志清有顾虑，觉得江口市到处都是烂尾楼，这个时候还来开发建房，万一卖不出去，怎么办？

禤晓龙表示，那些烂尾楼是多年前房地产市场泡沫消退时留下的，现在谁都不敢去碰房地产；江口市的人口在增长，也出现了住房刚需，这个时候公司要是敢搏一把，局面兴许并非大家所料想的那样悲观。他还从有关部门弄来了一些数据，进行分析和研判，并形成了研究报告，送给公司领导参考。

辛志清看了报告，就跟公司的老朱聊。老朱是公司班子成员，公司班子当前只有三个人，除了他，就是杨大彪和老朱。老朱是老红军的后代，为人耿直，既是公司班子成员之一，又分管财务。公司这些年没有项目，账上的钱只见出不见进，他的压力实际不比任何人小。老朱特别希望公司能有个实质性的突破，驶上发展的正常轨道。所以，辛志清找老朱一聊，他便说："还是得找一些项目来做，做了不一定能活，但不做肯定活不起来。"

老朱也看了报告，说："老辛，这个项目我觉得可以一试！"

辛志清动了心，却又问："要是做，买地的钱从哪儿来？"

禤晓龙一开始想得很简单，公司跟李老板达成土地买卖协议后，就用协议地块做抵押向银行贷款，将地买到手后，再找承建商合作，由承建商垫资开发房地产，资金回笼后再付给承建商。

这个思路看似没问题，但实际操作起来却行不通，一开始就在银行碰了壁。银行说，这土地的所有人是李老板而并非民生公司，协议只是一种双方买卖的意向约定，在土地买卖完成前，使用权人没变，民生公司没有资格拿别人的土地贷款。

这个路子走不通，他们又想用公司的部分固定资产进行抵押贷款。公司在建教师村时留了一栋楼和部分临街铺面下来，用来办公和出租，值一些钱。银行也有兴趣，但操作起来还是不行，因为当年建设教师村时，承建商的工程款还没有给付完，几年前就把公司告到法院，庭开了几次，但一直没有最后的判决结果。

辛志清很是郁闷，才觉得事情原来并非他所想象的那样乐观，开始理解老冯七八年来一直没有大动作的苦衷了，但他也是一个不愿在困难面前低头的人。一天，他在烦闷中下了班，让阿牛将自己送到了城市西边的那片海礁石。

江口市是被大海包了半圆的城市，海岸线长达近百公里，只有西边这么一片海礁石。它的具体位置就在一处沙滩与大海的接壤处，面积有一个足球场那么大。海礁石呈深褐色，礁坪凹凸不平，有时涨潮了，会连同沙滩一起被海水淹没，退潮后又露出水面，接受日晒雨淋，像个精力旺盛又调皮、爱跟人玩过家家的孩子。他一直弄不明白这么长的海岸线，为什么偏偏就只这一处有海礁石。他问过人，但没人懂，他就只能感叹造物者的鬼斧神工了。

辛志清第一次见到大海是在读初中时，学校组织春游，全体学生被拉到海边游玩。大多数同学和他一样，那种初见大海的激动与惊喜之情，像刀刻一样镌刻在了每个人的骨子里。

那天也是辛志清第一次见到海礁石。他们在海边玩得正欢，突然发现退潮了，随着海水的逐渐退却，一大片海礁石露出了水面，仿若从天而降，吸引了所有人的目光。大家十分好奇，由于正在退潮，海礁石很快就与沙滩连成一片，同学们欢呼雀跃，纷纷奔向海礁石。虽然退潮，但一些浅凹处还留存着海水，以及没来得及随着海水回到大海的小鱼小虾，还有螃蟹、海胆、鲍鱼、贝壳等。同学们如获至宝，捡个不停。翻开一些礁石，见到光的小家伙就四处逃窜，寻找新的躲藏之地。

从那个时候起，他就记住了海礁石，期待着能再次与它相遇。后来他因工作来到江口市，一次到海边散步，就在城市西边一片海滩处见到了跟那次相差无几的一块海礁石。他欣喜万分，就像两个老朋友相遇。后来一有时间，他就爱去看它，有时涨潮，它隐藏在水中，不肯见他，他也不怪，站站看看，然后就走。

他长得高，但瘦，外形不似内在那样具有亲和力，因为他的那张脸经常是拘谨多于松弛，严肃多于活泼，就算笑起来，也只是微微笑那种，极少有人看到他开怀大笑，很像海礁石的某一种特质。他常去看海礁石，也爱跟人讲海礁石。妻子阿慧就打趣，说他恐怕就是海礁石托生的。

其实辛志清也说不清他为什么对海礁石有一种特殊的好感，甚至说是一种喜爱。是与生俱来，还是诸如爱情般的一见钟情？他说不上来，只觉得海礁石很伟大，那么大的风浪，日夜不停地扑打，企图将它摧毁，它却顽强而执着地站立在海中，越摧越坚。那些牡蛎和贝壳也纷纷归依，紧紧贴附。又或，它被海水淹没，就像被人蒙了面，也不挣扎，不抱怨，它的命运从来都不掌握在自己手中，却活出了一种与世无争般的状态。

每次见到海礁石，辛志清就觉得像见到老朋友一样，或是，他从内心想把自己活出一种海礁石的样子。

那天正逢退潮，海礁石露出水面，但天比较冷，海滩上不见一个游人。他一个人在海礁石边走走瞧瞧，梳理着工作上的乱麻。阿牛在远处的停车场抽着烟，并不靠近。

在海礁石边转了个把小时，也没想出如何解决资金来源的方法，但他觉得自己已不再那么没信心，不再那么气馁了。

过了几天，事情依然没有进展。正当大家都觉得没了希望之时，老朱却提出可以尝试采取民间借贷的路子，操作方式是以高于银行的利息，向民间借贷。

老朱说："公司先向民间借贷，拿到地后，即可快速抵押给银行贷款，还清民间借贷资金。"

辛志清想了一阵后说："也就这条路可以试试了。"

针对老朱提出来的思路，辛志清组织召开经理办公会，专门研究借贷事宜。依照惯例，部门经理以上人员均参加。

会上，除杨大彪认为"民间借贷"不宜适用于国有企业，且现在搞房地产开发基本上属于自掘坟墓外，其他人都赞同采用这个办法来解决问题。

会议最终通过了"民间借贷"这个议题。

但是钱找谁借呢？这个时候即使有钱，谁又敢借给一家公司去搞房地产呢？

辛志清觉得面前的困难就像重重大山，翻过一座，又是一座，永远也翻不完。

5

王顺有讲起话来很有辨识度，鼻音重，总把"我"说成"额"，又见他指甲缝里总有洗不干净的煤灰，就能判定他是一个不折不扣的煤老板。他还有一个特征，不爱穿袜子，爱光脚跩拉着皮鞋，裤腰上总吊着一串沉重的钥匙，走起路来甩出一阵哗啦声。

煤老板王顺有的人生颇为传奇，他出生在山西一个偏僻的小山村，家里很穷，兄弟姐妹五人都没读过什么书。王顺有在兄弟姐妹中排行最小，却最有心气。他在家跟几个哥哥放了几年羊，觉得人生毫无意义，就跟家里人说，他要去外面闯闯。

　　王顺有家里人不让他去，他说待在这鬼地方，还不如拿一根绳子吊死算了。他说得这么决绝，家里人也就不敢拦他了。

　　王顺有小小年纪出门，在码头扛过活儿，在街头给人擦过皮鞋，还到砖瓦厂制过砖，也曾被人骗去当过麦客，经历了太多太多。有一回，他在一个建筑工地当小工，负责给大工递砖头、提砂浆，因为工期紧，一直干到深夜才收工。收了工，大工师傅回他们租的屋子，他则回工地宿舍。这天没有月亮，也没有星星，只有昏黄的路灯有气无力地照射着街道。路上空荡荡的，除了他，几无行人。他走在路上，回想起这些年的经历，心里头突然涌出一股苍凉而又寂寞的情绪。就在这时，路边的一个小树林里传出一个女人的呼救声："救命，救命……"

　　王顺有想都来不及想，立马回过神来，从地上抄起一块砖头就朝小树林跑去。他也不知道害怕，这些年的社会磨砺，早就练就了一身虎胆。

　　小树林近在咫尺，他没跑几步就到了。夜色中，小路两边是什么树也看不清楚，不时还传来几声蟋蟀的叫声。小树林里没有路灯，有些黑，他抬起头就看见两名男子正对一个女人动手动脚。那女的显然不肯就范，背靠着一棵树，不断抬腿去踢企图贴近她的两名男子。两名男子一副势在必得的样子，其中一个还在往下褪裤子。

　　此情此景让王顺有怒火万丈，他没有说话，上去就从背后给了两个男的一人一砖头。其中一个被砸昏，当场倒地；另一个被砸中了肩膀，痛得"哇"的一声叫，一边提裤子一边连滚带爬地跑了。他将那女的扶起来，搀着走到路边，这时正好来了一辆出租车，那女的惊魂未定，拦下出租车，连个招呼都没跟他打，一声谢也没跟他说，钻进出租车就慌忙地走了。只不过，那女的坐上车后拿出手机，朝他举了一下。他也不知道朝他举一下手机是什么意思。那时，手机还是个比较时兴的玩意儿，对于王顺有这样的打工仔来讲，还属于梦里的东西。

出租车迅速驶离，那红色的尾灯也看不见了，王顺有还站在那里，内心愕然，心说，救了你，谢都不说一声就走了。

王顺有以为这事就过去了，但没想到第三天，他正在工地干活，有两个衣着光鲜的男人在一个工友的带领来找他，请他去见一个人。他去见的这个人是一个煤老板，是他前几天晚上所救女人的爹。

那时，中国正处于经济高速发展的阶段，社会对能源需求量巨大，煤炭行业处于发展的高峰期，做煤炭生意的无不赚得盆满钵满。煤老板见王顺有的目的，除了感谢他救了自己的女儿，还邀请他到自己的公司工作。后来，他的经历跟一些影视剧中的情节如出一辙，穷小子英雄救美，被老板看中，三年后，他成了老板的乘龙快婿。

王顺有老婆名叫邵静云，长得并不算太漂亮，但人和善，身上丝毫没有煤老板千金的那种骄横，尤其是对他，好得不行。她不但对他好，对他的家人也好。一次，她跟着王顺有回了一趟他的老家，被山村里的贫穷深深震撼了，就劝他把家里人都接出去，他照办了。最后，他把三个哥哥都接到自己身边，在公司给安排了工作，老家只留下了爹妈。

这种人生的转变让王顺有自己都觉得不可思议，但他始终牢记自己的出身，对邵静云一家充满了感激。

那几年，社会迅猛发展，经济势头一路看涨，王顺有岳父的公司赚了个盆满钵满。到底赚了多少，他并不知道，也从不打听，但他切身感受到了因财富带来的生活上的变化——自己跟老婆住上了别墅，车也由公司给配上了几百万元一台的，虽然他的职务还只是一名销售副总。

正所谓人无百日好，花无百日红，没过多长时间，煤炭价格出现暴跌与滞销，辛辛苦苦从地底下挖出的煤，现在却山一样堆在地面，难以销售。那个时候，王顺有的岳父正在国外旅游，公司交由王顺有打理。煤炭形势的骤变，让他一时手足无措。他急于向岳父汇报情况，但岳父一会儿在非洲大草原看狮子，一会儿在美国黄石公园爬山探险，好不容易电话通了，不是喝多了就是在过安检，根本无法交流。终于有一次两人正式地通上了电话，王顺有向岳父讲了国内煤炭形势，提出了及早关停煤矿的建议，那边岳父却沉默了。

是否关停煤矿尚未做出决定，王顺有岳父却在国外出车祸去世了。王顺有便自己决定，关停了煤矿。岳父只有邵静云这么一个女儿，岳父死了，财产自然由女儿女婿继承。

和王顺有一起开煤矿的一位老乡在教师村买了一套房，经常回去跟王顺有说南方的空气如何如何好，劝他也到江口市买套房。王顺有就听了老乡的话，到江口市买了房，而且也在教师村。

王顺有手里有大把的钱，本可以去更好的小区买房居住。之所以选择这个小区，一是想跟老乡做邻居，二是与他不张扬、内敛的性格有关。

买好了房，王顺有把煤矿上的那些事都安置完后，就跟老婆到江口市生活了。王顺有在小区里，一开始并不显山露水。他个头不高，圆脸，一说话就习惯性地用手抚摸着他的大肚子，堆着一脸笑。他什么时候都是一双敞口布鞋，手里把着一串用菩提籽串成的珠子，很洒脱的样子。

一个小区就那么大，住了没多长时间，许多业主就都知道平时看着不起眼的王顺有是个大老板了。

他一口山西话，五十多岁就天天不上班，在小区里晃来晃去，出手又阔绰，人们觉得他身份不简单。坐实了后，人们就说："果然是个大老板。"继而羡慕他，"活到这个份上，真滋润"。

王顺有本性和善，有了钱，更和善，不管见到谁，都是笑眯眯的。在他眼里，人人平等，钱财更是生不带来，死不带去。小区物业不管是水电工，还是扫地的，到他家帮忙换个灯泡，在楼道里扫个地，他都要给人拿水、递烟，嘘寒问暖，热情得不得了。因此，物业每个人都认得他，都说他好。而他对物业的服务也很满意，有什么事，一个电话就有人上门，不做到业主满意不走。业主提出管理方面的一些问题，物业公司总是第一时间改正。王顺有觉得这个物业公司的老总当得有水平，想认识认识。

两人认识的过程很有趣。一个白天，辛志清在小区里巡查，突然听到拉二胡的声音，他马上站住，侧耳细听。外行听热闹，内行听门道，辛志清会拉二胡，他一听就知道这人二胡水平了得，没有几十年功力拉不出那种美感与滋味。

辛志清的二胡是他在下乡期间跟一个民间老艺人学的。老人二胡拉得好，每天晚上天一黑就在村口拉，村里人没事就去听。一次，辛志清听到声音也去看热闹，一下子就被吸引住了。

他在城里长大，也听过人拉二胡，但从来就没听过拉得这么好听的，从此就迷上了，天天去听。老人就记住了他，有回竟然问他："小伙子，想不想学？"辛志清一开始以为是老人逗他，想都没想便点头说："想。"老人就说："行，你请我喝顿酒，我教你拉二胡。"

就这样，辛志清一有空就去跟老人学拉二胡。他学了半个月，越学越觉得那简简单单的两根弦，普普通通的一副筒、一根杆、一个轴、一把弓儿，看起来容易，却实难操控，中途几次曾想放弃，又怕人笑话，才坚持了下来。学到后来，他拉会了一两首曲子以后，才开始领略它的美妙；再到后来，他会拉的曲子越来越多，就越来越爱这个乐器了。他返城时，师傅送了他一把红木做成的二胡。这把二胡就从此伴随着他，成了他的灵魂伴侣，有事没事，心情好与不好，他总喜欢拉上一曲，仿佛只有二胡才能读懂他的内心，只有哀怨的二胡声才能让他瞬间平静。

吸引辛志清注意的正是王顺有，王顺有拉二胡，是爹教他的。大西北地广人稀，王顺有的爹除了放羊，还会吹唢呐、笛子，会打锣敲鼓，还会拉二胡，是当地一个比较有名的奇才。他从小耳濡目染，跟着他爹也学会了部分乐器，尤其是二胡，拉得那是相当好。那些年他在家放羊，愁闷时就喜欢拉二胡。他觉得二胡是一种最能表达心情的东西，是一种有灵性之物，所有的喜怒哀乐，所有的无奈都能从二胡特有的音韵中宣泄排解。后来他离家外出打工，就没时间也没心情拉了。跟邵静云结婚后，生活条件改善了，他才重新捡起了二胡。

辛志清登门拜访，两人就这样认识了。辛志清为人厚道，喜欢拉二胡，王顺有为人和善，也喜欢拉二胡，两人很快就成了朋友，有事没事，只要有空，总爱凑到一起拉拉二胡，探讨探讨，交流交流。你拉我听，我拉你听，相互指导，共同进步。兴致来了，两人还合奏一曲。

辛志清当上民生公司老总，王顺有请他吃饭，权当庆贺，说："当个物业公司经理对你来讲是龙困浅池，去当房地产公司老总是个正经事。"又说："有啥机会知会一声，也带额发发财。"

辛志清说："你一个人的腿比我们公司的腰还粗，谁带谁发财？"又说："搞物业是坐着收钱，搞房地产是要去市场找项目，困难肯定不会小。有困难，我找你开口，你要帮啊。"

王顺有说："那有啥问题？没问题。"

就在公司开会的第二天，辛志清上班，车刚开进小区，就看见王顺有带着条狗在小区里转。那条狗听话，他走到哪儿，它跟到哪儿，不离不弃，如影相随。

看见王顺有，辛志清突然灵光一现，心想，有了！这不是现成的一个财神爷吗？他连忙让阿牛停车。下了车，辛志清直奔王顺有。王顺有正蹲着身子给狗捋毛捉虱子，就见一黑影挡住了太阳光，罩住了他和狗，忙抬头看，看清了是谁，就笑了，说："额以为哪个咧，是你啊，你一出门，太阳光都被你挡上了咧。"

辛志清伸手去拉他起身，他伸了半截又把手缩了回去，说："叫你拉个啥，额又不七老八十。再说，额刚给狗翻毛，手脏着。额闲人一个，手脏了回去慢慢洗，你大忙人一个，脏了都没时间洗。"说完，身子一挺，站了起来。那大肚子竟然丝毫不影响他起身的麻利劲。

辛志清算不上幽默，但听得懂幽默，就笑了，说："今天晚上请你喝酒。"

王顺有喜欢喝酒，属于那种一天不喝个二两心里就没抓没挠的那种。一听辛志清请喝酒，眼睛就亮了。

那天晚上，辛志清叫上禤晓龙跟王顺有喝酒。王顺有是个直爽人，喝了几杯酒，就说："老辛，估计你也不是光想请额喝酒吧，有啥事，说嘛。"

辛志清就把公司遇到的困境及找他借钱的想法说了。王顺有听了也不表态，而是说："这个事嘛，动的不是小钱，额得考虑。"又说："这样，额三天后答复你们吧。"

辛志清在焦急中等待，他心里清楚，此次能否跟王顺有达成合作，不仅是他这个新任老总个人能力的一种体现，更是关乎公司能否打开困局、重新起航的重要一步。如果王顺有同意合作，公司有了启动资金，就会像车有了油，能启动、运转起来；如果不同意，那么公司就还得原地趴着，继续不死不活……

辛志清告诫自己要学会临大事有静气，但内心却怎么也无法静下来，反而觉得无比煎熬，甚至有一种度日如年的感觉，恨不得自己有种魔力，把三天时间一划就过去了，分明是"心急马行迟，先报那人知"。

辛志清虽然当上房地产公司老总了，但以前的物业公司还没选出接班人，总经理仍由他兼着，所以物业公司经常有人要找他汇报工作，签字什么的。这几天维修班又要对小区几处破损的公共设施进行维修，要用钱，班长来敲门，他也不叫人坐，请款单看都不看，直接签字。弄得班长无所适从，悄悄地问房地产公司的人："辛总什么情况？好像变了一个人似的，看到我像不认识一样。"

一连两个晚上失眠，辛志清觉得这样不行，办公室里也坐不住，又不想去别的地方，他就让阿牛送自己到那片海礁石处，一个人在海边走来走去。

这天是涨潮，成片的海礁石被海水淹没，隐伏在水下，只有旁边的航标灯耸立在那儿。辛志清连海礁石的影子也没看见，但心却平静了下来。

头两天晚上想东想西，睡不着觉，第三天晚上竟然睡得无比香甜，直到窗外鸟儿的鸣叫将辛志清吵醒。他马上起床拉开窗帘，窗外流进一缕晨曦，他觉得精神百倍。

辛志清来到客厅，阿慧早已给他留好早餐上班去了。他胡乱对付了两口，出门往楼下走。阿牛早已在楼下等他，见了他，马上跟他打招呼，待他走到离车还有几步远时，为他拉开后排车门。他弯腰坐进车里，阿牛将车门轻轻关好，才坐进驾驶位，车慢慢向前滑行。

为开车门的事辛志清不止一次对阿牛说过不合适，说自己又不是什么大人物，而且又不是没长手，开个车门还指望司机，让人议论，说闲话，让阿牛别为自己开关车门了。阿牛每次都"是、是、是"，但每次还是主动为辛志清开车门关车门。次数一多，辛志清也就任由他帮着开车门关车门了。时间一长，辛志清也习惯了，不仅习惯了，他还觉得这种感觉着实不赖。

那时江门市的机动车保有量并不多，除了红绿灯处要停停车，很少有堵车一说，加上辛志清家离公司并不太远，所以很快就到了公司。他一下车，就见禤晓龙站在门口。他问："你站门口干吗？"

禤晓龙朝里面一指，说："王老板在办公室等您呢！"

辛志清愣了下，接着便飞快跨进公司大门，直奔办公室。有人向他问好，他也顾不上回，摆摆手，就直接冲到了办公室。

王顺有正坐在沙发上用手揉着他的大肚子，辛志清闯进来，把他给吓了一跳。待看清是辛志清，王顺有笑了，说："这么猴急，这几天没睡好吧？"

辛志清也不隐瞒，说："度日如年啊！"

王顺有呵呵一笑，说："你没睡好，额也没睡好，比小年轻恋爱见不着还苦啊！额们两个人都没睡好，说明额俩都想把这个事情做好。今天是额们约定的第三天，额山西人讲话最算话，所以不用你催，额自己上门来给你答复来了。"

辛志清内心一下子忐忑起来，他不知道，面前的这个什么时候都呵呵笑的王顺有，最终会给出怎样的一个答复。他急于想知道，又怕知道，想问，又不敢问。为了稳定自己的情绪，他对跟进来的禤晓龙说："给王总泡茶没有？没泡赶紧泡。"

禤晓龙刚要说"茶早泡好了"，就被王顺有给拦了。他说："你们买地不是需要一千多万元吗？额先借给你们，你们先用于买地，额送佛送到西，过一个月额再借给你们三千多万元。你们好做后期项目建设，一共五千万元。但是呢，这钱不能白借，你们得付给额利息。"

听说王顺有分两次可以借五千万元，辛志清简直高兴坏了。要知道，有这五千万元到手，即使拿到地后银行不给贷款，或是找不到愿意垫资的承建商，项目建设启动的资金也至少解决了一部分。他兴奋得不知道说什么好，一个劲地朝王顺有拱手，说："老王，当然要付利息，当然要付利息！"

王顺有又说："利息额不多要，你们按银行利息给额就行了。另外，额还有一个条件，楼盘开发出来后，得按成本价给额留十套房子。"

辛志清和禤晓龙相互望望，禤晓龙点头，辛志清就说："你对公司支持这么大，公司理应回报你，所以这个应该问题不大，但也需要我们回去研究一下。你知道我们毕竟是国有企业，做任何事都要走个流程。"

几天后，双方正式签订借贷协议。王顺有以他所担任法人的一家公司与民生公司签署协议，分两次一共给民生公司借款五千万元，用于支持民生公司开发临海公园小区，年利率为百分之十二，还款期限为两年。

"临海公园小区"这个名字是禤晓龙跟几个年轻人提出来，公司经过研究确定的。之所以取这个名字，是因为这块地的确离海边不太远，而且这个名响亮，具有一定的标识作用，对购房者有一定的吸引力。

签订协议那天，公司请王顺有喝酒庆贺，陈清志、老朱和禤晓龙参加。王顺有喝多了，大着舌头对辛志清说："老辛啊，这个项目，额这几天也是想了很多。额也不是非要借钱给你们，赚那么点利息，这点利息额放在银行一样也有，对额来说都没有什么吸引力。钱对额来说就是纸，就是数字，额不在乎。额在乎的是什么，额在乎的是你这个人。你这个人好啊，读过大学，但不骄狂，性格方面和善，又很会为人处世，现在这个社会，像你这样的人不多啊，所以，所以……"

王顺有说到这里一股酒涌了上来，他打了一个嗝，朝角落里猛啐了一口痰，站起身来，举了一杯酒，招呼在座的人，说："来，额、额们一起，敬老辛一杯，都喝，都喝，谁不喝，谁就看不上额，更是看不上老辛！"

听王顺有这么说，辛志清也很感动，说："老王，你这次出手帮公司、帮我，我心里十分感激。我以茶代酒，代表公司全体员工，也代表我自己向你表示感谢！同时也向你表个态，我们一定认认真真、踏踏实实把临海公园小区项目做好，早些把借你的钱给还上。"

6

转眼就是第二年的春天，辛志清走马上任才半年时间，但以年头来算已是第二年了。

这年的春天似乎来得特别早，四处绽放的鲜花将江口市装染得五彩缤纷、绿意盎然。在一簇簇低矮的紫丁香树丛中，小鸟在歌鸣，仿佛童话中的小仙女，成群结队而来。街道两旁的椰子树青翠欲滴，更使这座临海城市充满春的气息。

辛志清一直忙得不可开交，全力推进临海公园小区项目。就连春节，他人虽然放假在家，心却一直放在项目上。

项目一开始推进得较为顺利，公司与王顺有签订借款协议后，王顺有的借款很快到位，公司顺利将老李手中的地给买了下来，并且没几天就办理了变更手续。公司成立了项目小组，由于辛志清的信任，加上这个业务起初是禤晓龙拉回来的，他因此被任命为项目负责人，全权负责项目的具体操作。

年纪轻轻便被委以重任，禤晓龙十分激动。在公司例会上，他表态说，一定要加倍努力，不负众望。

禤晓龙的确十分努力，地买到手后，他便积极推进其他工作，撰写节能审查、环境影响、交通影响评价以及可研项目申请报告，做好向规划、住建、环保等部门申请立项、报建的准备。

按照规划设计，临海公园小区拟建设五栋十六层小高层，二楼以上为住宅，一二楼做商铺。公司的设想是，住宅想方设法卖掉，哪怕是少赚点，也要保证资金回笼或盈利；商铺用于出租，一是可以为公司攒下部分固定资产，二是虽然出租从短期看收益不如直接卖掉来得直接，但从长期看，收益并不会差。

但谁也没有想到的是，报建前的一切都准备就绪，却卡在了资管中心这个环节。原因是按照省国资委议事规则规定，下属企业与托管公司凡属涉及重大投资事项，都要资管中心审批后才能实施。

公司事先买地，没有向资管中心报告，算是打了个"擦边球"。但要进行房地产开发，就必须经过审批。

这个申请，公司其实早就上报了，只是资管中心在收到报告后，却迟迟没有答复。辛志清很是着急，他不知道资管中心为何不批。褟晓龙其实知道，但他不好说。

这天，辛志清将褟晓龙叫到办公室，说："这么长时间了资管中心不批，到底是个什么情况？是项目达不到立项标准还是别的什么原因？"

褟晓龙挠了挠头说："老板，要他们批估计一时半会儿很难，至于什么原因嘛……"

在公司，大家对辛志清的称谓是随着人的不同、场合的不同而变化的。在一些比较正式的场合，无论是谁都叫他"辛总"。而在一些不是那么正式的场合尤其是私下，一些管理层人员则以"老板"相称。

见褟晓龙吞吞吐吐，想说又不敢说的样子，辛志清有些急，但他没有表现出来，而是指了指沙发，说："来，坐，咱们认真聊聊。"

褟晓龙"嗯"了一声，坐下来。辛志清拿了一瓶矿泉水递给他，说："小褟啊，现在地我们拿到手了，各项工作都推进到一定程度了，资管中心不批，项目就无法继续朝前推进。公司借了王总那么多钱，项目推不动，钱就没办法还给人家。还不了不说，还每天都在滋生利息，心里急啊。再有就是，公司也不能总是像以前那样趴着不动，必须发展，这既是我一个老总的责任，也是全体员工的期盼，不能不为啊！所以，我很想知道到底是什么原因让资管中心这么拖着，批不批，至今一句话都没有。你如果知道或了解，你就如实告诉我。知道了原因，才能想办法去解决，不然这样拖着，会把公司越拖越难过，员工们的日子也就难以改善……"

褚晓龙说："老板，既然到了这个地步，您也把话说到这个份儿上了，那我也就把所了解到的一些情况说给您听听吧。但有言在先，您听了可别生气。"

辛志清一愣，说："生气？我生什么气？"

褚晓龙苦笑两声，然后像下定决心似的说："老板，其实他们不批跟您个人有一定的关系。"

辛志清更是一头雾水，问："跟我有关系？"

辛志清心里有些急，接着说："到底是个什么情况，你就全部说出来。说什么我都不会生气，而且，要真跟我有关系，是我的问题，那我就得改。"

褚晓龙一阵沉默，显然，他在想怎么措辞。他知道就算辛志清让他知无不言，言无不尽，他也得把话说得相对委婉些，毕竟人家是老板，这个分寸自己得把握好。

他拿起矿泉水喝了两口，放下，才说："老板，我跟资管中心的办公室主任陈天军比较熟，上次去，我就是把报告直接送给他。结果他一看报告，就说我，你们现在送来这个报告，领导能批估计也不会痛痛快快地给你们批了。我说为什么，他说，你们公司的老总上任都半年了，据我了解好像都没去领导那里报个到，个别领导觉得你们老总不尊重人，心里不高兴呢，能痛快给批？"

他看了一眼辛志清，辛志清眉头皱了一下，但没接话。他便继续说："一听他这话，我就知道有些麻烦了，果然，至今没批下来。"

辛志清没有料到不批的原因竟然是这个，便问："你是说资管中心领导怪我上任后没有去拜访过他们？"

禤晓龙笑笑，说："是啊，他们属于我们的上级主管部门，下面的企业和单位，谁上任当一把手都要去。我以为您上任后就去了，结果现在才知道您没有去呢。"

辛志清说："我们把工作干好，认认真真把公司搞活起来，我个人觉得就是对上级领导最大、最好的尊重，反之我们不把精力和时间放在搞好工作上，一味去攀附上级和领导，能有什么实际意义和效果？"

禤晓龙说："老板，您讲得也没有错，做得更没有错，但我个人觉得如果在做好工作的前提下能够再灵活点，主动跟上级搞好关系，可能会起到事半功倍的效果，好多事，将来都需要他们批准和支持呢。"

辛志清又点点头，说："那你看我们现在如何来跟上级领导缓和关系？"

禤晓龙说："只要您有这个心，具体工作我来操作。"

辛志清点头应允。

禤晓龙把陈天军约出来，说了辛志清想要去拜访中心领导的事，请他帮忙牵下线。陈天军责怪说："早干什么去了？"又问："中心主任是杨达川，分管你们的是副主任熊海平，你们要见谁？"

褟晓龙说："两位领导当然都去见下最好。"

陈天军说："那我回去看看情况吧，你等我消息。"

陈天军办事效率高，第二天就给褟晓龙打来电话，说："两位领导我都汇报过了，都说没时间，等有时间了再说。"

褟晓龙一听心凉了半截，心想这是领导对公司明显不满，就问："陈主任，那怎么办啊？"

陈天军说："跟你说实话吧，杨主任最近工作忙，是真没时间，但熊主任其实是有时间，说没时间可能只是气话。"又说："你们公司递上去的报告还一直压在我这儿，我也批了意见，但他不签字，说先放放，让我拿回来。他不签字，根本就送不到杨主任那里，也就没办法安排上会研究。"

褟晓龙把跟陈天军对接的情况向辛志清做了汇报，说："当务之急还是得先见着领导，可关键是现在见都难见。"

辛志清内心也焦急，但他说："我们正常开展业务，上级领导不高兴，也应该只是一时的事，只要我们积极去做解释和沟通工作，领导也不可能一直卡着不给批的。"

褟晓龙说："是的，项目都推进到这个程度了，他们不批，说不过去，早批迟批应该都会批，只是个时间问题，但关键是我们耗不起啊。"

辛志清说："这个时候我们的态度决定了一切，你继续跟陈主任那边做好对接。"

晚上，吃过了饭，辛志清约王顺有喝茶闲聊，就聊到了这些天遇到的烦心事。王顺有呵呵一笑，说："这种事额遇到多了，老辛啊，所以说做企业难啊。"

辛志清说："老王，你搞过煤矿，打交道的人多，有经验，你给我指点指点。"

王顺有用手指不紧不慢地捏转着那串小菩提籽，慢悠悠地说："要额说，这个事情指望不上别人，还要靠你自己。你想啊，如果你是他们中的一位，手下企业老总新上任，连门都不来认一下，你心里会是一个什么滋味？所以啊，照额来看，这解铃还须系铃人，恐怕你要放下脸面主动去登门了，该认错的认错，该赔不是的赔不是。"

辛志清点头，王顺有接着说："老辛啊，你是读书人出身，顾脸面，不像额这个大老粗，没文化，脸比城墙厚，但是照额说呢，脸面算啥呢，如果光顾脸，啥事情也做不成，那这脸顾得也没有任何意义。你是老总，后面有一群人指着你吃饭呢，你让大家跟在你屁股后头连饭都吃不饱，那这顾脸最后还成了不顾脸，你想一想是不是这个理？"

辛志清很受触动，他点点头，说："理是这个理。"

7

几天后，一个阳光强烈的上午，褟晓龙接到陈天军的电话，说主任杨达川正在办公室，但熊海平不在，他已经征求了杨主任的意见，杨主任说有时间见他们，让他们抓紧时间赶过去。褟晓龙急忙向辛志清做了汇报，两人就风一样刮出公司。

资管中心的办公楼是一幢独立的三层小楼，小楼在一片椰林之中。这是一栋老建筑了，跟旁边林立的高楼有点格格不入，古朴却又不失雅致、静谧。楼下有保安值班，保安个子瘦小，却穿着一身宽大的衣服，神情严肃地站在那里。

两人赶到后，保安问他们找谁，褟晓龙回答："我们是下属民生公司的，来找杨主任汇报工作。"

保安说："找领导，那你们得先联系办公室，他们同意了才能进。"

禤晓龙说:"那我打个电话。"

打了电话,陈天军说:"我下来接你们。"

只一会儿,陈天军就下楼来了。也不用禤晓龙介绍,他就冲辛志清伸手握了握说:"杨主任在办公室等你们呢。"

杨达川的办公室在二楼的最里间,陈天军领他俩快走到门口时,突然说:"小禤,要不让辛总一个人进去吧,你别进去了,到我办公室喝茶,领导间讲话方便些。"

辛志清和禤晓龙相互看看,辛志清说:"听陈主任的。"

禤晓龙也点头,陈天军这才敲门。隔着门,杨达川的声音传出:"请进。"

办公室不算大,陈设简单、整洁,中间摆着一张办公桌,背靠落地窗,窗外风景一览无余。杨达川正窝在桌子后面的椅子上,专心看一份文件。听见有人进来,他才把头抬起来。

辛志清其实认识杨达川,一个企业老总,不认识自己上级领导那是不可能的,但他忘了是在哪里见过杨达川。

陈天军忙介绍:"杨主任,这是民生房地产公司的辛志清。"

辛志清不待陈天军介绍杨主任,忙往前一步问候:"杨主任好!"

杨达川一副若有所思的样子,说:"民生公司,哦,想起来了,你是接老冯班的吧?"

辛志清说:"对,对。"

杨达川从椅子上站起来,绕过桌子,走到辛志清面前,跟他握手,说:"欢迎,欢迎。"又一指一旁的沙发说:"来,坐,坐。"

见两人说上了话,陈天军到角落里拿了瓶矿泉水放到辛志清面前的茶几上,又将杨达川的茶杯端到他面前的茶几上放好,说："那你们聊，我先忙去了。"

杨达川点头。

办公室里只剩下两个人，辛志清一时有些局促。

杨达川也坐下了，沙发前的茶几上，同样有一套茶具，烧水的茶壶属于半自动化的，只要轻轻一按电钮，放在茶几边上的矿泉水桶里的水就能被轻轻抽到茶壶里，然后自动烧水，水烧开后自动断电。但杨达川显然不想泡茶，他指了指茶几上的那瓶矿泉水对辛志清说："喝水。"又笑了笑，问，"来找我，有什么事？"

辛志清说："杨主任，我上任后，公司事太多，还没来拜访过您，向您汇报过工作呢，所以我今天专门来……"

辛志清话还没说完，杨达川就打断道："看不看没关系啊，只要把工作做好，做出成绩，就行了。我这个人，很简单，不在乎什么繁文缛节，尤其不喜欢也不接受工作不好好干整天想着跟领导搞关系的那一种人。所以说你上任后来不来真的没关系，你也不必放在心里。"

辛志清显然没有想到杨达川会说出这样的话，一时有些发愣，好一阵才说："杨主任，感谢您的宽宏大量，只不过没及时来拜访上级领导，的确是我不太懂规矩，所以我今天是来向您赔罪来了。"

杨达川端起茶杯喝了两口茶，又把茶杯放回到茶几上，说："不懂规矩？没这么严重，干好工作是第一位的，不是常有人说嘛，一个人应该将百分之八十的精力放在百分之二十的主要事情上，这百分之二十的事情能给你带来百分之八十的结果导向。"

但杨达川突然又咳嗽了一声说："不过你刚才讲的这些，也并非不重要。工作干好重要，但作为一个公司老总，当然要是能兼顾到一些关系的灵活处理上就更好了。比如你上任后及时到上级单位拜访下总比不拜访好，虽然我这个人很随意，不在乎，但不是每个人都像我，有的人还是很在乎的。你不去拜访他，就有可能会给人留下一个不懂规矩甚至目中无人的不好印象。所以呢，把工作干好，把该维系的关系维系好，这才能体现一个公司老总的全面性，你说我说得有没有道理呢？"

杨达川是微笑着说这番话的，言辞间又隐隐透着关爱，还有些敲打的意思，这让辛志清内心有些发热，又有些羞愧。这样平和的领导，真该早点来拜访。

辛志清点了点头，说："杨主任，谢谢您的点拨与指教。的确，上任后压力很大，我老是想着怎么快点让公司有新的起步和发展，忽略了其他。经您这么一点拨，我明白了许多，今后我也一定按照您所说的去做，争取把工作做好，把各方面的关系也维护好。"

杨达川看了他一眼，几缕头发垂了下来，他用手捋了捋，说："没事，没事，本不想跟你讲这些，但咱们是一个系统，名义上你还是我下属公司的老总，我才说说。"

辛志清忙说："杨主任，看您说的，听您一席话，胜读十年书，我后悔来拜访您晚了呢。"

杨达川又笑笑，换了话题问道："你上任后做了哪些工作？有没有什么新起色、新发展？好不容易见一面，你讲来听听。"

辛志清就把他上任这半年来的工作一一向杨达川做了汇报。听说公司已准备启动一个地产项目，杨达川很高兴，说："很不错嘛，上任半年就有这么大的成效，说明组织上没有选错人。"又说："要认真谋划，加快推动，争取打一个大的翻身仗。"

辛志清觉得是时候把报告卡在资管中心的情况向杨达川做个汇报了。他觉得杨达川是资管中心的一把手，既然对公司做的这个项目这么认可，那就一定会给予特殊照顾，尽快将报告给批下来。于是他说："杨主任，为了拿到这个项目，公司的确花了不少力气，但我们现在是万事俱备，只欠东风了。"

听话听音，杨达川问："是哪里卡住了？"

辛志清这时也放下了所有的顾虑，如实相告："杨主任，报告早些天已经送到中心了，但不知怎的一直没有批。今天来本不想跟您提这事，但您既然问了，我也向您做个汇报，还望得到您的支持与帮助。"

杨达川有点吃惊，说："这么大的事，我怎么不知道？没人向我汇报啊！"

辛志清说："报告是送到刚才带我进来的陈主任那里了，至于……"

杨达川不待他说完，起身抄起办公桌上的电话拨了几个短号。那边接了，他说："你过来一下。"

挂了电话，他对辛志清说："我叫陈主任过来问问情况。"

只一会儿，陈天军便敲门进来了。杨达川说："民生公司项目报告是怎么回事？下面企业要发展，有项目，是好事，怎么压着不上报？"

陈天军一脸无辜，说："哪是我压着不报？我是按流程送给熊副主任了，但他没批意见，我就无法往您这儿送啊。"

杨达川说："他为什么压着不批意见？"

陈天军说："我不知道，他也没说，只是让压在他那儿先看看。"

杨达川的脸阴了一下，但很快就恢复了正常，说："这个事我知道了。这样，回头我找他聊一下，看看他到底是个什么意见。"

他示意陈天军先出去，然后对辛志清说："万事都有因果，你看，一些该处理的关系不处理好，好端端的事就容易变成被卡脖子的事了。他是分管领导，这事按流程，他不批意见就到不了我这儿。如果我越过他直接安排上会，他在会上提出反对意见还是通过不了，更会导致我和他产生矛盾。所以啊，老辛，你们公司尤其是你自己得去做做工作啊。我前面说过，人跟人不一样。"

辛志清明白他话里的意思，急忙表态说："杨主任，您放心，回头我找机会去拜访熊副主任，力争请他宽宥，给公司这次机会。"又说："还请杨主任多费心！"

8

老冯在位时跟熊海平交情还算不错，老冯那个"万金油"的性格，他跟谁关系都不错。

老冯退休后，就带着自己的老婆出国看闺女去了。刚回来，辛志清就约他喝茶，把上任半年来的工作情况，特别是资管中心压着报告不批的事情原原本本给讲了。

老冯听了又好笑又好气，半认真半开玩笑地说："你这智商堪忧啊！哪有你这么处理和上级领导关系的？"

辛志清不好意思地笑笑说："现在是报告压在熊主任那里不往杨主任那儿报。您跟他关系好，还需要您出面来圆这个场，把工作往前推动推动。"

老冯说："退休了，本不想管，又不能不管，看我这命。"

几天后的一个周五下午，老冯给熊海平打去电话，约他见面。熊海平说："你不是跑国外去了吗，什么时候回来的？"

老冯说："外国菜太难吃了，吃不惯，就回来了。刚回来，就想你了，出来喝一杯。"

熊海平答应了，但他心里明白，老冯找他，绝对并非只是要找他喝一杯，而是有事找他。

因为前两天，杨达川曾经找他聊过民生公司项目报告的事，他料到老冯是为了报告才请他喝酒。

那天，中心领导班子开会，研究一些事项。会开完了，他刚要起身走，杨达川就把他叫住了，漫不经心地问他："老熊，听说民生公司报了一个项目，等我们批，是个什么情况？"

熊海平一听杨达川提这个事，心里顿时警惕，心说这个公司不把他放眼里，公司老总上任半年了至今没登过他这个分管领导的门，原来是走杨达川的路子。又想，既然你们走杨达川的路子，不把我这个分管领导放在眼里，把我当空气，那也就怪不得我了。于是说道："是有这么个事，报告我看了，我之所以没有批意见，是我个人认为项目还存在一些问题。"

杨达川说："哦，什么问题？"

熊海平说："主要是两个方面，一是这个项目民生公司在没有得到上级主管部门批准的情况下就自行买地，先斩后奏，违反了资管中心制定下发的相关规定。中心下属十几家公司，谁都像他们这样，岂不乱了套？就冲他们这种违反规定的行为，压一压，甚至不批给他们都是正常的。"

说完第一点，他看了看杨达川。杨达川脸色平静，无风无浪，他就继续说："第二就是现在的房地产市场还处于低迷期，这个时候上马投资上亿元的项目，有没有做过市场调研？直接点说，现在房地产市场如此低迷，这个时候来搞什么楼盘开发，有没有风险？就算房子能够盖起来，有没有人来买？有人买当然好，卖不掉怎么办？谁来负这个责？"

杨达川微微一笑，说："这个辛志清我前几天见过他，倒是一心想着公司发展的事，不过在人际关系的处理方面可能差些。那天我也批评他了，他也应该长记性了。这样，老熊，报告你看着办，我不干涉，以你的意见为主，你觉得能批就呈报给我。你要是觉得不能批，那就先放着。你分管民生公司，我必须尊重你的意见。"

9

一个月后，批复依旧没能下来，辛志清思前想后、左右为难之时，事情突然出现了转机。

那天是周五，阿慧在家准备了一顿丰盛的晚餐。阿慧在一家三甲医院当医生，平时工作比他还忙，难得在家一回，更难得在家为辛志清做一顿饭。

辛志清下了班，回到家，尽管心里头装着事，但他还是不露声色，陪阿慧吃了完饭，又打算陪她去附近的公园走走。这时手机响了，一看，竟然是熊海平打来的。他很吃惊，不知道熊海平这时候怎么会给他打电话，来不及细想，小心翼翼地接了。刚"喂"了一声，电话那头的海平已先说话了："老辛啊，晚上忙什么呢？"

辛志清如实回答："在家呢，刚吃完饭，熊主任有什么吩咐？"

熊海平说："也没啥，我也是在家里刚吃完饭。本来好不容易待在家，想看看电视，几个朋友却死活叫去打几盘麻将，定好时间和地方了，一个人临时有事又来不了了，就想起你，看你有没有时间来凑个角。"

辛志清迟疑地说："打麻将？这……"

熊海平问："怎么啦？"

辛志清很少打麻将，他知道这个时候不能推脱，马上说："没问题，您把地址发我，我现在赶过去。"

熊海平说了地址，挂了电话。辛志清对阿慧说："不好意思，领导叫，不能陪你去散步了。"

阿慧大致也从电话里得知辛志清要去打麻将，说他："你都不怎么会打麻将，还答应人家打什么麻将？"

辛志清"唉"了一声，说："没办法。"

四人开始上桌打牌，熊海平显得很精神，那两人却是一副心不在焉的样子，连连点炮，让熊海平上桌不久就连胡几把。熊海平神采飞扬，每胡一把都笑得声音极大。

麻将一直打到第二天早上才散场。散场后，熊海平等另外两个人走后，将辛志清叫到麻将馆旁边的一棵榕树下说话。

熊海平说："老辛，我一直不知道你还会打麻将，以后有机会叫你，但你的水平还要练练，提高提高。"

辛志清脑袋混混沌沌的，应付着说："我平时打牌少，水平臭，以后您方便就叫我。"

熊海平点了点头，换了话题说："你们那个项目的报告我看了，你们前期做了不少工作，包括拿地，很不错。但我在考虑，现在的房地产市场这么低迷，你们搞这么大的项目，能不能搞得起来？即使搞起来，房子建起来了，卖给谁，谁来买？你们是借钱来搞项目，搞好了则好，搞不好公司连现状都保持不了不说，可能还会陷进更深的深渊，我不知道你们想过没有。"

听熊海平说到报告，辛志清脑袋一激灵，马上说："任何项目都会存在风险，但这个项目我们进行了认真的市场调研，给予了精确的市场定位，对售卖问题我们也进行了充分的市场调查，虽然我们不能说百分之百没有风险，但我们也制定了应对风险的措施。就算出现风险，我们也会将风险控制在最低。这些，我们都在报告中阐明了。所以请您放心，这个项目我们不能说十拿十稳，但我们是比较乐观的。还请熊主任支持公司工作，公司上下几十号人，五六年了工资都发不足，很多人连租房住都快租不起了。"

熊海平从裤子口袋里拿出一包烟来，掏出一根点上，吸了两口说："如果真如你所说的这样，那我就放心了。那这样，老杨这段时间老是出差去外面考察，一次会议也没开过，等他回来，我马上推进上会研究。不过我这里还要是多说一句，投资不是小事，你们一定要慎重。"

辛志清点点头，说："感谢熊主任，我们一定会慎重！"

辛志清感觉自己实在是太累了，很想回家睡一觉，但一想到熊海平刚才的表态，他觉得报告这回没有什么大问题了，脑子里就有一种抑制不住的兴奋，拦辆车去了公司。今天周六，公司没人，清净，他可以借此好好捋下一步的工作，实在想睡了，也可以在办公室的沙发上躺一躺。

几天后，禤晓龙就从陈天军那里获知，熊海平已在报告上批了"同意上会研究"的意见，呈给老杨了。老杨也做了"同意上会"的批示，只等开会研究通过了。

又过了几天，禤晓龙接到陈天军的电话，说报告给批了，让他去拿。

10

万事开头难，但现在，地买到手了，资管中心的批文也拿到了，而报建的一应材料褵晓龙早就组织人员准备齐全了。为防万一，公司再次组织相关人员召开会议，进行报建前最后的"查漏补缺"，并就报建批下来后小区建造、承建方的招标、与承建方的合作方式等进行了专题研讨。

报建申请很快就送至住建部门，等待批准，依然是褵晓龙负责对接。公司可以做项目，但没有自己的施工队，必须交由有施工资质的公司来承建。消息刚一发出，前来报名的就达十多家。但一谈，几家公司的资质虽然符合，但听说要垫大量的资金，就打了退堂鼓。最后，只剩下五家公司愿意垫资。他们之间也展开了激烈的竞争。

这天，辛志清到住建局见完领导回到公司，坐下来刚想喘口气，杨大彪就突然敲门进来说："老辛，晚上一起吃个饭？"

辛志清觉得很意外，自从他当老总以来，两人从来没有在一起吃过饭，就连那次公司为老冯送行、为自己接风的那一顿饭，杨大彪也找借口没参加。这次突然请吃饭，可是破天荒的事，所以辛志清就有点猝不及防，说："老杨，你是不是有事？有事就直说，我们之间别那么见外了。"

杨大彪说："也没啥事，我一个朋友想认识你，给个面子呗。"

这段时间，他接到的"请吃"邀约实在是太多了，但只要发现是冲承建工程而来的，他都统统回绝，不去吃人一口饭，不去喝人一口酒。

杨大彪的面子，他决定给。一是因为杨大彪一副他不答应不作罢的样子，二是他想两人毕竟是搭档，还是要彼此表面上过得去，硬推不好。另外，说不定，人家不是为承建工程而来的呢。因此，他说："那行吧，在哪儿？一会儿我让阿牛送我去。"

杨大彪说："让阿牛先回吧，你坐我的车，咱们一起去。"

辛志清听懂了杨大彪的意思，点头答应了。

晚上，等员工们都走光了，辛志清和杨大彪才离开公司。杨大彪将辛志清拉到江口市最有名的狮子楼酒店。狮子楼酒店位于闹市区，在寸土寸金的市中心，偌大的室外停车场成了一块金字招牌。车场的保安更是专业规范，车子还没到岗亭，站在门口帅气的、穿着笔挺制服的保安，隔老远就朝车子敬礼，让人油然而生一种尊贵感。

见被拉到这种场合，辛志清心里就直打鼓，预感这顿饭恐怕不是那么好吃。

包厢不大，但装修得相当奢华，服务员也是清一色的小姑娘，都长得相当标致，穿着清一色定制的职业装，让人怎么看怎么舒服。包厢当中有一圆桌，桌当中放着一个炉子，正煮着一锅汤。一胖一瘦两个男人正坐在旁边的沙发上闲聊，杨大彪领着辛志清一进去，两人就一起站起来，上前来迎接，十分殷勤。

杨大彪先是介绍了辛志清，又介绍胖子姓王，是一家建筑工程单位的老总；瘦子是王总的副手，姓马。

一听两人是搞建筑的，辛志清心里不由得一沉，心想，真是怕啥来啥。

两人热情得不得了，倒茶，敬烟，又叫服务员上菜。等菜上桌的工夫，两人又说了一大堆恭维辛志清的话。辛志清听了，非但不觉得舒服，还觉得很刺耳。

待服务员把菜上得差不多了，两人又请入席，非得请辛志清坐主位。辛志清推辞，两人死活不同意。杨大彪也在一旁说："老辛，你不坐谁坐？"辛志清几乎是被他们一起给按在主位上的。

桌子上摆的都是山珍海味，白面鸡煲汤、龙虾生刺、葱爆海参……都是狮子楼的招牌菜。服务员来倒酒，辛志清拦了说："不喝酒，不喝酒。"

王总劝说："辛总，无酒不成宴，你多少倒点，意思意思。"

马总也劝。辛志清坚持不喝，说平时自己就不怎么喝酒，还拿身体不舒服刚吃了消炎药来做挡箭牌。他指着杨大彪对两人说："你们陪老杨多喝点，把他陪好就等于把我陪好了。"两人这才不硬劝了，让服务员拿饮料，辛志清举了茶杯说："不喝饮料，喝茶就行。"

辛志清不喝酒，就只杨大彪他们三人喝，但三人还是每人都给辛志清敬酒，不管谁敬，辛志清自然是以茶代酒。

礼数该尽的尽了，三人也将一瓶酒喝得差不多了，杨大彪就开始说事。杨大彪说："老辛啊，老王是我的一位老熟人，认识很多年了，他们公司是专门从事建筑施工的，资质过硬，实力也很雄厚，在江口市做过不少项目。听说公司马上有项目上马，就想来争取争取，看能不能跟公司达成合作……"

王、马二人跟着频频点头。

辛志清没有说话，他等着杨大彪把话说完。

杨大彪继续说："我的想法是反正跟谁都是合作，与其跟不相干的人合作还不如照顾一下自己的朋友。"

王总也一脸笑容附和道："还希望得到辛总的关照。"

面对这种情况，辛志清一时有些不知所措。他当然知道杨大彪他们三人是希望他痛痛快快地一口答应，但他知道不能这么答应。他对这家公司并不了解，就算了解，公司也不是他一个人说了算。尤其是在这种场合，他更是不能做任何无原则的表态。因此，他故意露出一脸的为难，说："感谢老杨带我来认识二位老总，也欢迎你们来跟我们公司合作。你们公司有资质，有实力，相信如果我们能达成合作，必定'双赢'。但是，谁来承建不是我一人说了算的，得严格按程序来办。为了体现公平公正，公司将组织一次招标，欢迎你们积极投标并能胜出。"

在当时，房地产行业的规则一般是，承建方由项目公司内部确定的多，公开招标的少。

三人没有想到公司竟然要开展招标，王、马二人满脸诧异，但不好说什么，而杨大彪就不同了。他有些不悦，转动着眼珠说："老辛，又没有硬性要求，搞什么招标，这不是给自己找麻烦吗？"

辛志清心想，如果不拦他，指不定他会说出什么来，就说："老杨，酒没喝几杯，就开始说醉话了。我刚才讲了，公司的确要通过招标来确定承建工程，这是为了体现公平公正，是为了避免内部操作之嫌，受人诟病，预防风险。另外，就算招标，王总的公司这么有实力，担心什么呢？只要各种条件优于别的公司，那应该就是不二人选。"

辛志清的这番话讲得极其有策略，使得三人尤其是杨大彪再也无法就此事继续纠缠下去。杨大彪却显出了不高兴的神色来，姓王的老总怕场面失控，忙打圆场说："民生公司是国企，招标是最规范的一种方式，我们回去后马上组织投标文件，到时还需要辛总和杨总多多关照。"又举了酒杯敬辛志清："辛总，很高兴今天认识您，我敬您一杯，您喝茶。"

辛志清举茶杯跟他碰了一下，说："以后就是朋友了，多联系，多理解。"

辛志清觉得再待下去意义不大，就站起身来说："我晚上还有点事，我先走一步，你们慢慢喝。"

一听辛志清说要走，王、马二人马上站起身来挽留。杨大彪本不想起身，但看看三人都站起来了，就也不情不愿地站了起来，但嘴上连客套话都没有，任由辛志清往外走。

走到门口，王总要送他下楼，说帮他叫辆的士送他回，却被辛志清拦了，说："你们难得聚，千万不要因为我影响你们的兴趣。我自己叫车回，都是朋友，没必要这么客套。"硬生生地把王总给拦在包厢，自己走了。

离开狮子楼，辛志清没有叫车。他抬手看了一下表，时间尚早，他决定沿公路走走，舒缓一下心情。这是闹市区，政府为了提升城市形象，对这片区域的高楼设计安装了户外景观灯，七彩霓虹，把都市的夜装扮得更加绚丽。马路上车水马龙，热闹非凡，三三两两的行人驻足观赏，对变幻景观灯评头论足。

11

很快，民生公司就向社会公布了公开招标承建方的信息，在行业内引起了不小的反响。各种说法与评价都有，尤其是对辛志清，有说他秉持原则的，也说他别出心裁的，想出风头的……不一而足。

就连禤晓龙，也不知道辛志清啥时冒出了这么个想法。他下决定之前连他这个项目经理也没通一声气，很不像他做事的风格。

辛志清的这个决定不得不说彰显了他的聪明与智慧，一下子就将企图通过走个人关系达到目的的人的路全给堵上了。

既然招标，那就得选择一家正规的招标公司来执行。民生公司选择了一家叫金源的招标公司为代理招标机构。辛志清在公司的会议上宣布，金源公司全权负责整个招标事宜，民生公司全力配合，但任何人不得干预、干涉招标，更不能私下为人打探和说情，一旦发现公司内部人员存在徇私行为，一律严肃处理。他又对金源公司提出严格要求，要求他们一定要按照招标流程办，不得搞暗箱操作等违反招标流程的小动作，一经发现将取消与金源公司的合作，并列入民生公司的"黑名单"。金源公司的老总是个年轻小伙子，他拍着胸脯向辛志清保证："民生公司信任我们，我们一定老老实实，认认真真，干干净净地组织招标。"

　　建设施工招标工作很快进入实质性操作阶段，共有七家企业符合条件并报了名，其中就包括杨大彪介绍的王总的清江公司。金源公司在完成了预审、详细审查等程序后，发现其中一家公司在工程技术和管理人员的数量、工作经验、能力等方面，不能满足工程的要求，因此将这家公司"请"出局，只留下六家公司开展竞争。开标前，金源公司在民生公司的配合下，组织工程项目现场勘察，召开标前会议，六家公司均由老总带领相关专业人员参加，个个都是一副势在必得的势头。

　　离开标还有三天的一个晚上，天下着毛毛雨，辛志清推掉了所有的应酬，正准备回家休息，电话这时响了。电话是熊海平打来的，他以为又是叫他去打麻将的，就打算以身体不舒服推辞。

　　谁知熊海平并不提打麻将的事，而是说："老辛，你在哪儿呢？想跟你见下面，聊点事。"

　　一听熊海平说有事，辛志清本能地想到马上要开标的事，就找借口说："熊主任，今天我有些头疼，要裂开一样，正准备回去躺躺，有什么事能在电话里说吗？"

电话那头迟疑了下，好一会儿熊海平才说："那好吧，你身体不舒服就回去休息。我呢，有一个朋友，说到你们那里投了标，想承建你们的项目，托我给你打个招呼，请你关照一下。"

辛志清脑子转得非常快，迅速找了个借口说："熊主任，这次招标是通过专业的招标公司代理的，评标专家也是到开标前才确定，公司基本上插不上什么手。既然您朋友的公司投标了，相信他应该实力很强，您看是不是就让他跟其他几家一样去公平竞争？另外，公司这边对招标代理公司做了很严格的要求，这个时候我们要是去打什么招呼，起不到什么作用不说，还有点自打自脸。"

这番话说得既诚恳，又天衣无缝，熊海平听了虽然心里十分不悦，却也不好再提什么要求，就含混地说："那行吧。"

回到家里，手机短信提示音响了一下，辛志清打开一看，是熊海平发来的，除了一个公司名称，什么都没有。

辛志清知道这个短信的意思，他想了想，没回熊海平发来的短信。

12

临海公园小区承建方开标的时间到了。开标的过程并不复杂，开标前三小时，在金源公司的组织下，在相应的专业专家库中随机抽取了评标专家。公司方面则由禤晓龙和工程部经理参与评标。

参会人员签到后，评标即正常进行。一家公司一家公司进行评标，先是由评标专家对投标文件进行鉴定。符合条件的，即进行详细评审，专家现场打分后，由工作人员协助做好对各投标书评标得分的计算、复核、汇总工作。

开标前的一天，金源公司负责人专门到他办公室，含混着问他有无需要照顾的对象。他摇头说："你们严格按照流程办，我这里没有任何需要照顾的。"

专家们对各公司的评估重点为技术评估，主要内容有施工方案的可行性、施工进度计划的可靠性、施工质量的保证性、工程材料和机械设备供应是否符合设计技术要求等，同时对投标文件中按照规定提交的建议方案做出技术评审。最终，评标委员会一共推荐了三家候选中标公司，排名第一的是凤凰建筑工程有限公司，并最终中标，拿到了施工权。其他公司因为综合实力不及"凤凰"，铩羽而归。

自始至终，辛志清对招标没有插手半分，他也不愿去插这个手。他觉得既然选择了公开招标，那就要真真正正公开透明，不能有半点水分，更不能徇半点私情。

结果公布后，熊海平并没说什么，但杨大彪就不一样了，他推荐的公司没有中标。于是，他在外面造起了辛志清的谣，编造了辛志清跟"凤凰"之间有勾结，说"凤凰"送了辛志清几百万元。

消息很快就传到了辛志清的耳朵里。辛志清一开始本不想计较，他坚信"清者自清，浊者自浊"这个至理名言。有一天，老朱来到他办公室，说："老辛，现在杨大彪到处造你的谣，说你收到'凤凰'的好处，才把项目给他们做。"

辛志清淡然一笑，说："他是没有帮成他的朋友心里有气。"又说："让他说他的，我还是相信'谣言止于智者'这句话。"

老朱说："老辛，不行啊，这样放任他在外到处制造谣言，对你不利，更对公司不利啊。你知道吗，员工们都以为这事是真的，不少人私下议论你，说你表面上看起来不像个贪官，没想到却是个贪官。"

辛志清不自觉地皱起了眉头，说："谁这么说？"

老朱沉默了一会儿，说："几乎都这么说。"

他看了一眼辛志清，又接着说："老辛，三人成虎，众口铄金啊，照这样下去，你的形象就会在员工中彻底崩塌，那以后怎么带队伍、管队伍？这是其一。其二，如果有人造谣，公司不加制止与惩戒，形成一种很坏的风气，那公司还不得天天谣言满天飞，这不是乱套了？所以，综合考虑，这种制造谣言的风气必须刹住，不然，对你个人、对公司都不是一件好事啊！"

辛志清面色越发凝重，他叹了一口气，说："老朱，你说得是对的，一开始我以为他是心里有气，发泄发泄罢了，没有想到他会造谣造个不停。我先前考虑的是跟他搭班子做事，要团结，看来我是想错了。如你所说，这股风气必须刹住，要不，公司以后真有可能成为谣言窝子了。"又说："只是，该怎么来处理呢？造谣的人都不会承认自己造谣，总不至于把他叫到办公室跟他对质吧？"

老朱想了想说："这事估计别人没有用，还得你亲自处理。"

辛志清把杨大彪叫到办公室，开门见山地说："老杨，公司这段时间有一些关于我的谣言，传得很厉害，都说谣言的制造者就是你，是不是有这么回事？"

杨大彪黑着脸，当然不会承认，辩说："什么谣言？谁讲是我制造的？你把名字告诉我，我问他。"

辛志清其实早料定他不会承认，就说："老杨，我叫你来，是想跟你说几个意思：一是，我之前根本就不认识'凤凰'的任何人，没有跟他们中的哪怕一名员工打过交道，在招投标过程中更没有任何暗箱操作行为；二是，我不是不帮你朋友的公司，但招投标都是公开透明的，谁也无法也不能搞暗箱操作，参与竞争的公司凭实力定输赢，这个你比我其实还清楚；三是，我们在一起搭班子做事，一定要注重团结，最好是不利于团结的事不做，不利于团结的话不说，尤其是不能把个人的不良情绪带到工作中，散播各种谣言更是要不得。你说呢，老杨？"

杨大彪眼珠子转了转，一副无辜的样子，说："老辛，你这些话说得我真是云山雾罩啊，你说的三个方面，我觉得好像都是冲着我来的。第一，你跟凤凰公司有没有关系，跟我有什么关系吗？第二，我是介绍过朋友的公司给你，但既然是公开招标，那就要凭实力竞争的，他公司的实力比不过人家，自动落选嘛。而至于你说的第三个方面，那就更是没事找事了，既然你一直说招标是公开透明的，那你怕别人说什么？古人都讲身正不怕影子斜，你是不是太敏感了些？另外，听你话的意思，这些谣言好像都是我编造传播的。老辛，可不能随随便便开这种玩笑。我这个人虽然本事不强、水平不高，但维护班子团结这个道理我还是懂的，如果你要是认为是我制造的那些谣言那可就大错特错了。"

杨大彪摆出一副跟辛志清交心的样子说："老辛，可能在工作当中我们两人有些理念上的分歧，也可能有人私下议论我们两人之间有些恩怨，但这都只是工作层面上的，我心里没有任何杂七杂八的东西，也不去做那些杂七杂八的事，这点你放心。我的觉悟虽然可能没你高，但我也懂得维护班子团结，维护你的权威。你来后带领大家好不容易争取到这么一个项目，这是利好公司利好每一个人的事，包括我。我怎么可能在背后捅事呢？我是怀疑有人在利用我俩之间的一点分歧挑拨离间啊！这些人的目的是什么，我不知道，但我只能跟你讲，老辛，你不要受那些谣言所惑，走自己的路，干自己的工作，其他管它做啥。再说，谁人背后不说人，又有谁背后没人说呢，你说是吧？"

辛志清本来今天是准备来好好敲打敲打杨大彪的，不成想杨大彪准备了这么一大套说辞。他有些气馁，更觉得这个杨大彪着实不简单，明明是自己造的谣，不承认不说，还跟他"推心置腹"，说得他无话可说了。但他知道，今天必须说出个所以然，不然，将来无论做什么杨大彪都在背后搅和，胡言乱语，那他这个老总名誉受损、在员工中的威信降低不说，还将大大影响公司的发展。他要跟杨大彪好好"说道说道"，哪怕翻脸也得说。

辛志清使劲咳嗽一声，像是给自己壮胆似的，然后说："老杨，你的话说得挺令我感动。谣言的源头当然无从查起，而且即使查到也只是一个谣言，查与不查就那么回事，但谣言伤人，更影响一个单位的发展啊，相信这点你比我更清楚。老杨，我今天找你，就是想告诉你，不管这个谣是不是你造的，我不再追究，但以后请你以公司发展大局为重，时刻牢记你是一名公司的领导，自重，自爱……"

辛志清还要往下说，杨大彪打断了他的话，说："咦，老辛，你这话是什么意思？什么叫不追究？什么叫我要自重、自爱？我问你，你要追究我什么？另外，我哪一点不自重、不自爱了？我发现你今天找我，是认为我在造你的谣才找的我。那行，老辛，那就请你拿出证据，有证据说是我造的谣，你把我杀了剐了都行；没有证据，那对不起，老辛，你必须给我一个说法！"

杨大彪的声音明显增大了，一副想从气势上压倒辛志清的样子。辛志清见他如此，不由得怒从心头起，也提高了音量说："老杨，我作为公司的法人代表、总经理，又是党支部书记，我有权找任何一个人谈话，包括你。谈话的目的可以说是像医生一样治病，也可以说是打预防针，你觉得针对你，那是你的理解。老杨，我们不管是做人做事，都要讲点格局，讲点品位。我现在跟你讲，这个公司不是我的，是国家的；我个人可以迁就你，但我是有底线的迁就。你不要得寸进尺，过了，我就不迁就你了。"

　　杨大彪鼻子里"哼"了一声，眼珠子转得更快了，而且一副挑衅的口气大声说："辛志清，我不怕你！我跟你讲，你也不要太自以为是，风水轮流转，我就不信你能在这家公司当一辈子老总！"

　　辛志清此时也按捺不住自己的怒火，一拍桌子说道："杨大彪，我劝你好自为之！"

　　两人间的火药味越来越浓，老朱这时推门进来了。自从杨大彪今天一进辛志清的办公室，老朱就在密切关注。听两人戗起了火，他急忙推门而入，左劝右劝，两人才停止了争吵，最后杨大彪悻悻离去。

　　虽然跟杨大彪之间闹得很不愉快，但辛志清并没停止项目的推动。他每天就像一个上了发条的闹钟一样，不停歇地围着项目打转。

　　辛志清其实并不太懂得楼盘开发的整个流程，但他有个优点，那就是好学，肯学。公司懂业务的多，各方面人才都有，他就虚心向他们讨教、学习，逐渐对整个流程有了初步的了解。

　　与杨大彪之间，他考虑先以公司大局为重，只要自己一心一意为了公司发展，终会让杨大彪认识自己，改变看法。但他没有想到的是，杨大彪显然不愿就此罢休。

13

这天，星期一，省国资委纪委书记刘国炎刚走进办公室，纪检一组组长郑昌国就送来一份呈批件请他签字。他一看，是一封关于下属企业负责人在工程项目中收受贿赂的举报信。

刘国炎是名"老转"，他在部队时干到正团级，后转业。因为在部队一直干纪检，转业时组织上征求他的意见，他说："如果组织上需要，就让我继续干老本行，毕竟熟。"组织充分尊重他的意见，又对他在部队期间的表现进行了充分的摸底，认为他政治坚定，思想过硬，为人正派，业务精湛，是干纪检的一把好手。正好省国资委纪委负责人刚退，缺人，他就补了缺。这一干，已是三年有余。

刘国炎的工作作风很鲜明，他始终秉承纪检工作的目的是"惩前毖后，治病救人"，对于轻微违纪者，能教育的教育，能挽救的挽救，不一棍子打死，而对于严重触碰法纪者，那不好意思，该查办的查办，该移交起诉的移交起诉，绝不手软。上任三年来，他既挽救了一批人，又查处了一批"蛀虫"。在省国资系统，提起他，名声很大，让人又敬又怕。

按照惯例，纪检部门收到举报信，一般是由相应的纪检组先做意见，然后呈报给领导，由领导签办办理决定。

刘国炎将举报信大致看了一下，内容是省国资委系统下属的民生房地产公司总经理辛志清在公司搞小圈子，任人唯亲，在项目招标过程中搞暗箱操作，收受贿赂的一些事，写了几页纸，落款是"民生公司全体员工"。

对于这样的匿名举报信，他们几乎天天收到。这些举报信举报的内容简直是五花八门，有举报违反工作纪律的，有举报生活作风问题的，也有举报违反组织程序提拔使用干部的，更多的是举报行贿受贿的，什么样的都有。

这些匿名举报不乏一些没有真凭实据，无中生有，诬告或是一粒芝麻说成西瓜的。这些不实的举报花费了纪检部门大量的人力物力不说，还因为纪检部门介入调查，纵然结果证明举报人是清白的，但也让一些想干事、肯干事的人寒心，让想干事、肯干事变成不想干事、怕干事。

对于那些不实的举报，刘国炎常深恶痛绝却又无可奈何。

郑昌国二十多岁，大学毕业才四五年，学的是法律，而且工作很勤奋，人又机灵，所以年纪轻轻就当上了组长。他看了举报信，说："书记，我的预感是空穴来风，但怎么处理还得听您指示。"

刘国炎想了想说："这样，你最好通过资管中心了解一下辛志清是个什么样的人。哦，对了，说到这个辛志清，我好像有印象……"

刘国炎停顿了一下，脑海里开始快速搜集并整理关于辛志清的信息。果然，他对辛志清的印象渐渐由模糊变成清晰。"我去年一次下基层调研，走了几个地方，然后集中了十几个单位的负责人一起开反腐座谈会。辛志清是一个房地产公司的，他做了关于基层更要防微杜渐做好反腐工作的发言，发言很不错。而且他形象比较儒雅，说起话来也不紧不慢，给我留下了比较深的印象，所以一看到这个名字，我就想起来了。"

郑昌国没说话，他知道刘国炎的话还没说完。

果然，刘国炎继续说："我当时还疑虑他这样一介书生气很浓的人怎么带领一个房地产公司呢，现在看来，他还是有办法的。现在房地产市场这么不景气，他竟然还推动一个项目在做，很不错。只是不知道这其中是不是像举报信中说的存在贪腐问题。要是没有还好，要是有，那胆子可就太大了。那就真应了那句话：看人不可看外表啊！"

可能发现自己扯远了，又对郑昌国说："这样，先不管真假，你先从侧面了解一下，然后把情况向我汇报。子虚乌有就算了，要有，再安排去查。"

郑昌国点头说："好的，我知道怎么办了。"

14

依然是辛志清上任的第一个年度，只不过四季流转，时间已是秋天。

这天对于别人而言或许只是一个跟平日并无二致的普通日子，但对于民生公司来说，却是大家期待已久的一天。这天，临海公园小区项目将举行奠基开建仪式。

一大早，太阳缓缓从海平面冒出头来，将大地照得金光一片；天空蓝蓝的，像有人专门涂了颜料一般；几朵薄薄的白云，在天空漫无目的地飘游；小鸟三五成群地从空中欢快地掠过，一切都是那么的美好。

仪式选在工地前的一块空地上举行，空地的最前位置是几丈高的拱门，上面写着"临海公园小区隆重奠基"；从拱门进到会场，是蒙着白色签名布的签名墙，还有无数摆列着的飘着绶带的祝贺花篮；最里面是临时搭建的主席台，主席台经过精心布置，彩绘的背景墙，鲜红的地毯铺满舞台，并一直逶迤到台下；台下，是一排一排整齐排列的塑料椅子，足足有几百张，只不过前几排还摆放了蒙着红布的桌子，桌上放着座位牌，这是给出席活动的领导和嘉宾坐的，每个座位牌上，都写着出席领导和嘉宾的名字；空地的四周，插满了彩旗、挂满了气球。整个会场场面隆重，气派非凡。离开始的时间还有两个小时，但已经有人陆陆续续来到会场。到得最早也最兴奋的莫过于民生公司的员工了，他们有的天不亮就到现场了。活动是交给一家文化广告公司来承办的，花了钱，员工到场其实没多少事做，但很多人闲不住，他们帮着干这个帮着干那个。

项目动了工，就意味着公司掀开了新篇章，员工的待遇也将从此"除旧迎新"，来自心里的喜悦写在每个员工的脸上。

辛志清也在会场反复查看每个细节，生怕出现任何纰漏。这几个月来，他几乎将所有的时间与精力都用在了项目开工前的各项准备工作之中。先后完成了与银行的对接贷款，确定了项目开工后的资金来源；完成了与承建施工公司的签约，与承建施工公司共同确立了监理公司；完成了项目所需各种原材料的进口与出口质量检验；完成了项目建造过程中出现问题的应急预案，包括安全、资金以及其他，等等。对于一些重要的事项，他都亲自过问和把关，甚至是不厌其烦一遍遍跑现场，一次次跟人谈判，有时经常到深夜他还在办公室里忙这忙那。员工们都很佩服他，私下里议论说他是个好领导、有能力的好领导、能吃苦的好领导、有办法的好领导，跟他干，有希望。

禤晓龙把员工们的这些话说给他听，他说："员工们的评价是对公司发展的肯定与希望。当然，我们做工作也不只是做给谁看的，主要还是要看结果。结果好，锦上添花；结果不好，付出再多也白搭。所以这就要求我们在公司的发展上把准方向，在每个项目上精准定位，容不得任何随意和马虎。"

对于奠基仪式，辛志清也花了不少心思。虽然仪式是交给一家很有经验的广告公司做的，但他依然亲自过问，细抠每一个细节，大到会场位置确定、嘉宾邀请，小到新闻通稿的拟写与修改、每个座位牌摆放顺序……可以说是事无巨细，事必躬亲，弄得负责会议布置的广告公司负责人跟手下人说："这个老板，做起事来比我们想得都细。"

辛志清还亲自拿着请束前往资管中心去邀请杨达川、熊海平等领导，请他们前去出席，指导工作。杨达川那天正好在办公室，他很高兴，说："一定去，一定去！"又说："现在房地产气候这么不景气，上这么大的项目，勇气可嘉啊！我建议把国资委的领导也请一两个去出席，而且看能不能把分管该工作的省领导也请去，这样阵容才大，影响也就更大。"

辛志清没有想到杨达川会提出这样的建议，高兴得连连搓手，说："如果能请到这些领导，那可真是公司莫大的荣幸。"

杨达川说："这事我来跟国资委的权主任报告，但成与不成难讲。"

辛志清此时高兴还来不及呢，赶紧说："无论怎样我都很感谢您了！"又由衷地说："杨主任，你可真是一位好领导，事事想着为下属公司好。"

杨达川说："看你这话说的，我不为你们好，我还盼着你们不好啊？"

辛志清忙说："没这意思，没这意思。"

杨达川像突然想起了什么似的，说："对了，前几天国资委纪委的郑昌国来找我了，说有人举报你违法乱纪……"

辛志清听后，心里一慌，说："举报我？"

杨达川不经意地摆了一下手，就像面前有一只苍蝇飞过一样，说："说你招标中搞什么暗箱操作，收了人家的钱。我一听就知道是扯淡，所以我就把情况说了，纪委那边也就没有消息了。"

辛志清虽然知道自己是清白的，但听说有人在举报他，内心还是一阵寒，像是穿戴整齐准备出门却遭遇到一场暴雨似的。他轻轻叹了一口气。

杨达川当然看出了他情绪上的变化，宽慰他说："老辛，没事的。老话讲，为人不做亏心事，半夜敲门心不惊。你没做那些事，担心什么？别说纪委没查，就算查也是要讲求证据的。所以你不要担心，认真把工作做好就行。当然，这些举报对我们领导干部来说也不见得是什么坏事。虽然这些举报是无中生有，但对我们当领导干部的也是一个很好的提醒，提醒我们时刻要好好为官，脑子里不能有任何私欲杂念，不然，那帮躲在暗处的人就有的笑啰。"

杨达川的一席话，说得既有条理又实际，辛志清听了，心里头稍稍有些释然。但一连几天，这事都像一个黏牙的胶皮糖一样缠绕在他脑海里挥之不去。杨达川告诉他举报信是以"公司全体员工"的名义写的，但他心里清楚，这个写举报信的是谁。

回去后，一次会议上，辛志清把杨达川要帮助请省国资委和省里分管领导来出席奠基仪式的消息说给了几位公司领导听。老朱和禤晓龙听了很兴奋，只有杨大彪无动于衷，一副事不关己的样子。这段时间以来，杨大彪上班是上班，但属于出工不出力的那种。辛志清也不指望他，也不给他安排什么工作，只开会时让办公室通知他。

辛志清是一心盼着领导能来，但结果不尽如人意。几天后，杨达川亲自给辛志清打来电话，告诉他省里分管工作的副省长要去北京开会，省国资委权主任也因另有公务来不了，但为了支持民生公司的工作，派国资委一名副主任来出席奠基仪式。

虽然国资委副主任的级别也不低，但辛志清的内心还是有些隐隐的失落，毕竟之前有那么一份期盼。他在电话里对杨达川说："这也是我这边没有考虑到位啊，要是想着请领导，仪式就应以领导的时间为主。"

杨达川却说："领导们都是日理万机，哪里抽得出空？再说就算他今天说明天有空，到了明天，可能又没空了。"

辛志清说："这倒是。"又说："其实您能来，活动的层次就很高了。"

杨达川听了一阵笑，说："老辛，你不要到了老总这个位置，学那些人讲些拍马屁的话，别人爱听，我不爱听。"

在一阵热烈的锣鼓与鞭炮声中，临海公园小区项目奠基仪式正式开始。首先暖场的是一个热烈欢快的舞蹈节目《开门红》，七八个年轻漂亮的小姑娘身着统一的舞蹈服装，在音乐的伴奏下，载歌载舞。

台下，省国资委、资管中心以及辖区政府多个主管部门的领导都来了。他们坐在第一排的位置，承建方、施工方、材料供应商，还有新闻媒体记者以及民生公司员工，共有几百号人，规模与阵势都很庞大。

暖场舞结束后，主持人上台。主持人是从电视台请的一名当家花旦，她个子不高，穿着一袭长裙，声音悦耳动听，一番激情慷慨的开场白后，主持人宣布："下面，让我们以热烈的掌声，欢迎临海公园小区开发商、民生房地产公司总经理辛志清上台致辞。"

现场顿时掌声雷动。辛志清站起身来，在一名身着旗袍的引导员的引导下，走上主席台，站在了发言席前。今天，为了显得正式，他穿了一身西装，看起来有些英气逼人，只不过因为这段时间常在现场跑，脸黑了不少。他内心有些激动，上台后从裤袋里掏讲稿，能感觉手在轻微地颤抖。

辛志清打开讲稿，先对各位领导和来宾的到来表示欢迎，又对上级领导及社会各界对公司和项目的支持表示感谢，接着详细地介绍了临海公园小区项目的定位及目标：项目将秉承民生公司为民生服务的宗旨，规划总用地面积三十亩，建筑面积约三万平方米，总投资近两亿元，可容纳约七百户业主入住。建成后，小区将成为一个集居住、休闲、娱乐、养老、投资为一体的多功能高档生活社区。辛志清表示，公司将以高质量、高标准、高配套、高服务的标准，科学、安全、文明施工，用心将项目打造成为江口市住宅项目新标杆，共同见证江口市的腾飞……

辛志清的发言简短，要点突出，振奋人心，现场响起雷鸣般的掌声，尤其是民生公司员工，更是激动得叫起好来。他们等得太久了，当希望的曙光亮起，无人不为之欢呼。

接着，承建方、监理方以及材料供应商纷纷上台发言和表态。他们表示，将与民生公司齐心协力，共同按时按质把临海公园小区项目打造成质量过硬、品质一流的品牌标杆。

杨达川代表上级主管部门上台讲话，他首先对省国资委副主任的莅临表示感谢，对临海公园小区项目的开工表示祝贺……民生公司为他准备了发言稿，他也将发言稿带上了台，但没讲几句，他就把发言稿放在一边，自由发挥起来，他说：民生公司成立十来年，受房地产市场和大环境的影响，除搞了一个教师村项目外，接下来七八年没有业务，公司人心涣散，连员工工资都无法正常发放，成为国企的一块"鸡肋"。公司一直寻找突破和机遇，但一直受到各种因素的制约始终不见起色。这次，公司在新领导的带领下，全体员工共同努力，终于有了新的突破。临海公园小区的奠基，不仅将改写江口市人民的居住格局，引领该片区居住模式全面更新换代，更为公司打响了重新启程、"再出发"的发令枪。

他强调了临海公园小区项目对于江口市房地产项目的引领作用以及公司发展的重要性，要求公司一定不负历史使命，要把项目当成公司重新出发的试金石，建设好，完成好，为全省资管中心旗下十余家公司做表率，当先锋。

杨达川的讲话同样赢得了现场阵阵热烈的掌声。

本来也安排了省国资委副主任讲话的环节，但副主任表示有资管中心领导讲就行了，他就不讲了，所以这个环节就省掉了。

在每位领导致辞之后，是文艺节目表演，大多是烘托气氛的歌舞，现场始终充满了热烈氛围。

在主席台右侧的一片空地上，有一个不大的坑，一块事先准备好的奠基石竖在坑中央，十多把绑着红绸的铁锹放置在奠基石的一旁。最后，主持人请领导和嘉宾共同移步到此，为临海公园小区项目培土。

省国资委副主任率先培下第一铲土，接着，其他领导和嘉宾也纷纷培土。现场瞬时礼花漫天、礼炮齐鸣，将奠基仪式推向高潮。

15

高晓岚这年四十多岁，长相端正，一头干练的短发，整个人看起来十分干净利索。虽是南方人，但心直口快，办事很认真，沟通与协调能力也很强。

那天，辛志清刚一上班，高晓岚就来敲门，一进门就说："老板，有份文件需要你签个字。"说完，便将一份文件递到辛志清面前。辛志清接过一看，原来是一份资管中心要求他们成立工会的通知。

这份通知是根据省国资委工作要求下发的，通知明确要求，为加强基层工会组织建设，下属各公司迅速筹备组建工会，各公司工会委员会由会员或会员代表大会选举产生。工会委员会的主席、副主席，由会员大会或会员代表大会直接选举产生，也可以由基层工会委员会选举产生，工会主席人选选出后，报上级批准后就任。

辛志清近来把重心都放在了业务上，所以他一看是这么个事，便直接签名，表示"同意"。高晓岚接回文件，看了看，却说："老板，关键的是你还没做指示呢。"

辛志清说："什么关键？"

高晓岚指着通知里关于"工会主席人选"的标准那一条说："这个啊，看谁合适当，你要提出来啊。"

辛志清接过认真看了看，问高晓岚："你们的意见呢，谁当这工会主席合适？"

高晓岚说："这我哪知道？人事上的事还得你当老板的拍板。"

抽屉里有一张公司人员花名册，辛志清拿出来，从头看到尾，又从尾看到头，末了说："按通知要求还要从现任公司领导中选一个，公司领导就我、老杨跟老朱三个人，选谁？"

高晓岚说："你是一把手，肯定不能干；老朱是财务总管，专业性很强，肯定也不能来干这个；那就只能是杨总了，除了他没别人了。"

辛志清说："这个位置，他不一定肯干啊！"

高晓岚说："这通知上面也没说是专职还是兼职啊，我们公司就这三十来号人，应该不会安排专人专职当这个工会主席吧？"

辛志清想了想说："你先打电话跟上面沟通一下，然后把沟通结果告诉我，我再找老杨谈。"

不到半小时，高晓岚又来到办公室，告诉辛志清说："上头的意思是按上级的文件精神一律专职，但我跟他们讲我们公司规模小，人少，公司领导也就三个人，安排个专职没必要，工会事也不是很多，他们才松口，原则上同意公司由一名副职兼任工会主席。"

辛志清还有点不放心，想追问几句，却又想高晓岚从公司组建以来就一直经管着办公室，资格老，工作能力也摆在那儿，这样的事她不可能不十拿九稳就来向他汇报，就什么也没再问，说："那我找老杨谈谈。"

当天杨大彪不在公司，一问说是去外面谈业务了。杨大彪不在公司已是常态，而且不在公司的理由始终都是：谈业务。实际上谁也不知道他干啥去了，因为这么长时间他一宗业务也没谈回来，却说一直在外面忙。因为还有组织选举等一系列的程序要走，时间比较紧，辛志清就让高晓岚给杨大彪打电话，通知他回来谈事。杨大彪接到电话，听说是辛志清找，才答应下午回公司。

下午，杨大彪来到辛志清的办公室。辛志清跟他寒暄几句，就把通知给他看了，又把高晓岚上午跟资管中心就专职还是兼职进行沟通的情况说了。杨大彪并不傻，问："老辛，你找我的意思是要我干这个工会主席？"

　　辛志清点点头说："原因呢，公司领导就我们三人，只有你最适合。加上公司人少，工会的活也不会很多，就是有活也能安排下面的人干，不会加重你工作的压力，增加你工作的负担。"

　　自从上次在办公室与杨大彪谈话后，杨大彪一直跟他保持着一种"对抗"式的态度。这次想提议杨大彪来当工会主席，其实他并没把握，不知道杨大彪是否会当面拒绝。

　　谁知杨大彪这次听了辛志清的话，竟然没有拒绝，但他话里还是带着一股阴阳怪气。他转动着眼珠子说："你老辛让我干，我不能不干。"

　　他答应了，虽然态度有点勉强，但辛志清并不计较，反而说："老杨，谢谢你的支持，咱们在一起搭班子，相互间多支持，多补台。"

　　杨大彪没接他的话，出门走了。

　　工会主席的人选报上去了，在辛志清看来，这只是公司日常工作中很普通与正常的工作而已。上级几乎每天都会有来文，来了他该批示的批示，经办人按要求与程序办理就行，如一树繁花，成立工会这事只是其中一朵。

16

　　临海公园小区项目自奠基以后，一日没停，马上就进入紧张而又有序的施工过程中。

　　土石方开挖与打地基是项目最基础性的工作，也是第一位的工作。万丈高楼平地起，土石方工程不完成，其他一切都谈不上推进。

可是，天公却不作美，下起雨来了。江口市的雨季一般集中在春夏，秋冬很少下雨，但这年的秋季很反常，一下就下个不停。打地基的土石方工程是挖深坑、挖大坑，一下雨，挖的坑里就积水。如果排不及时，就成了一个塘，极大地影响进度。

公司与张建设的公司签订的土石方工程合同，是有工期约定的，但下雨属于不可抗拒的自然因素，换了其他公司其他人可能就会拿这来当理由说事。但张建设他们不是，他们拉来几台大功率抽水机，一有水就抽，除非是雨大了实在无法施工作业，基本上二十四小时不停歇，非常专业。张建设有空就到工地察看，指挥工人干。有时候忙晚了，就在工地跟工人们一起"打边炉"，喝酒喝兴奋了，也脱掉上衣光着膀子跟工人们猜拳。有时喝多了，司机要拉他回家，他不回，就在工棚里睡一晚上。但若是谁犯了错，他处罚起来则相当严厉。禤晓龙就见过，张建设公司的一名现场负责人在指挥施工时，因对地下出场通道的坡道没有计算好，导致连续两辆装满渣土的车辆发现侧翻，张建设不仅当场宣布扣除这名负责人的当月绩效，罚款，还让他在雨中站了两个多小时进行深刻"反思"。要不是那天禤晓龙在，给说情，他不知要被罚站多久。

当时一些公司在开挖土石方后将多余的渣土运到其他地方倾倒时，为了省成本，一般不建洗车槽，车辆出场时也不对轮胎进行清洗，造成城市道路严重污染。张建设不这样，工程施工还没开始，他便叫人修了一个洗车槽，里面放水，所有出场车辆必须从洗车槽里经过，把轮胎上的泥巴清洗干净。车辆驶出洗车槽后，还要经过检查，如车轮胎的沟缝处还残留有泥巴，就由安装在边上的高压水枪进行二次清洗，直到轮胎干干净净，才能驶离进入市政道路。

非但如此，他还要求所有车辆往外运渣土时必须进行遮盖，以防在运输过程中渣土掉落遗洒污染路面。

这番"神操作"，在很多工地的运输车辆都跟城管部门玩"躲猫猫"，令城管部门相当头疼的当下，显得很是独特。由此，城管部门为了让其他工地有样学样，组织了全市的施工公司分批到工地召开现场会，推广他们的这种做法，号召每个公司都要学习他们文明施工的行为，并邀请媒体进行宣传报道。张建设还出镜接受电视台记者的采访，为临海公园小区和张建设的公司免费打了广告。

张建设是一个充满了矛盾色彩的人，有时与工人称兄道弟，打成一片，有时又严厉有加，凶狠霸道。特别是车辆清洗那一套，更是让人看不懂。

有一天，辛志清在一张报纸上看到张建设的名字出现在江口市拟推荐的政协委员公示中。辛志清不得不感叹张建设他们施工专业，要求严，标准高，而且不拖进度，是个扎扎实实做事的公司。辛志清认为，这人性情率真，活得本色，有那么一点老男人的可爱。

虽然因天气施工受到了一定影响，但《商品房预售许可证》已拿到手，这是一个不错的消息，意味着房子建没建完没关系，已经可以开始预售了。

据说这种期房地产商业模式是香港一个很有名的地产商发明的，楼盘还没开建，拿到规划与建设许可甚至图纸就可以开始卖房，用买家的钱去盖楼。这种方式可以用极小的本钱去博取巨大的利润，无限复制，完全是一本万利。这种模式自从传到内地，几乎所有房地产公司与项目都在借鉴与运用，自然，临海公园小区这个项目也不例外。

预售证拿到了，但房子有没有人买，这是公司员工特别是辛志清最为担心的。找王顺有借了钱，又向银行贷了款，施工单位又大量垫了资，万一出现房子卖不动的情况该怎么办？因此，他多次召集人员开会研究商讨，认真分析销售形势，寻找最佳出击点，最后形成了如下基本销售思路，并形成方案，辛志清将其称为"三条腿"走路销售法：一是媒体投放广告，最大程度造势，引发社会高度关注；二是与媒体联手开展看房及团购活动；三是以解决各单位干部职工住房为宣传，低折扣向有购房需求的各单位推销，吸引团购。

方案形成了，但销售队伍也是关键所在。公司又选择了一家专业的楼盘营销公司来具体参与和执行销售，营销公司也认为民生公司的销售思路比较实用甚至超前。

天气终于是雨过天晴了，江口市一派秋高气爽。一车一车的各类建筑材料昼夜不停地拉进工地，张建设的土石方施工接近收尾，施工单位正式进场，开始打地基和建售楼处。一时间，工地上机器轰鸣，人头攒动，一派繁忙的景象。

售楼处属于临时建筑，建在工地最外面的马路边，只有一层，三百平方米左右。大厅中央位置摆放着一个大大的沙盘与楼盘模型，墙上挂着售楼进度表，负责销售的十多位帅哥靓女也已就位，等待着正式开售时间的到来。

辛志清十分重视工程质量，除反复开会强调外，几乎每天都亲自到工地检查。他有一个最朴素的观念，房子是用来给人住而不是给人看的，质量一定要过关过硬，不能偷工减料，该花的钱一分钱都不能少。他设想的目标是要将临海公园小区打造成为质量上响当当的品牌，为公司将来长远发展打下坚实的基础。

那天，他在工地上发现，虽然监理方在现场监理，但监理公司为了省费用，聘请并派到现场的大多是刚从大学毕业的学生。这些学生学的是监理专业，但多无实践经验，在工地上几乎只是当当摆设，就算发现了问题，指出来后也没人听他们的。于是，他连夜将施工方和监理方负责人召集到一起开会，指出问题所在，提出整改意见，要求派有经验的监理员到现场实施监管，确保工程施工质量，并交代禤晓龙出会议纪要，发给与会单位并备案。

见辛志清如此认真，施工方和监理方不敢随便应付，第二天就换了人。

辛志清又把公司懂行的员工几乎都派到工地，抓进度、抓质量、抓安全。

17

禤晓龙作为项目经理，可以说压力一点都不比辛志清小，工作强度一点也不比辛志清低。他什么事都要亲力亲为，每天都在东跑西颠，脚不沾地，接打电话太多，有时手机一天都要换三四块电池。

施工运行渐趋顺利后，他按照辛志清的要求，把工作方向的重点转移到销售上。他知道，楼房即使能建起来，但如果销售跟不上，那建起来的楼盘就极有可能步入烂尾楼的后尘，那么公司也将陷入深渊，员工们也将陷入更大的水深火热。自己作为项目经理，如果出现这样的局面和后果，将难辞其咎，一辈子也再难在房地产这个行业立足。

他知道，为了公司，为了自己，必须全力以赴，就算搭上半条命也得拼命一搏。

其实禤晓龙这些年不管是事业还是婚姻，一直处于极低的低谷。他来自四川宜宾的大山深处，家里特别穷，在他小时候的记忆中，自己几乎没有吃过一顿饱饭、穿过一件新衣。穷人的孩子早当家，他小时候就立志，要通过自己的努力，离开家乡，摆脱父辈的那种"苦日子"，活出个人样来。他拼命读书，终于考上了大学，大学毕业后就直接应聘到了民生公司。民生公司属于国企，对外说起来光鲜，但实际这些年公司一直原地踏步，他几乎一无所成。他跟公司签的是劳动合同，一年一签。若不是辛志清走马上任，他本打算干到年底就去重新找份工作，毕竟还要生活。

事业毫无起色，他的婚姻也"红灯"频闪，游走在破裂的边缘。他跟妻子田娇艳相识于飞机上，两人坐在同一排座位上。那天飞机上人特别少，两人就聊天，感觉比较投机，就互留了电话，后来就成了男女朋友。田娇艳是土生土长的江口市人，长得还算漂亮，瓜子脸，身材也标致，不胖不瘦。他曾带着田娇艳回过一趟四川老家，家里人都很满意。他的大学同学看到他娶了一位美女，都说他有福气，羡慕得不得了。实际上，田娇艳的脾气不是太好，经常无缘无故埋怨这埋怨那，而且因为禤晓龙是外地人，加上工资低，他在她面前基本上扮演着一种类似"上门女婿"的角色。

两人结婚几年了，田娇艳一直坚持不要孩子。他是家中的独子，父母亲盼抱孙子都快盼疯了，但她就是不肯要。他也问过她为什么不肯要小孩，她根本不跟他说原因。

由于田娇艳从小在江口市生活，认识的人多，就经常性地出门去跟人喝茶，打麻将，逛商场，有时候很晚才回来，身上还带有烟味酒味。后来，他就听到她跟一个男人的绯闻。他问她，她也不隐瞒，承认那个男的是她的初恋男友，几年前迫于父母的压力跟别人结了婚，但一直爱着她。她之所以在认识禤晓龙后不久就跟他结了婚，就是因为男朋友跟别人结了婚。

他心里那叫一个不舒服和憋屈，但他又不想离婚。他是一个极好面子的人，怕别人笑话，再就是他觉得两个人能走到一起，组建一个家庭不容易，能凑合就凑合着过。

他的隐忍却并没换回田娇艳的心，她说："跟你说实话吧，你虽然在外人眼里是在房地产企业工作，还是国企，可你自己想想，你有什么？要钱没钱，要权没权，你学的是建设工程专业，让你跳槽到其他公司，你说现在房地产市场环境不好，到哪儿都一样。就这么一潭死水一样活着，连我们这么个小房子还是贷款买的，你说我怎么跟你过，你让我怎么跟你本本分分过？"

话说到这个份儿上，他就心灰意冷了。一个大男人，混得连老婆都嫌弃，不是什么光彩的事。但他依然不想放手，想把老婆留下来。为了把老婆留下来，他也必须拼尽全力一搏。如果这次销售不理想，项目陷入泥潭，自己翻不了身，老婆必定就留不住。家庭毁了，自己的人生将陷入更加不堪的境地。

他必须在临海公园小区上全力以赴。他入房地产行业时间不算太长，但他在各方面都积累了比较丰富的人脉与资源，包括在媒体也有朋友。这些媒体朋友多数是搞房地产专题和广告宣传的，他们经常组织聚会，开展一些沙龙，探讨全国和江口市房地产的发展。每次，他都积极发言，是个活跃分子。这次，公司下了血本，拿出几十万元，在江口市的媒体上投放了大量的广告。一时间，报纸、电视、广播、网络，到处都能看到、听到关于临海公园小区的宣传广告。

按照此前制定的销售策略，公司还跟《江口市晚报》共同推出了一个"媒体＋临海公园小区"看房活动。这个活动也是禤晓龙提议并制定出方案提交公司同意后开展的，具体操作方式就是报纸对临海公园小区进行广泛宣传，并开通热线面向市民开展邀约，然后集中到晚报会合，由公司这边出车统一拉到工地现场观摩、咨询、了解与洽谈。这个活动的形式很新颖，在江口市前所未有。最吸引人的亮点就是购房者如果订房，可以享受团购价。《江口市晚报》开通的热线几乎每天都会接到上百个咨询与预约看房的电话，有购房意向的人都想体验一把。每天，公司安排的车辆来往穿梭于报社与楼盘之间，售楼处几乎每天都挤满了人。销售执行公司的售楼人员都是帅哥美女，虽然都还年轻，但多已在房地产销售市场上鏖战数年，经验丰富，极具专业性。只要有人来，一般都会被他们的三寸不烂之舌说动心，下决心订房。其中一个小姑娘年龄才二十三四岁，个子不高，但长得漂亮，伶牙俐齿，很是招人喜欢。一个月不到，她一个人就卖出了四十多套房，稳居销售榜冠军，让其他同行眼红忌妒。

当然也有一些人参加看房活动但下不定决心，选择了观望，这是因为江口市当时还有许多的烂尾楼耸立在城市的各个地方，这些人担心把钱交了，楼子盖不起来，或是盖起来了交付不了，步那些烂尾楼的后尘。那样他们钱交了，房子也没住上，财、房两空。他们要等到房子真正盖好可以装修入住了才买。对于这一部分人，公司为了留住他们，不仅做了详细的登记，还允诺到时也将给予一定的优惠。

公司还与各党政机关和企事业单位加强联系，宣传推广楼盘，并承诺以最低价接受各单位的团购，也吸引了一定的关注。

临海公园小区的确在地段上有一定的优势，房价也不算贵，再加上房地产市场正值低迷期，烂尾楼遍地，大家普遍认为房地产十年二十年难以翻身，谁也不敢去碰，仿佛房地产就是洪水猛兽。但实际上，这期间还是有相当一部分人有住房的刚需，临海公园小区正是抓住了这个空隙，闪转腾挪，实现了逆袭。短短一个月，房子便卖出近三分之一，而且还有部分潜在客户在观察，跃跃欲试。

18

施工顺利进行，销售实现"开门红"，辛志清总算松了口气。这天，他去工地上转了转，四栋楼都建到四五层了，工人们在进行紧张的施工。禤晓龙还有施工方负责人跟着他到处看。他并没发现太大的问题，就回到了办公室。这时正是深夜，天气凉爽，他却感到有点心慌，燥热。

大约是一个月前，他就常常产生以前没有过的心慌、出虚汗、饥饿等症状。回家跟阿慧说了，阿慧判断应该是低血糖，拉他到医院去检查。果然就是，但这个病只能靠平时多注意。

办公室里备有饼干和糖果，他拿出饼干吃了两口，感觉好了许多。他又去洗手间洗了把脸，回到办公桌前坐下，高晓岚就敲门进来了。她一进门，竟然一反常态地将门给反锁了。

"怎么啦？"辛志清从来没见过她那副样子。

"老板，搞出事来了。"高晓岚将手里的一份公文递给辛志清，说，"杨总当工会主席的事，资管中心批复了，同意他当，但不是兼职，而是专职。"

"什么？什么？"辛志清像被蛇咬了一口似的，一连几声"什么"地问。

高晓岚也不跟他解释，说："您自己看。"又说："哎呀，这可怎么办啊？"

辛志清定了定神，将公文从头到尾逐字逐句认真看了一遍。没错，资管中心同意下属十余家公司各自成立工会，同意上报工会主席名单，但要求所有工会主席必须专人专职，不得兼职，有现职的，由各公司予以调整。

杨大彪的名字赫然在列。

辛志清的头一下子大了，心想，这是个什么情况，不是说可以兼职的吗，怎么又搞出来个专职了呢？

稳了半天神，辛志清才又问："这东西还有谁看过？"

高晓岚说："就我知道，我今天去资管中心开会，带回来的。"

辛志清说："那好，先不要跟任何人说。"

高晓岚点头说："知道，肯定不会往外说，但老板，这事棘手啊，杨大彪知道了，还不把您给吃了！"

辛志清也不掩饰自己的情绪，叹了一口气说："这事怎么搞成这样了呢？"

他让高晓岚先去忙，自己则愣了半晌，不知道该怎么办。手机放在桌子上，他拿起来，竟然鬼使神差地给杨达川打去了电话。电话通了，杨达川"喂"了一声，他几乎才醒悟过来，但这时已不容他不说话了，所以他说："是杨主任吗？我有个急事，想去见您一下。"

电话那头的杨达川也没问他什么急事，答应了，说他在办公室等他。

急急地出门，但一坐上车，他反倒冷静了下来，有些后悔自己一时冲动给杨达川打了电话。自己去干什么呢？是想让杨达川收回成命？但不管哪一级下发的文件，都是盖着大印的，是能谁说收回就收回的？明知不可能，已成事实，自己为何还要画蛇添足呢？是想碰碰运气，还是打算在杨大彪面前有个说法？他自己都不知道。

阿牛刚出门时看出辛志清有急事要办，把车开得很快，倒是辛志清提醒："你开慢点，注意安全。"

绿灯亮了，阿牛嘴里不知说了句什么，挂挡前行。辛志清转头看向车外，车外没有太阳，天阴着，像要下雨的样子。他摇下车窗，觉得空气中都弥漫着一种沉重。

来到杨达川办公室，刚坐下，办公桌上的电话铃声响了。杨达川接了，不知是谁说了什么，杨达川怒气冲冲地说："不要管他，他不来，我还能用轿子去抬他？"说完就挂了电话，冲辛志清微微一笑说："不好意思，一点家事。"又问："这么急找我有什么事？"

"是……是有点事，可路上想了想，好像又不该为这事来找您。"辛志清搓了搓手，说，"但又想，电话都给您打了，不来又不合适，就心怀忐忑来了。"

杨达川说："老辛，你我又不是刚认识，不用拐弯抹角，有什么事，直接讲。"

辛志清点点头，说："是我们公司工会主席的事。"

"我知道，下面拟了一个文件，我前两天给签发的，怎么啦？"杨达川一副意外的表情。

辛志清说："我们公司的副总杨大彪是我们公司这次上报的工会主席人选，开始他不想干，原因是担心让他专职当工会主席，把副总这个位置弄没了。公司为此几次跟中心办公室联系沟通，讲明公司领导少无法安排专职主席的特殊情况，办公室这边明显答复，可以兼职，但我们今天收到文件，却是要求不得兼职。杨主任，跟您说实话，这份文件把我吓了一大跳。您知道杨大彪一直对我心存芥蒂，有成见，老是认为老总的位置本来是他的，是我抢了他的。而且公司也的确跟中心办公室沟通过，明确是兼职，我也曾把办公室的答复转告给他，但现在却是让他专职。他现在还不知道，要是知道了，肯定认为是我在背后搞什么名堂。"

杨达川听辛志清讲完，好像有许多话要说似的，结果却是问："那你认为现在该怎么办？"

辛志清想了想说："刚看到文件内心发慌，还幻想找您把文件收回去，把内容重新改一遍后再发。路上冷静后才意识到自己的想法多么幼稚可笑。唉，现在除了按文件执行也别无他法，来找您，您就当着是一个无能的部下来诉诉苦吧。杨大彪他要怎样就怎样吧，毕竟给了他这么一个口实。"

"他敢！"杨达川突然音高八度说了一声，说完他可能意识到有些失态，忙放低声音，"这个怪不得中心办公室，他们的确是按你们的意见拟的文，是我给改了。上级明文是不得兼职，其他十多家企业都不安排兼职，凭什么杨大彪一人要搞特殊？所以我给改了，要怪，你们怪我。"

听杨达川把责任往自己身上揽，辛志清忙说："杨主任，这怎么能怪您呢？是我能力有限，考虑不周全，又想当好人，把这个事情弄复杂了。"

杨达川一挥手说："老辛，我听说杨大彪对公司的发展不太上心，对你的工作也是不太支持，公司上下对他有些看法，有没有这么回事？"

辛志清没有料到杨达川竟然突然说到这个话题，欲言又止。

杨达川就说："老辛，你有话就说。"

辛志清苦笑两声，摇摇头，说："杨主任，有些话的确是不知道该说不该说，但是，您既然提到了，我就向您做个汇报吧，只是不知道，杨大彪知道后，会不会认为是我在领导面前告他的状……"

杨达川说："这里就我们两人，你尽管说。"

辛志清清了清嗓子，就把杨大彪认为自己想当老总没当成，他去后杨大彪对他的态度、在工作中的表现，以及请他帮他朋友的公司中标未果，继而在背后制造谣言，自己又找他沟通交流等情况都讲了。

辛志清情绪略略有些激动："杨主任，组织信任我，安排我到公司任职，但他总以为是我抢了他的位置，处处跟我唱反调。这且不说，他想让朋友的公司来承建工程，找我帮忙。可招标是全透明的，我怎么可能去打这种招呼？他的目的没有达到，就四处散播我的谣言，我找他沟通交流，但没有取得想达到的效果，反而加深了他对我更大的误解，叫我也为难。"

杨达川越听眉头皱得越紧，听辛志清说完，他说："班子是一个单位的灵魂，更是一个单位的精神支柱。班子成员的一言一行，完全会影响整个单位的发展，这就需要班子成员一定要团结。若是不团结，产生内耗，队伍就不好带，单位发展也就无从谈起。一旦人心出现涣散，那么这个单位只会越发展越差，它带来的影响往往比市场形势不佳和外部压力更可怕，有时甚至是灾难性、毁灭性的。"

辛志清点头称"是"，接着说："杨主任，公司现在多数员工斗志昂扬，心往一处想，劲往一处使，都憋足了劲想打个翻身仗。只有杨大彪，交给的工作是能推就推，能拖就拖，而且总是爱散播一些消极和不利于公司内部团结与发展的言论，不少员工们对他有意见，但也是敢怒不敢言。说实话，我有时觉得真的好难，难的不是什么工作难做，而是跟这样的人搭班子，事不容易做，心更累……"

辛志清说到这里说不下去了，深深地叹了口气。

杨达川默然了一阵，说："老辛，事情我都明白了。我也十分体谅你的心情和不易。这个杨大彪，着实有点太不像话了……"

他停住话头，又一阵沉默，才说："没准这次把他调到工会主席这个位置上，是调对了。"

辛志清叹了口气，说："只是不知道他知道后会是个什么反应，唉，走一步看一步吧。"

杨达川说："你回去告诉杨大彪，就说是我说的，他的这个工会主席你们是想让他兼职，是我让他干专职的。如果他不接受，或是不服，让他来找我！还有，你们抓紧按程序让杨大彪交接工作，腾出来的位置，你们自己看有没有适合的。有的话拟个人选报上来，没有的话中心给你们安排一个去。"

虽然杨达川发了话，但辛志清还是一连几天想不出该以怎样的方式跟杨大彪说这事。

这世上没有不透风的墙，辛志清还没有找杨大彪，杨大彪却自己找上门来了。那天，杨大彪来到他办公室，开口就说："老辛，听说工会主席的任命下来了？让我干专职，什么意思？"

辛志清赔着笑，一副轻描淡写的口气说："老杨，正打算找你呢。是这样的，结果与我们上报的有点出入，我们报的你是兼职，上级批复却是让你专职。"

杨大彪像被蛇咬了一口一样，声音陡高："你把这叫作'有点出入'，什么意思？"

辛志清干脆将批文拿出来，递给他，说："老杨，这上面说得清清楚楚，你自己看吧。"

杨大彪却不接批文，也不说话，低着头，只是鼻子里不断发出"哧哧"声，令人不寒而栗，浑身骤起一阵鸡皮疙瘩。辛志清怕他当场发作，便劝慰道："老杨，这个事我也不想跟你做什么解释。事已至此，解释也没有用。你不要怪任何人，要怪，你就怪我，骂我一顿都行，但把气出完，该服从的还是要服从，该按上级要求执行的还是要按上级要求执行，你说呢？"

杨大彪这时缓缓抬起头来，他的脸灰暗如墨，眼里射出道道寒光，但脸上竟然同时又露出一丝让人不易觉察的冷笑："工会工作也是党的重要工作嘛，我生什么气？我高兴还来不及呢，还要感谢上级领导和公司对我的信任呢。"

辛志清苦笑着说："老杨，这也是没有办法的事，还望你多体谅。你当工会主席，也还是公司领导，公司的整体发展还得你继续发光发热呢。另外，现在公司事多，副总的职务你先兼着，帮着把公司的事先往前推一推，等以后有人来了再说。"

杨大彪脸上再一次露出了冷笑，说："明白，我什么都明白。我会把工会工作做好，至于副总这个岗位，这文件上面写得清清楚楚，不让兼职，不让兼职我还兼，往小了说是我不要脸，往大了说是不服从组织决定，我有那个胆吗？所以我不兼了，你想安排谁干谁来干吧。"

杨大彪起身离开，拉开门的一瞬间，他又突然转过身来，阴着脸，向辛志清竖了下大拇指，然后说："行啊老辛，背后整人有一套啊。"

辛志清不觉周身一寒。他知道杨大彪跟他这是真正结下仇怨了，对于这种局面，他感到委屈而又无奈。他闭起双眼靠在椅子上，平复了一下自己的情绪，站起身来，端起茶杯喝了一大口茶，然后长吁一口气，看向窗外。窗外是一棵数丈高的椰子树，顶端，挂满了圆滚滚的椰果，一对叫不出名字的鸟儿在枝叶间停留，啁啾。

19

转眼就到了辛志清上任的第二年春天，这天，凤凰公司老总龚学才约褟晓龙见面。两人此前并不认识，但在公司招标前，龚学才通过朋友认识了褟晓龙，两人遂成了朋友，经常见面。

龚学才做了多年的生意，深谙为人处世之道，褟晓龙虽然不是公司的"一把手"，但龚学才知道他的作用在工程项目上实际并不亚于辛志清，所以极力巴结，尽力攀附。由于走得过密，一度有人传言凤凰公司之所以能中标，是褟晓龙在中间起了作用，帮了忙。这事也传到了辛志清那里，辛志清把他叫去，问他是不是有这么回事。他赌咒发誓说没有那么回事，他与凤凰公司之间是干干净净的，现在经常在一起，也是为了工程建设方面的事。

辛志清知道，就算褟晓龙跟凤凰公司之间有什么他也不会承认，自己的目的也不是让他承认，而是为了敲打敲打他，于是就说："还是要注意些影响，不要让别人说闲话。"

他举了一些单位负责人跟一些私人老板走得太近，最后身陷囹圄的案例。褟晓龙知道他的用意，表示一定会守住底线。

这天，龚学才安排在城郊接合部的一个农家菜餐厅见面，褟晓龙一个人去，龚学才也只带了一个部门经理去。这个经理，龚学才几乎每次吃饭都要带着。龚学才介绍说他不是外人，是他哥的儿子，他的亲侄子。

菜绝对是真正的农家菜，他们喝的酒也不是那种高档瓶装酒，而是由农民自酿的米酒。这种酒喝起来很柔，很好下喉，但后劲大，不能多喝，喝多了第二天都起不了床。

龚学才的侄子不喝酒，专门为两人倒酒。喝了几杯，禤晓龙就问："跑这么远，不会只单纯为了吃饭喝酒吧？"

龚学才个子不高，很胖，一脸横肉，光看外表容易让人害怕，但他开口说话却是不高声不大嗓，而且待人谦和，跟他交往很容易让人产生错觉。这时，见禤晓龙问，他小声"哈哈"笑了两声，然后说："两个意思：一是好久都不聚了，聚聚；二是我有个想法，想跟你沟通沟通，但不知能不能行。"

禤晓龙"哦"了一声。

龚学才又举杯跟他碰了一下，拿眼示意了一下他侄子。他侄子便识趣地起身说去看看有什么主食，出去了。

龚学才这才说："我这有一个可以发财的路子，想提出来，看行不行。"

禤晓龙问："什么发财路子？"

龚学才说："现在的几栋楼主体工程都施工过半了，我们也基本是完完整整依照设计图纸来建设施工的。这样做肯定是没问题，但这样中规中矩，却把一个可以另外挣笔大外快的机会错过去了。"

禤晓龙来了兴趣，说："你是想偷工减料还是想怎样？"

龚学才说："那我可不敢，借我一百个胆我也不敢，建设质量上出问题，搞不好那是要坐牢的。"

禤晓龙说："直说。"

龚学才就从随身携带的一个包里拿出一张纸，上面画着草图。他指着草图讲解："一共八栋楼，矮的不好弄，但其中三栋主体建筑都是十六层，是可以拿来做点文章的。"

禤晓龙说："哦？"

龚学才指着图纸说："这三栋楼房，下面的十五层该怎么建设就怎么建设，但最顶层可以适当增高一些，搞个跃层。"

禤晓龙其实也听闻过一些房地产项目这样打"擦边球"的事，但他从来没有想过在自己的项目上这么搞。这时他听龚学才这么一说，心里一动，说："这是擅自变更建筑的规划和设计啊，到时候验收通不过怎么办？"

龚学才说："这个一般没什么问题，只在最顶层动下手脚，并不会影响整体规划。如果实在不放心，在建造的时候，就向规划局书面申请局部修改。没有重大原则性错误，规划局一般都会批准的。"

禤晓龙搞了这些年的房地产，最先考虑的也是安全问题，就问："加建的话地基承受不承受得住？"

龚学才说："这个倒没问题，这个地基是按防十五级地震搞的，不要说加个把层，加个四五层都没问题。"

禤晓龙放下心来，又问："那要增加多少建设成本？"

龚学才说："每栋大概一百万元的造价，三栋也就三百万元上下。"

看了一眼禤晓龙，他又说："可以多做一点，到时你拿去喝茶。"

禤晓龙"嗯"了一声，说："我考虑一下。"

转天，他就把顶层加高的设想跟辛志清说了，并说三栋如果都加建的话，大致可能多增加收入一千来万元。还说到了地基的承受能力与安全性问题。

辛志清听说额外能够多挣上千万，安全性也有保障，有点心动，但还是有些犹豫。禤晓龙就说："这是房地产市场一个心照不宣的秘密，都是这么干的。"

辛志清说："我们是国企，其实不在乎这么点钱的收入，但如果确保什么问题也不会有，那就试试吧。"又说："一定要稳妥，向相关部门积极申请修改规划，不要留下什么隐患，影响整个项目。"

就这样，在龚学才的提议下，在禤晓龙的推动下，三栋主体建筑最顶层均长了个儿。只不过站在十六楼的走廊，看不出来，走进去后才知道里面"别有洞天"。

这种小跃层很精致，建成后在销售时很受购房者的欢迎。四栋楼一共三十二套小跃层，被人抢购一空。

但禤晓龙一直没有向规划局提交局部规划修改的申请，到验收环节，出了问题，费了很大的周折才摆平。

第二章

20

杨大彪成了工会主席，虽然上级通知要求不得兼职，但辛志清为了顾及他的颜面，或者说不至于跟他彻底闹翻，依然一直让他担任副总一职。毕竟，杨大彪是差点当老总的人，老总没当上，当个副总也坐不稳，被安排当个工会主席，换了谁心里都不会痛快。

但杨大彪似乎并不领他这个情，公司员工依然叫他"杨总"，他就一脸不悦地说："叫什么杨总？谁是杨总？"搞得人一脸尴尬。工会没有什么事，所以杨大彪每天想来就来，想走就走，甚至是一连几天也见不到人影。就是来了，也无非是喝喝茶，翻翻报纸，想起来一个事，或是接一个电话，就马上起身走人。据说，他几乎是每天都泡在茶艺馆里。

杨大彪天天泡在茶艺馆不假，但他却帮一个老板成立了一家房地产公司。

这个老板是广东汕头人，姓何，长期喝茶抽烟，一嘴的黑牙。他来到江口市，想做生意，可人生地不熟。一次在饭桌上，他认识了杨大彪，并得知他是在房地产公司当领导，就向他请教房地产市场前景，问现在搞得搞不得。因为公司正在开发临海公园小区，有现成的话题，杨大彪就一通神侃胡吹，说什么房地产的"春天"马上就要来了。这个何老板对赚钱敏锐度高，而且人干脆，一旦有了想法就要付诸现实。他也不知道杨大彪能力如何，但听其说得头头是道，而且有国有房地产公司领导的身份，就提出让杨大彪帮忙，成立一家房地产公司，一起赚钱。

杨大彪这时正觉得自己在公司不得志，如果真能跟何老板一起搞房地产，简直是天上掉馅饼的大好事。他大喜过望，当即答应了下来。

何老板很快就成立了一家叫德清的房地产公司，自己任法人兼董事长。本来他提出让杨大彪投点资，给他点股份，但杨大彪说自己是一名国企工作人员的身份，不能投资，更不能占股，还不能显露身份，只能在背后为公司出力。

何老板就说："那你就在背后帮我，赚了钱，我不会亏待你。"

德清房地产公司是由代理公司随便找的一个地址注册的，虽然称为公司，但只是个皮包公司，连个办公场所都没有。何老板爱喝茶，天天泡在茶艺馆。用他的话说，一天不喝茶，比不吃饭还难受。所以，茶艺馆就成了公司的临时办公室。

杨大彪也就基本上每天都在茶艺馆里跟何老板聊生意，聊发展，也闲聊。聊到辛志清，他转着眼珠子说："别看他长得斯斯文文，一副儒雅模样，可会谋心机了。"

何老板说："好好把你的资源用一用，我们一起搞点钱，那时还用看谁脸色？等你实现了财务自由，完全可以辞职自己当老板，吃香喝辣，自由自在，多好。"

杨大彪听得热血沸腾，心想这个何老板真是自己的知音啊！到底在房地产公司混了些年，有些信息来源和渠道，他很快得知，有一家地产公司手里有一块地，土地合法，规划及报建手续都已拿到，但公司因别的项目与其他公司有纠纷，迟迟拿不到银行的贷款，项目开发停滞，急于寻找合作方。

杨大彪先行与这家公司进行了接触，得知这个项目是要建四栋十六层的商品房，对方开出的条件倒也简单，他们出地，有意跟他们合作者出钱，共同开发建设，房屋销售后按比例分成。至于按什么样的比例分成，对方提议如果德清公司有诚意，双方可以坐下来详谈。

杨大彪跟何老板说了这事，何老板说："我不懂房地产啊，你看能不能搞？你说能搞，就搞；你说不能搞，就不搞。"

杨大彪说："我觉得有搞头。"

何老板说："那就搞嘛。"

何老板亲自出面跟对方公司谈。虽然何老板没搞过房地产，自己也说不懂房地产，但坐下来跟人谈判时，却让杨大彪直怀疑他没讲真话，因为他谈生意的水平实在是太高了，一顿茶喝下来，硬是将合作开发谈成了对方直接将项目转卖给德清公司，德清公司先支付一半的转让费，另外一半等楼盘销售后再一次性结清。

双方签约后，何老板让杨大彪抓紧组建团队。他对杨大彪说："我是不懂怎么搞的啦，全都靠你的啦，认真搞，搞好了挣大钱了。"杨大彪兴奋得不行。

21

临海公园小区项目推进顺利，员工们都喜气洋洋，他们都在等待"饭"熟后揭开锅盖的那一刻。

阿牛也在等，他比谁都期望项目尽快完工，能得到自己应得的一份钱。这一切源于孩子。阿牛的孩子这年六岁，是个小男孩，长得很秀气。最开始，他们发现孩子常常烦躁不安，以及出现呕吐、发烧、发冷的症状。他跟老婆吓得不轻，送孩子到医院检查，检查的结果是孩子患了肾结石病，而且比较严重，需要尽快治疗。阿牛两口子都疑虑，这么小的孩子怎么就会患上肾结石呢？问医生，医生也说不上来，只说可能是个例。问医生怎么治，医生说孩子太小，要是用药物效果不会太理想，可以直接通过手术摘取，但摘取之后会不会产生新的结石，他们不敢保证。阿牛两口子一时也拿不定主意。

别人家的孩子二三岁便被送到幼儿园，自己的孩子身体差，动不动就发烧，直到五岁时才上幼儿园。可也是三天两头病，一病就只有接回家。孩子上了一年的幼儿园，几乎没有在幼儿园里完整地待过一天。

某天，孩子在幼儿园吃午饭，吃着吃着突然喊要尿尿。老师带他去尿，结果尿是红的，孩子也一个劲地哭着喊疼。老师马上向园长做了汇报，园长一看不对劲，马上一边打120，一边给阿牛和他老婆打电话。

孩子被送到医院，医生说孩子的肾结石还在长大，需要尽快手术。可一问手术费，不菲，需要差不多六万块。这六万块对于有钱人来说也许不算什么，但对于阿牛一家来说，怎么拿得出来？拿不出来只能靠借，借了一屁股债，总算把孩子的手术给做了。

不到半年，阿牛借的钱几乎还没还多少，孩子又出现了发烧等与做手术前几乎同样的症状。阿牛两口子又一次将孩子送到医院检查，肾上又出现了新的结石，而且还在不断长大。两口子差点没昏过去，他们实在想不到这样的人生灾难会降临在自己头上。

第一次给孩子做手术时，阿牛找褟晓龙借过钱，一直还没还。现在，孩子可能又要进行第二次手术，他不知道钱从哪里来。

阿牛特别可怜孩子，那么小，却要经受许多大人都难以承受的痛苦。现实如同一张沉如千斤的磨盘压在他的肩上。

那天，阿牛心情烦闷，打电话约褟晓龙喝酒，主要是想倾诉倾诉，另外如果到时还需要做手术，还得找褟晓龙张口，他给他先说说。他发现褟晓龙过去没什么钱，但现在好像比过去有钱了。

褟晓龙那几天其实忙得脚不点地，但还是去了。

阿牛长吁短叹，一杯一杯地灌啤酒，边灌啤酒边把孩子的事情说了。褟晓龙听了也很震惊，他对阿牛说："这是怎么回事呢？是不是吃什么东西吃出来的？"

阿牛说："孩子从小就吃奶粉，也没吃过什么啊！平时也就跟我们一样吃我老婆做的饭菜，我们都没事啊！"

褟晓龙也疑惑，说："那说不定是天生体质所致。"又宽慰说："孩子现在小，等他慢慢长大了，说不定身体强壮起来，结石就自动给排掉了。"

阿牛说："那是将来的事，但现在真的是让我不知道怎么办。孩子动不动就病，根本无法上幼儿园，更别说再过几年上小学了。我老婆把工作都辞了，在家全身心照顾。还有，前次做手术的钱都还没还完，万一又要做手术，借都不知道找谁借了，我都快愁死了。"

看着阿牛伤心、无助的样子，褟晓龙一时也不知道找什么话来安慰，就拍了拍他的肩膀说："兄弟，一切都会过去的。你听过这么一句话不？黑夜再长，黎明总会到来。往好处想，往远处看，一切都会好起来的。"

他想了想又说："另外，钱的事，如果需要，跟我说，我来帮你想办法。"

阿牛明显喝多了，垂着头，一副生无可恋的样子，嘴里喃喃自语地说："他妈的，孩子成这样，老婆没工作，老子当个小司机，拿什么来救孩子？拿什么来救这个家？垮掉了，垮掉了，这个家……"

禤晓龙看着阿牛，听着他的酒话，内心感觉到一阵疼痛。这苍穹之下的人间，有几家过得顺顺利利、和和美美、无忧无虑呢？包括他自己。他决定尽己所能帮帮阿牛。

为了帮助阿牛，一天，禤晓龙来到辛志清的办公室，先讲了几个工作上的事，又吞吞吐吐说："老板，您知道阿牛家的事吗？"

辛志清说："没有啊，他家什么事？"

禤晓龙说："老板，这事本不该我跟您说，阿牛也不让我跟您说，但想来想去，我觉得还是应该向您做下汇报……"

辛志清说："你就别在这绕圈子了，直接说吧，什么事？"

禤晓龙就一五一十把阿牛家的情况说了，然后说："阿牛现在遇到这么个事，我看他快要疯掉了。老板，我向您汇报的意思，是想看下公司能不能帮帮他。"

经禤晓龙这么一说，辛志清突然想起，近段时间以来，每天早上阿牛来接自己去上班，眼睛总是红红的，多少还有些心不在焉。他是习惯坐后排左侧也就是驾驶员后面位置的，阿牛每次给他开车门也是习惯性地开这个门，最近有两次他竟然是去开右侧后门，等辛志清自己开了左侧车门坐进车里他才反应过来。

原来是家里遇到了这么大的事。辛志清嗔怪说："这个阿牛，竟然跟我讲都不讲一声。"又对禤晓龙说："你看看公司能怎么做，帮他一把。哦，对了，不是有工会吗？让工会看看有什么政策，能不能救济救济。"

22

经过德清公司一段时间的筹备，项目也在一片绚烂的礼花中启动。

何老板果然实力雄厚，一下子就拿出近三千万元的启动资金，而杨大彪也显现出了他的"不同凡响"，在较短的时间内就完成了队伍的组建，与各承包方、材料供应方等签订了合同，保证了按时进场施工。

这段时间里，杨大彪连到民生公司面都没去露一下。公司几次开会，办公室通知他，他不是说自己不舒服，就是说家里有事，反正就是不参加。

德清公司七八个部门包括监理公司都是杨大彪负责组建或聘请的，但唯有财务部是何老板亲自安排的，三四个人都是他的老乡。何老板的说辞是，这支财务管理团队跟了他很多年，很专业，经验丰富，对他很忠诚。杨大彪当时心里也没多想。

项目经理是杨大彪从另一家房地产公司挖来的，上任前，他叮嘱项目经理："我这是在帮朋友忙，你嘴巴要紧些。"

项目经理说："您放心。"

杨大彪用的是房产开发中"项目销售全过程管理"那一套，实际上就是行内所称的"项目操盘手"。也就是说，项目委托地勘、工程设计，甚至后来的规划调整论证等具体工作均是杨大彪负责组织实施。

土石方工程是前期最耗时的基础工程，说巧不巧，揽到这个项目石方工程的竟然又是张建设他们的公司。只是他们并不是走的杨大彪的路子，而是走的其他渠道。不管走的是哪个渠道，都让人不得不佩服他的能力。

杨大彪给项目经理反复强调要抓工期，时间上能往前赶尽量往前赶，要把一天当成两天干。杨大彪的想法是，项目宜早不宜迟，项目早日完工，楼盘早日销售，他就能早日拿到属于他的那份丰厚的回报。

何老板隔个三五天才到工地上转一转。工地一侧是块空地，杨大彪安排项目经理在空地上建了几排简易房，用于办公或工人食宿用。项目经理在第一排最靠里给何老板和杨大彪分别安排了一个独立的办公室，桌椅沙发茶具齐全。杨大彪几乎天天都去，去了就泡上一壶茶，先喝上一壶，然后听项目经理的工作汇报，有时还到现场转转。而何老板很少去，即使去了，也不去他的办公室，就只在杨大彪的办公室坐坐，聊聊工地上的事，还说："给我弄办公室干啥，我能坐得了办公室？"

何老板几乎每次到工地后都要到财务部坐坐，用家乡话跟他的那几个老乡叽里咕噜说一大堆。说的什么，别人听不懂，财务部的那几个人也守口如瓶，从不跟外人说。

23

一晃又是数月过去，临海公园小区项目土建、水电等工程终于全部完工了。各种门、窗、栏杆等安装完毕；水、电、气正式开通；电梯、消防等工程安装、调试，雨污水、小区内道路等市政工程，景观绿化、各类综合管线等配套工程也都全部结束。除了少量绿化还在栽种、垃圾房等配套设施还在施工收尾外，项目正式进入竣工验收的阶段。

项目验收是房地产开发中非常重要的环节，能否顺利通过直接决定能否顺利交房。消防、防雷、规划、质监等部门分别派出专家前来进行验收。为保证工程施工质量，确保所有工程项目均能顺利通过验收，民生公司高度重视，成立了由辛志清为组长的验收领导小组，副组长由杨大彪、老朱担任，禤晓龙、高晓岚等人负责具体事务。领导小组召开会议，明确了各自的主要任务和职责，提出了具体工作要求。

验收过程十分繁乱纷杂，每天都有不同的部门前来进行验收工作。他们这里查查，那里看看，既看竣工报告，又看现场，非常严谨而又专业。

不管是哪个部门来，公司每次都有专人陪同，提供必需的材料。验收工作进展有序，顺利。

这天，几名规划局的工作人员前来进行规划验收，禤晓龙负责接待。他笑着将他们请到会议室，会议桌上，早就摆好了他们所需要的规划图纸以及竣工质量报告。

一名脸上长着络腮胡子的男子自我介绍说："我是规划局的刘科长，也是你们这个项目验收小组的组长，由我带队负责规划验收。"

禤晓龙马上将整个项目的情况做了简单介绍。验收小组先是查看了公司早已准备好的材料，然后就根据分工前往楼盘逐层进行检测。

他们每个人都背着一个工具包，挎包里，装着卷尺、纸笔等各式各样的东西。几个人分头行动，拿着图纸，逐栋楼、逐套房进行对照检测，基本上都是两人一组。

规划验收小组一连在楼盘工作了两天才结束，项目整体符合规划，但几栋楼加盖的情况却浮出了水面。

这事是禤晓龙当时干的，等到验收小组问他情况，他才知道麻烦了。

刘科长黑着脸说："胆子这么大的？"

禤晓龙赔着笑说："我们搞开发的，谁不希望多挣点呢？"

刘科长批评说："当时要及时申请改规啊，又花不了几个钱的。现在搞成这样，如果要想规划验收合格，那就要按照规划许可的图纸进行整改，不然，规划验收这一块就通不过。"

禤晓龙继续赔着笑说："楼都建成这样，除非是拆了重建，不然根本就无法整改。刘科长，你看能不能通融一下，看有没有别的办法可以解决？"

刘科长说："当然有，如果无法进行整改，那就得对你们公司进行罚款。只要你们按规定缴纳了罚款，我们局党组召开会议研究认定，也可以给予验收合格。"

禤晓龙试探着问："那像我们这样的大概要罚多少？"

刘科长摇摇头说："这个不好说，得回去后根据相关规定才能核算出来，这么大面积，应该不轻。"

禤晓龙心里"咚"地一跳，他不知道，"应该不轻"到底是多少。

验收小组走后，禤晓龙马上向辛志清做了汇报。辛志清很是生气，责怪道："当初为什么不去申请改规？真是乱弹琴！"

禤晓龙解释："当初的确是糊涂了，也听了承建方的忽悠，觉得申请改规麻烦，在验收环节打点打点就算了，没想到现在被卡了脖子。"

不解释还好，一解释，辛志清更恼了。他觉得禤晓龙的确能力强、听话、勤快，但有一个问题是他比较圆滑，爱擅自做主，在工作中喜欢搞点小动作，打一些"擦边球"。美其名曰是为公司着想，但背后有没有什么个人的目的，很难讲清楚。于是辛志清决定敲打敲打他："小裯，我们是国企，就要守国企的规矩，不管做什么，首先就是要合法合规，来不得半点虚的，更容不得我们有半点私心。合法合规地做事，是我们最起码的底线，不能去触碰和逾越，不然就是引火烧身，更会影响国企的形象。这个事，当初我是怎么交代的？你没听，才会酿成今天这个局面。这是大事，不是小事，不能视为儿戏。如果再这样，我就不让你管一些重要的事了。"

这是辛志清第一次对裯晓龙讲这么重的话，裯晓龙不由愧得满面通红，额头也冒出汗来，忙低下头认错："老板，我错了，我向您保证，这是第一次，也是最后一次！如果我再犯这样的错误，不用公司赶我走，我自己选择离开。"

裯晓龙态度极其诚恳，辛志清的心就软了，叹了口气，语气缓和了些说："希望你记住我们俩今天的谈话。另外，这事现在出现了这样的局面，你要想办法解决，自己拉屎屁股要自己擦。"

裯晓龙连连点头，说："您放心，我抓紧来处理。"

当天晚上，裯晓龙打电话把龚学才叫了出来，两人在海边上的一个烧烤摊见面。虽然是夏天，但此时椰林婆娑，海风阵阵，将白天的酷热消解得一干二净，十分凉爽。两人找了个位置坐下，龚学才点了些烧烤，又点了几杯冰啤酒，然后开始喝起来。喝了几口，裯晓龙就深叹一口气说："他妈的，上次那个加建的事惹出麻烦来了，今天被老板狠狠说了一顿。"

龚学才说："什么意思，他不是同意了吗？"

褯晓龙说："他同意是同意了，但后来我嫌麻烦，没有去申请修改规划，现在来验收，被发现了。"

龚学才说："嗨，你还嫌麻烦！现在被他们发现了，才是真麻烦。"

褯晓龙有点负气似的说："大不了罚点款，建都建好了，还能叫我们给拆了？"

龚学才说："哪有你说的这么简单？"

褯晓龙说："哎呀，到底怎么弄？看你好像很有谱的样子，你就直接说吧。"

龚学才说："规划局里头到时会开出一张罚款单给你们，如果罚得少，你们交了就算了，但依我看你们的这个项目少不了，至少要罚个几百万元。你们收到罚单后，先不用去交钱，而是可以去申请行政复议。"

他喝了一口啤酒，继续说："具体是这样，你们申请复议后，可以利用中间人去做工作，把罚款减到最低。那样，你们就只需缴纳很小数额的罚款就行了。"

褯晓龙埋怨说："当初真不该听你的，搞什么加建，害老板对我看法极大。"

龚学才举了杯说："哪个老板脾气不大？等你当了老板，遇到这种事，也会骂人。把事情给处理好不就完了？"

等褯晓龙举起杯，他跟他碰了一下，说："不加建，咱俩哪有喝酒的钱？"

说完这句话，他将杯中酒一饮而尽，褯晓龙自然懂得他话里的含义，看了看他，并不说话，也将杯中酒喝干了。

果然如龚学才所言，一周之后，江口市规划局向民生公司下达违反规划建设行政处罚单，理由是临海公园小区加建部分违反了《中华人民共和国城乡规划法》，拟对公司给予三百万元的罚款。

虽然早有心理预期，但收到这么大数额的罚单，辛志清他们还是吓了一大跳。

辛志清把禤晓龙叫到了办公室。但令辛志清意外的是，禤晓龙看到罚单后，并不像他那样着急，还"呵呵"笑了两声。辛志清问他："你笑什么？"

禤晓龙把报告的最后两行字指给辛志清看，这两行字的大意是，如民生公司不服处罚，可以在十五天之内向江口市规划局提出听证申请。

辛志清说："下处罚决定的是他们，向他们提出听证申请有什么用？"

禤晓龙这才把从龚学才那里得来的"解决方案"说了。

辛志清说："这是什么套路？你以前也这么干过？"

禤晓龙摇头，说："没干过。"又说："倒是听说现在规划局去年换了一个局长，一个领导一种作风，一种做事风格，谁知道他们这次是一个什么套路？"

辛志清说："那你就跟他们对接下，摸摸底。"

禤晓龙说："我明白。"

才走出辛志清的办公室，龚学才的电话就来了，说他已知道规划局下达罚款通知的事了，他已联系了一个中间人出面来帮忙。

禤晓龙也急，说："那就抓紧安排见面。"

24

江口市不大，尤其是相同的行业间，基本上信息都互通。

很快，杨大彪在外跟人私下合作搞楼盘开发的消息就传到了辛志清的耳朵里。

消息其实是禤晓龙告诉他的，禤晓龙说："听说他在外面搞得风生水起，要发大财的样子。"

辛志清说："哦，他在外面开发楼盘？他哪来的项目，又哪来的资金？"

禤晓龙说："听说他是跟一个汕头人合伙搞的，汕头人出钱，他出资源，负责项目建设与管理。"

辛志清说："他在公司干了这么多年，副总也当了些年，好像什么事都没干成，怎么还在外头帮人把一个项目搞起来了？"

禤晓龙说："这个谁说得清？怎么回事也就他能清楚，别人很难弄清楚。"

辛志清又说："他是公司的人，还是工会主席，这样在外面兼职，要是被上级单位知道了，不光要处理他，可能连公司都跑不掉。"

禤晓龙说："杨大彪的胆子也的确是太大了，简直就是目无组织纪律，无法无天，我们都要被牵连进去的。"

辛志清说："是啊，有什么办法呢？我先找他谈谈。"

禤晓龙说："老板，多一事不如少一事，你说他估计也没用，不如让他自生自灭。玩过火了，公司收拾不了他，自会有人收拾他。"

辛志清说："毕竟他是公司里的人，我又是公司里的支部书记、老总，一岗双责，不过问不行啊！"

当天，辛志清就给杨大彪打去一个电话。杨大彪接了，辛志清问："老杨，在忙什么呢？有空回公司下，找你有点事。"

杨大彪说："什么事？急不急？我一时半会儿回不了，急的话就在电话里说吧。"

辛志清就说："老杨，听说你在外头跟人合搞了一个公司，也在做房地产开发？"

杨大彪略略迟疑了一下，才说："消息传得倒挺快，我哪有那个胆子？跟你汇报一下，是朋友搞的一个小项目，他没从事过这行，让我给他出出主意，把把关。这里重点跟你强调一下，是义务帮忙，不存在跟他合伙那些你们说的名堂。我一个工会主席，一年的活就那么几件，我天天待在公司，没事干，还碍你们的眼不是？"

辛志清听了杨大彪这阴阳怪气的一番话，气得眉头皱了几皱。他觉得没必要再跟杨大彪这种人讲什么情面，就说："老杨，你现在是公司的工会主席，是公司领导，这样长期不上班跑到外边去帮私人老板做事，是严重违反公司管理规定的一种行为，希望你能遵守公司规定。至于你是否跟人合伙做生意，你自己心中有数，不弄出事来是你运气，弄出事来你自己要承担全部的责任与后果！"

杨大彪在电话那头笑了起来，笑了几声后，他竟然说："老辛，你别在这里吓唬人。甭说我只是跟朋友帮下忙，就算我跟人合伙搞开发，你能把我怎样？告诉你辛志清，老子不怕你，你放马过来，大不了来个鱼死网破，同归于尽！"

杨大彪一顿狂骂，骂完也不待辛志清讲话，直接就挂了电话。辛志清气得手直抖，站起身来，抄起桌上的一个文件夹，重重一下砸在地上。

高晓岚的办公室就在旁边，听到动静忙推门进来，见辛志清站在那里一脸愤怒，忙问："怎么啦老板？跟谁生这么大气？"

辛志清张开嘴，吐了口长气，才说："这个杨大彪，实在是太混账了！"

他心里堵得慌，对杨大彪的行为感到无语、悲愤。他隐隐感觉到杨大彪一定不会善罢甘休，他一定会给自己带来麻烦。

因为杨大彪是资管中心管理的干部，辛志清考虑要不要将他参加其他公司项目的情况报告给资管中心，可考虑来考虑去还是决定先放一放。

但没有想到的是，他这一放，结果放出事来了。

25

虽然验收过程颇为曲折，费了不少周章，但临海公园小区终于还是如期交房了。

规划验收报告是在听证会召开后的半个月内拿到的，报告称，鉴于民生公司在临海公园小区项目上存在违反规划行为，但在接到处罚决定后能够及时整改，为此，对民生公司的处罚变更为三十万元。

辛志清对禤晓龙产生了一些不太好的看法。他能明显感觉到，禤晓龙在这一过程中有问题，他几乎能够断定禤晓龙在背后搞了不少见不得人的名堂，只是他做得巧妙，隐藏得也深，让人难以抓到把柄。

他在内心深处祈佑公司平安，祈佑任何人都不要出事，特别是禤晓龙。

公司的办公场地一直以来是在教师村，用的是一栋楼房一楼的几间临街铺面房，简单隔了下就用来办公了。现在临海公园小区建起来了，不管是"硬件""软件"，还是新旧程度，教师村都远远不及。因此，公司决定将办公场地搬至临海公园小区，将其中一栋楼的三楼留着不售，作为新的办公场所，后续转为公司固定资产。

这个决定得到公司全体员工的一致赞成，公司很快叫一家装修装饰公司进行设计并装修。两个月就完工了，放置了一个月，就选了一个日子乔迁到了新的办公场所。

辛志清是个不事张扬的人，也不爱乱花钱，因此新办公室装修得并不豪华。除了门脸因为要对外，用的装修材料比较高档之外，其他的地方装修用料都很普通。就连辛志清的办公室也属于简装，墙上的涂料、地上铺的瓷砖，还有吊顶，都很普通。

但为了营造一种文化氛围，美化和点缀空间，高晓岚去江口市有名的书画一条街买了些字画、装裱好的世界地图和中国地图，挂在办公大厅空白且醒目的位置以及各位领导办公室的墙上。

辛志清办公室的办公桌后是一面白墙，高晓岚打算给挂一幅中国地图，但褟晓龙说："高姐，我请人给老板的办公室写了一幅字，到时挂那幅吧。"

高晓岚笑问："我看很多领导的办公室多是挂地图的，那样有气势。字画，我买的也有，你请哪位高人写的？能强过这些？"

褟晓龙也笑说："高姐，过两天你就知道了。"

过了两天，褟晓龙所说的字到了。是装裱好了的，有四尺见方，挂好了，不少员工都去看，见那字写得好，笔走龙蛇，铁画银钩，雄健、大气，一看就不是一般人所写；再看写的内容，竟然是艾青的一首诗：

礁石

一个浪，一个浪

无休止地扑过来

每一个浪都在它脚下

被打成碎沫，散开……

它的脸上和身上

像刀砍过的一样

但它依然站在那里

含着微笑，看着海洋……

　　这首诗很多人都会背，大家就议论，这字写得好，诗也选得好，很符合辛志清的口味。辛志清事先并不知道禤晓龙给他弄了这么一幅字，待看到后，很是惊喜。他看书法家的落款，竟然是省书法家协会主席。他知道这位主席的字很难求，猜禤晓龙一定没少付出代价，就说："这书法不俗，但一个办公室，实在没必要搞这么铺张。"

　　禤晓龙懂得他话里的意思，就说："老板您放心，我是托人求的，没花一分钱。"

　　辛志清也就没再说什么。他实在是喜欢这诗、这字，一个人在办公室里时，常常会站在它面前看。他不是很懂书法，对字也就是觉得好，而诗却让他觉得百读不厌。这首诗虽短，却向人们展示了一种磅礴的精神、一种人生的境界。

　　从那时起，逢有人来访，看到这幅字谈起来，他都会讲一些自己的心得。一幅字，让辛志清对禤晓龙又改变了某些看法。

　　临海公园小区最终的项目整体结算报告还没出来，但大致盈利情况早已测算出来：项目有望获利近三千万元，连本带息还完王顺有的借款，公司将有近两千万元的利润。

　　这是一个任谁听了都会激动无比的数字，虽然还没"官宣"，但员工们早已通过各自的渠道获知并传播开了。公司这些年一直不死不活，这个项目，是公司继教师村后的第一个项目；这笔钱，也是公司成立以来赚的最大的一笔钱。公司上下笼罩在一片喜庆之中，员工们私下里更是相互祝贺道喜。

赚了钱，最先考虑的当然就是职工的利益。辛志清组织召开了总经理办公会，研究讨论了工资补发、绩效增发以及偿还此前教师村所欠工程款等事宜。

公司此前因为无收益，好几年工资只按百分之七十左右发放，欠了不少。这次，公司决定一次性全部补发到位。单是工资，多的可以一次性拿到三十几万元，少的也有十来万。公司同时根据员工在这次项目中的贡献大小，增发了一次绩效，每个人又都领到了相应的一笔钱。公司上下沸腾了，一个个喜形于色，激动之情难以言表，都在说公司的好，说辛志清的好。有胆子大的跑到辛志清的办公室，要请他吃饭。

看着员工们一张张兴奋得像孩子一样的笑脸，辛志清觉得很有一种成就感。他觉得所谓的成就，并不是一个人自己干出了一番轰轰烈烈的事业，得到了多少回报，而是为一个集体做了些什么，帮他人实现了多少梦想。他感到肩上有一种沉甸甸的责任感和使命感，他对公司的发展、对公司的未来同样充满了信心。

因为项目完工，加上公司乔迁新居，公司决定开展一次团建。团建选在了一个周五，地点则是在离江口市二百公里远的翡翠山城。

翡翠山城民风淳朴，空气负氧离子含量高。近年来，随着全域旅游活动如火如荼地开展，山城也迎来了良好的发展势头。这次团建是交给一个拓展公司来具体执行的。时下，拓展活动是一种时尚，很多单位和企业每年都会以团建的名义搞一次拓展，以此增强团队的凝聚力。

一个周五的下午，公司全体员工包括家属近百人，乘坐两辆大巴车浩浩荡荡向翡翠山城进发了。他们走的是一条国道，一开始，两边的景色并不诱人，但行驶了七八十公里开始进山后，窗外的景色马上就变得不一样了。只见一路山清水秀，层峦叠嶂、山如墨黛，空气也变得清新了许多。大家一边欣赏沿途的美景，一边嬉闹玩笑。两辆车里，充满了欢声笑语。路上，有人问到了王顺有，说这么重要的活动应该邀请他参加才是。禤晓龙说，公司是邀请了他的，但他有事回山西去了，参加不了。

经过近两个半小时的长途跋涉，终于到达了目的地——翡翠山城三月三酒店。此次团建共分为两部分，一是庆典，二是拓展。拓展定在第二天白天进行，当天晚上举行公司庆典。

山城的夜晚黑得比都市早，七点不到星星就早已从天幕探出来了，配上南盛河上五彩缤纷的灯光，把山城的夜装饰得更美更宁静。庆典场地就在南盛河边的一块空旷地上。酒店方按要求早早就做好了准备，长桌宴、篝火晚会、竹竿舞，原生态，原汁原味，还特意搭建了临时舞台。在舞台的中央，立着话筒；侧面，还放着抽奖箱及奖品，氛围早已提前营造得相当浓郁。

晚上七点，庆典活动正式开始。活动司仪是酒店出的，一个梳着小分头的小伙子，流程是事先制定好的，主持词也是事先拟好的。司仪的工作很简单，照着主持词念。

一曲热烈而又欢快的歌舞毕，司仪上台，简单的几句开场白后，辛志清首先被请上台讲话。他一上台，还没开口，台下就响起了一片掌声。他先是简要地总结了公司一年多来所做的工作，特别总结了开发临海公园小区项目所取得的成绩、经验，指出了存在的问题，表扬了在公司发展与项目开发过程中突出的人和事，接着又提出了公司新的发展目标：“根据对市场的分析研判，公司制定了三年的发展规划，目标是，未来三年中计划每年新开发一个楼盘，稳步推进，稳步增长，实现三年利润过亿的目标！”

辛志清的这话一出，台下几乎不而约同发出一阵惊呼，接着又响起一阵议论，最后才是一阵雷鸣般的掌声响起。

辛志清最后提出了希望，他说：“只要我们上下齐心，一心谋发展，各施其责，尽职尽责，把各自工作做好，公司就一定会更大更强，这样的团建年年就会继续开展。到那时，相信每名员工都能过上更加美好的生活……”

又是一阵雷鸣般的掌声。

庆典活动在一片轻松愉快的气氛中继续进行，台上，歌舞、先进员工代表发言、抽奖……台下，服务员陆续上菜，极富山城特色的美食。一时间，会场笑声频传，一片欢腾。

现场还开展了两项活动，给大家留下了很深的印象，其中一个是为阿牛的孩子捐款。上次，工会根据辛志清的指示给予了阿牛一定的救济，但因为政策等方面的规定和约束，只是象征性地意思了一下，对阿牛一家来讲只是杯水车薪。这次利用庆典的机会，组织了一次捐款。员工们都很高兴，加上每个人都补了工资，发了绩效，有的甚至还领到了奖金，都格外大方和踊跃，短短二十分钟内就捐了五万多元。王顺有虽然没参加活动，但之前听说要捐款，专门让禤晓龙帮助代捐了三千元。当工作人员将五万多元捐款现场交到阿牛手里时，他两眼含泪，手拿着麦克风，却久久地说不出一句话来。

再一个就是裼晓龙在辛志清事先不知情的情况下，搞突然袭击，把辛志清请上台给大家演奏了一曲二胡独奏《二泉映月》。二胡是裼晓龙出发之前瞒着辛志清找阿慧从家里取出带来的。琴声悠扬，夜香弥漫，员工们度过了七八年来最为欢快、最为难忘的一夜。

杨大彪并没有参加这次团建。高晓岚通知了他，辛志清也专门给他说了，他以身体不舒服请了假。

26

自从知道阿牛家里的事后，辛志清没少为他操心。想着阿牛一个人的工资要养一家三口，辛志清又跟他以前的物业公司新老总打招呼，给阿牛的老婆安排了一个保洁的岗位。这个岗位上班时间很灵活，完全可以做到工作与照顾孩子两不误。

阿牛万分感激地对辛志清说："老板，我家里现在问题不大，孩子虽然还是动不动就犯病，但比以前轻多了。前几天到医院检查，医生说孩子的抵抗力比以前强多了，但现在还是不敢把她送学校去，由我老婆在家教她读书认字。我老婆初中毕业，还能教孩子认几个字。"

辛志清听了，说："好，不要急，急也急不来，只要孩子身体慢慢恢复健康，就有希望。"

阿牛说："老板说得对，我跟老婆现在都习惯了。的确要感谢公司，特别是老板您对我们一家的关心照顾，我跟老婆每次在家说起您，她都说您是菩萨心肠的好人。"

辛志清说："别这么说，也没帮到你们什么大忙，尽了点心意而已，主要还是靠你们自己。每个人的一生都会有高峰、有低谷，我们正确对待就好。"

有一次下班后，禤晓龙陪辛志清从公司散步回家。城市车水马龙，喧嚣繁华，两人选择了一条较偏僻的马路人行道走。辛志清说不用陪他散步，让禤晓龙回家休息，禤晓龙说："辛总，陪你散完步，我就打车回家。我有件事想跟您说说。"

辛志清"哦"了一声，问："什么事？"

禤晓龙看了看辛志清，又用手挠了挠头发，才说："老板，前几天跟资管中心的陈天军见面，他跟我说了熊海平好像对我们公司有点意见……"

辛志清说："什么意见？"

禤晓龙又挠着头发说："陈天军说，熊海平有次跟人提起了我们公司，提到了什么招标的事，还讲我们公司不懂做人。"

辛志清有点明白了，但辛志清不好说什么，他选择了沉默。一连几天，他都在想这事。

几天后的一个晚上，王顺有约他喝茶。项目做完，王顺有除了拿回本金外，还赚了一笔不菲的利息，而且他还以约定的略高于成本价的价格，一下子拿了临海公园的十套房，等待时机再出手。这点，让辛志清对他都佩服，不愧是做生意的，会赚钱。在临海公园项目上，民生公司和王顺有可以说实现了双赢，辛志清和他的关系也越发近了，成为一对要好的朋友。

王顺有此前爱喝酒不爱喝茶，辛志清不爱喝酒爱喝茶，两人成了要好朋友后，王顺有受辛志清感染，加上他喝了几十年酒，身体也渐渐喝出毛病来了，就向辛志清学习，渐渐把酒给戒掉，爱上了喝茶。他说："喝茶好，不像喝酒，天天喝得像个糊涂虫，伤身体，还误事。"

他家里本来囤了几十箱山西汾酒，竟然送了一半给别人。要不是老伴提醒留些下来将来女儿出嫁办喜事时喝，他可能早就送完了。

两人喝茶的地方离公司和王顺有所住小区都不远，这家茶艺馆有外场，也有包厢，装修得相当雅致，古色古香，一进去人就不由自主地放松下来。他们在那儿买了茶，喝不完就存那儿。两人一去，服务员就把他俩领进常坐的包厢，一个长得浓眉大眼的服务员为他们冲茶。喝了几泡茶，说了会儿闲话，辛志清想起了烦心事，就对服务员说："你先出去一下，我俩说点事。"

服务员很听话，带上门，出去了。王顺有说："有啥事，还让小妹出去？"

辛志清就把禤晓龙的建议说了，问王顺有："老王，你帮拿拿主意，这事怎么弄？"

王顺有很干脆，说："该解决这个问题，不然，将来你做事肯定顺不了，那个姓熊的会卡你。"

辛志清说："唉，其实我心里也知道。"

王顺有又说："老辛，额是个粗人，但不瞒你说，做了这么些年煤炭生意，也积累了一些经验。额是觉得，一个公司要想在市场上站稳脚跟，生存发展壮大，该处理好的关系一定要处理好！"

话已说到这份儿上，辛志清只得叹口气，说："我心中有数了。"

两人走出茶艺馆时，夜已深，刮起了一阵冷风。门口一棵树冠厚大的老榕树正在提着叶子，一片片，簌簌簌地，在冷风中不紧不慢地飘落，很安静。

27

过了几天，周五当天晚上，辛志清没让阿牛开车，而是让禤晓龙开车送自己。

禤晓龙早就摸清了杨达川与熊海平家的住址。两人先到了杨达川所住的小区，辛志清先在车上给杨达川打电话，杨达川接了电话说："你要来我家干什么？"

辛志清说："有点工作上的事要向您当面汇报。"

杨达川本想说"有工作明天去单位上说"，一想明天是周六，单位不上班，他又说："那来吧，我住 12 栋 607 房。"

辛志清提着袋子坐电梯来到杨达川家门口，按响了门铃。杨达川开了门，见辛志清提着个大大的袋子，边把人往屋里让边说："你这里提的啥？"

辛志清没有说话。

杨达川指着沙发对辛志清说："坐。"

辛志清把袋子放到靠墙位置，坐了。杨达川给他倒了杯水，递给他后说："你先坐一会儿，我给老婆喂了药再出来说话。"

"嫂子病了？"辛志清关切地问。

杨达川说："嗨，十多年前出了一次车祸，一直瘫痪在床。最近几天睡觉着凉，感冒了，医生上家来给开了药，刚准备喂她吃，你就来了。"

"啊？"辛志清惊讶得不行，他没有想到外表看着风风光光的杨达川，竟然家里还躺着一个瘫痪的老婆。

杨达川进卧室去给老婆喂药了，辛志清坐在沙发上打量着杨达川的家。竟然是相当的简陋，装修陈旧不说，就连沙发、吃饭的餐桌椅子也都是那种大路货；南方这么热的天，家里竟然没有安装空调。一台电视机，还是一台很老款的长虹牌。客厅的一角有个条案，上面摆着笔墨纸砚，有写好的书法。他起身去看，竟是用小楷写的一幅字：得一官不荣，失一官不辱，勿说一官无用，地方全靠一官；吃百姓之饭，穿百姓之衣，莫道百姓可欺，自己也是百姓。

辛志清不会写书法，但会看。他看那字形体方正，笔画平直，笔势恍如飞鸿戏海，极其生动，绝非一日之功能够达到的水平。再看落款，清晰地写着"达川"二字。

辛志清一时有些难以相信，杨达川竟然写得如此好的一手书法。再看家里的装修和摆设，他觉得若不是亲眼所见，谁能相信一个掌管着十几家国有企业的单位一把手的家竟然是如此简陋、陈旧和寒酸！一时间，他竟然有种恍然梦中的感觉。他的内心被深深震撼到了，这幅字就是杨达川的真实写照啊！

杨达川这时出来了，也在沙发上坐下来。辛志清见他穿着一条肥大的裤衩，已经洗得泛白，大腿的位置还有几个洞。

杨达川说："老辛，无事不登三宝殿，你来我家，很特殊，我一般不让人到家里来。一是你看到了，家不像个样子，怕人笑话；二是让人来，特别是让你这样的下属公司的老总来，没事也怕有事，说不清。"

辛志清点点头，说："感谢杨主任给我这么大个面子，今天来也没什么特别重要的事，就是来看看您和嫂子。公司在您的大力支持下，一年前上马的那个工程，现在楼都卖完了，公司赚了一些钱。吃水不忘挖井人，我们全公司的人都感谢您呢。"

杨达川"哦"了一声，才说："我以为你有什么急难的事找我呢，原来是专门感谢我来了。"

他一指辛志清放在墙边的袋子说："既然是专程来感谢我的，公司赚了大钱，如果我没猜错，这里头装的，除了烟酒茶，应该还有这个吧？"

他将拇指和食指捏到一块，做了个数钱的动作。

辛志清脸上一红，说话也结巴了，说："这……这……这是我个人的一点心意，很小的一点意思。"

杨达川说："老辛啊，你到公司满打满算才一年半时间，但成绩不俗。这个临海公园小区项目搞得好，尤其是在房地产的大环境让人觉得看不到任何曙光的时候，你们大胆开拓，实现了逆袭，为公司赚了钱不说，也为咱们国企争了光，成为标杆。我为你们感到高兴，说明你们找对了路子，也为下一步的发展积累了经验，奠定了基础。"

他又一指那袋子说："但这个事搞不得啊，尤其是你，书生意气，一开始当公司老总连上级领导的门都不登一下，怎么现在还学会送礼了呢？是自学成才还是别人教的？我猜恐怕这不是你内心真正愿意干的事吧？"

辛志清不知该如何接话，搓着手，一脸尴尬。

杨达川继续说："老辛啊，这个事情真的搞不得，原因有几点：一、作为你的上级领导，支持你的工作是我的职责所在；二、你们公司赚钱，是替国家赚钱，不是为你们自己赚钱；三、我们都是党的干部，就算是做企业，也是受党领导和监督的人。就凭这几点，你说你还能送，我还能收吗？再说，这世上没有不透风的墙，就算你送给我，我收了，万一哪天被人给捅出去，你我脱得了干系吗？你说，你这不是在害我，同时也害你自己吗？"

辛志清脸更红了，他说："杨主任，您说得对，但的确是我的一份心啊！"

杨达川说："你的心意我领了，也感谢你来家里看我们，但东西你必须得拿回去。另外我跟你讲，我不收你的礼，以后的工作我该支持还是会坚决支持。作为党的领导干部，廉洁自律，以德为先，永远都是不过时的话题，这也是应该遵守的行为准则。"

杨达川的这些话，让辛志清听了既羞愧又感动。他诚恳地说："杨主任，我错了，谢谢您的教诲，我一定用心做事，干净做人，像您一样做个好官。"

杨达川一挥手说："没有对与错的区分，你的心意是好的，出发点肯定是为公司的顺利发展，但行为不对。你说呢，老辛？"

辛志清点头，想走，又觉得这样走有点那个，就找话题说："杨主任，您家这房子也太简陋了。"

杨达川说："我觉得蛮好啊，儿子已经大学毕业工作了，家里就我跟老婆两个人住。因为工作忙，请了个人偶尔来家帮着照顾一下我老婆，住得下。再说，我对生活的要求很低，我觉得有吃有喝，有地方住就行了，没必要去讲究太多。讲究多了心就乱了，心乱了，就容易出问题。还是多想想怎么去把本职工作干好，不说为党和国家做多大贡献，至少要对得起组织的信任，对得起自己的良心，这样晚上睡觉，才能内心安稳，睡得踏实啊！"

辛志清本来还闪了一下要帮杨达川把家重新装修的念头，但只闪了一下他就打消了，他知道"此路不通"。

临走出门，杨达川拍了拍辛志清的肩膀，说："把心思花在工作中，多找些项目来做，这些动作，别搞了。"他想了想又说："今后如果有人因为得不到好处为难你们，你直接跟我说。"

辛志清听懂了意思，又一次点点头，心里热了一下。

褚晓龙在车上等，见辛志清将袋子原封不动地拿了回来，惊讶地问："老板，这是……"

辛志清也不解释，说："回去。"

禤晓龙试探着问："不去熊主任那儿了？"

辛志清一时不说话，半晌才说："不去了，去海边走走吧。"

禤晓龙不知道辛志清在杨达川家经历了什么，但他可以明显感觉到他情绪有些波动。也不好再问，直接将他送到了那片海礁石处。

每每遇到一些情绪上的事，辛志清就会选择到这片海礁石处走走。这已成为老朱、禤晓龙等公司几个为数不多的人知晓的"秘密"。

这天晚上涨潮了，而且是大潮，海浪"哗啦、哗啦"一阵比一阵猛烈地击打着海岸，海礁石早已被埋在水下，踪影皆无。

辛志清慢慢在海边走着，大自然的海浪声不及他内心深处的巨浪翻滚。今天晚上在杨达川家见到的景象，以及杨达川像领导又像是朋友一样对他所讲的那些话，让他感触良多，就像巨浪冲击海岸一样冲击着他的内心。这种冲击是那么真实，那么充满力量，让人惭愧而又意义非凡。

如何做人，如何为官，他觉得，自己还有很长的路要走。

走了一会儿，辛志清伫立在海边，一动不动，像一尊雕塑，他觉得自己的灵魂受到了巨浪的洗礼！

28

一天下午，熊海平给辛志清打电话，约他晚上见一面。

由于在杨达川家的"遭遇"，辛志清内心受到很大触动，所以他后来一直没去也没叫人去看望熊海平。他猜都猜得到熊海平肯定对他有意见，但他再也迈不出那一步。

熊海平主动约他见面，虽然不知目的是什么，但他知道断然不能拒绝，他连忙说"好"。

下班后，辛志清没让阿牛送，而是让禤晓龙开车送自己。

这是一个不太起眼的海鲜店，外场摆着七八张桌子，靠里有几个包厢，都不大，而且很简陋。他此前没来过，不知道熊海平为何会找这么一个地方。

服务员将他领进其中一个包厢，一开门，熊海平已经坐在里面了，还点好了菜在等他。桌子上，放着一瓶已打开正在醒着的红酒。辛志清顿时产生一种如释重负之感，看来，熊海平今晚没打算灌他。

打过招呼，辛志清发现桌上只有两套餐具，有些意外，问："就您一个人？"

"怎么，不行？"桌子中央放着一个卡斯炉，正煮着一小锅海鱼，熊海平一边打着鱼汤上的泡沫，一边说。

辛志清忙笑着说："行，当然行，能单独陪领导吃顿饭，求之不得的事，我荣幸还来不及呢。只是觉得熊主任是个爱热闹的人，单单两个人吃饭，这种场面少有。"

菜也全部上齐，服务员帮着把酒倒上，就退出了包厢。

喝了几口鱼汤，算是暖了暖胃，熊海平举杯说："今天咱俩喝顿养生酒，就喝这一瓶红酒，轻松点。"

辛志清说："好，我听您的。"

他心里知道，熊海平叫自己来吃饭，又是单独两个人，绝非只是单纯为了吃饭，肯定是有什么事找他，而且还不是一件小事，但他不问，他等着熊海平主动开口。

果然，一会儿，熊海平开口了："老辛啊，你们的临海公园小区项目搞得不错，取得了很好的社会效益和经济效益，祝贺你们啊！"

辛志清说："太感谢了，都是熊主任还有其他领导指导和支持的结果，我们只是做了一些具体工作。"

熊海平说："不要说这些虚头巴脑的客气话了，支持你们的工作是我们应该做的嘛。"

辛志清说："这个项目效益不是太理想，但我们觉得满意的是，把一个死气沉沉的公司给救活了过来，至少员工们都能领到足额的工资了。另外一个很大的收获是，在项目的开发过程当中，我们积累了一定的实际工作经验，发掘和培养了一些搞项目开发的行家里手，这对于以后公司发展相当有利。"

熊海平喝了一口鱼汤，说："这样很好，经济效益与培养人才、建设队伍相结合，这才是真正的丰收。"

辛志清话题一转说："熊主任，其实您不给我打电话，我还想着这几天联系您呢。"

熊海平一愣，说："哦？"

辛志清笑着说："这段时间忙项目收尾等工作，连一次麻将都没有陪熊主任打过，但我内心里一直记着熊主任对我们的帮助，也一直想着找机会感谢您。但是忙，加上又不知道拿什么来感谢，就拖到现在，正好您打电话来了，我就说……"

熊海平打断了他的话，说："我的意思是不存在什么感谢不感谢，支持你们的工作是我应尽的责任，都是为了工作，谈感谢就有些不妥了。再说，资管中心的一把手是杨主任，要感谢你们也是要感谢他，我只是分管你们的领导，也是在他的领导下工作的。你说是吧，老辛？"

辛志清被他说得有点分不清东南西北，觉得听起来好像是那么回事，却又说不清他到底是个什么立场。于是他笑笑，说："熊主任，受教了，受教了。"

熊海平也不想就这个话题继续下去，转了话题说："今天叫你来见面，也不只是吃饭，是想跟你说几个事。"

辛志清知道熊海平要切入正题了，就说："您说，您说。"

熊海平说："一个呢，我刚才讲了，你们的这个项目取得了社会效益与经济效益的双丰收，这在我们资管中心下属十几家企业中，是成绩最为突出的。我也将你们的情况口头向省国资委做了汇报，他们听了很感兴趣，让准备一个材料报上去，他们准备在全省推广你们的经验，如果有可能还会搞一个现场会。老辛，这是个好机会啊，所以叫你来商量，抓紧安排公司做一个材料，近两三天内就拿出来。"

辛志清听了心一动，想这事听起来是不错，要是项目能够得到省国资委的肯定，那绝对是好事。如果能开一个现场会，那更是好上加好。现在房地产难做，房地产公司生存更难，如果有国资委站台，把公司树为龙头标杆，那公司名声就大了，这无疑对公司发展有利无害。辛志清说："有您关心和支持我们公司的发展，如果不发展好都对不起您！"

熊海平又说："老辛啊，这是一个事，咱们就先聊到这里，你安排好就行，把材料弄细点弄扎实点。公司要没人，看媒体有没有朋友，请他们帮忙弄一下，材料弄好后及时送给我。"

辛志清说："好，我明天一早就安排。"

熊海平点了点说："这第二个事是朋友托我办的一件私事，考虑了很久，一直没给你讲，这几天她又找我，弄得我不得不找你了。"

辛志清看了看熊海平，见他一脸为难的样子，说："啥事您就直说呗。"

熊海平将筷子放下，又清了清嗓子，才说："是这样的，老辛，我的这个朋友呢，是个女同志，她有一个朋友在你们开发的临海公园小区买了房，说很不错，她就去看了，觉得地段很好，房间布局也好，很喜欢，就想买一套。但她去售楼处问了，说卖完了。她一开始也以为卖完了，却又打听到其实还有，但在你们公司领导手里。她知道我管着你们，就让我出个面，看能否卖给她一套，价格方面，该收多少收多少，一分钱不打折。就这么个事，你看能不能办？"

每开发一个楼盘，尤其是抢手楼盘，开发商留下几套房先不卖，以备不时之需。临海公园小区项目公司的确也留了几套，当时是在禤晓龙的建议下留下的。禤晓龙当时提出建议后，公司集体研究时，有人还担心说这几套房到时会没人买，禤晓龙说："不留，万一到时有人打招呼就不好办，谁都不会相信一个项目公司不留几套房备用，会认为我们是留了房但不给面子，把人得罪了自己都不知道。"

禤晓龙还承诺，如果到时卖不出去，他负责叫朋友来买。与会人员都认为禤晓龙的建议对，加上他都把话说到这个份儿上了，也就一致通过了。

这几套房其实都已被人买走了，实在是一套房都没有了，现在，他都有点后悔当时没多留几套了。他刚想说房子一套都没了，却又想起王顺有手里还有十套房，一直没有动。他就决定跟王顺有好好说说，请他帮一下。

于是他对熊海平说："熊主任，公司手里房子是一套都没有了，但我回头来想办法，一定满足您朋友的购房需要。"

辛志清之所以不直接回绝熊海平，相反还答应他，一是因为他相信王顺有会帮助和支持他，二是他素知熊海平的性格，他单独请自己吃饭，搞得这么郑重其事，肯定是抱着一定要做成事的目的的。他推荐朋友竞标自己没帮，临海公园小区项目做完后自己也没去感谢，他已有微词，这个要求再不答应他，那绝对就把他给得罪了，今后，一切都难了。

辛志清表了这么坚决的态，熊海平很高兴，说："老辛你是一个干事的人，帮了我一个大忙，这个情我记着，咱们喝杯酒，一切都在酒中。"

吃完饭后两人分别，辛志清给王顺有打电话说了这事。他提的方案是公司以市场价回购他的一套房，再卖给熊海平的朋友。王顺有说："既然是熊海平要，那我也做个人情，帮你一把，就按现在市场价的八折给他吧。我也多少赚了点，你们也能做个人情。"

辛志清听了很激动，说："老王，你帮了公司，帮了我一个大忙，你可真是公司和我遇到的一个福星啊！"

几天后，熊海平的朋友顺利地拿到了房，而且是以市场价的八折拿到的。熊海平给辛志清打电话，又说了一番感谢的话。

辛志清总算松了一口气，先前压在心头的乌云顿时飘得无影无踪，很有一种如释重负的感觉。他甚至由此悟到，一些事真是充满了难以预知且又峰回路转的玄机，明明前路未明，但在一个拐角处，或是一转身，又豁然开朗，大道坦途。

29

这一天，《江口市晚报》在显著位置刊发了一则江口市政府以挂牌方式出让多幅国有建设用地使用权的公告。公告显示，所出让每幅地块安置补偿落实到位、地上附着物已清表、土地权利清晰、无法律经济纠纷、土地开发利用规划条件明确、土壤无污染，具备动工开发必需的条件。

当那份刊有公告的《江口市晚报》摆放在辛志清面前时，他一时有些理不出政府的目的。他找来老朱和禤晓龙等人，他们也都是一脸蒙。但他们提出，既然政府这个时候如此大张旗鼓地出让土地，背后一定有着更深层次更为积极的房地产市场苏醒的信号。遂一致决定，公司参与这次出让土地的竞买，不管将来是个什么情况，先把地拿一块两块在手里再说。

准备工作依然由禤晓龙带着人干。投标前的各项工作十分繁杂，但禤晓龙却能应付自如。有他，辛志清的确是感到轻松不少。

熊海平给他打过好几次电话，约他打牌，他有时去，有时就以工作来说事，婉拒掉。

这些出让土地的用途均为城镇住宅用地，兼容部分商业设施。公司的设想是，争取拿到至少一块地的使用权，建一个商住两用小区，临街拿来做铺面或其他商业出租或出售，里面用来建商品楼出售……当然这都是后手棋，当前至关重要的就是要能竞买成功。

那天，禤晓龙来辛志清的办公室，带回来一个他在招标公司通过特殊关系获得的一个信息。这些年在房地产界摸爬滚打，禤晓龙练就了一身本领，并且通过各种方式方法，跟不少人成了朋友，路子野，资源广，尤其是一些关于房地产的内幕，大多数人不知道，但他知道。一些信息别人费了九牛二虎之力也搞不到，他却能轻轻松松地搞到，神得很。

禤晓龙带回来的信息是，这次政府出让的多宗土地，其中三宗多家公司竞争激烈。招标公司每宗都收到了几十份标书，而另外一宗只有两三家公司问津，原因在于路段不是太好，比较偏僻，而这两三家公司都是小公司，且都是民营房地产公司。

民生公司虽然不算大，但性质上具有优势，实力也要比这几家民营公司强许多。

禤晓龙倾向那宗只有两三家公司感兴趣的地，说："那三宗地，背后甚至都有央企的影子，我们的背景和实力都不如人家，肯定搞不过。但这宗地位置优势不明显，关注的公司少，我们如果要想拿下，把握比较大。"

辛志清说："拿地倒不是问题，关键是地拿到手以后后续怎么办。现在的房地产形势并无起色，临海公园小区那个项目是成功了，但它占了地理上的优势，成功有一定的偶然性。这个如果位置太偏，政府要求土地交割后两年内要开发，开发不了怎么办？就是开发，万一搞成个烂尾楼又怎么办？"

禤晓龙显然已考虑过这些问题了，他说："这块地拿下来可能短期是开发不了，但我觉得还是应该先拿下来。地拿到手里，就是资源和资产。"

辛志清看了看他，没说话。

禤晓龙就继续说："这块地虽然离市区有点距离，但旁边是片大湿地。我听规划部门的朋友说，政府极有可能在这两三年里将这片自然形成的湿地改造成为一个湿地公园。老板，如果旁边建个湿地公园，这地将来是个什么价？搞一个楼盘又是个什么价？"

辛志清精神一振，问："这个消息准确？"

禤晓龙说："消息现在是准的，但您知道，以后或许会变幻莫测。但是我觉得，建湿地公园是迟早的事，现在不建，一两年时间内不建，但总得建。因为现在很多地方都在打旅游休闲牌，政府不可能放着这么一块得天独厚、稍加改造就能形成一个公园的资源不开发、不利用。而且江口市的人口现在在增长，城市也在逐渐扩张，而国家对城市公园这块是有标准与要求的，所以无论从哪个角度来分析，这个湿地公园是迟早要建的，我们把那块地拿下来，稳赚不赔。"

辛志清说："万一呢？万一不跟你想的一样呢？你看，现在市区都还有大量的烂尾楼，也还有大量的土地荒在那里没有人去开发，跑到那么远去建楼盘，项目周边不配套，谁去买？"

禤晓龙显然是做了充分的准备，对于辛志清的疑问，他也显然早就考虑到了，他说："就算这块地我们暂时不开发，但这块地现在拿到手比较便宜，要比市区的地便宜近三分之二，公司拿到后可以放着等着土地升值。另外，有了这块地，公司资产也增加了，需要从银行贷款时，这块地完全可以作为抵押物提供给银行。说白了，这块地看起来买了不值得，实际上很值得，而且相当值得。"

辛志清终于被禤晓龙说动了心，他觉得禤晓龙分析得透彻，有道理，有远见，可以一试。于是，他对禤晓龙说："你安排一下，明天组织相关人员去现场看看。"

因为需要班子集体决策，过了一会儿他又把高晓岚叫到办公室，让她通知杨大彪明天务必参加。

第二天，公司领导与相关业务人员一共七八个人去了现场。杨大彪虽然极不情愿，但也参加了。他是自己一个人开车来的，而辛志清他们则是拼车来的。

这个地块的确有点偏，在城市的西郊，离主城区有两三公里远的距离。顺着宽阔的滨海大道走个一公里多，拐进一条不知名的小路，顺着小路走个一公里多，爬上一片高坡地，地块就是这片高坡地的一部分。高坡的东侧，是成片成片的木麻黄林；南侧，是农民种的一块一块的西瓜地；西侧地势较低，形成了一大片几乎看不到边、类似于沼泽的湿地，湿地里芳草萋萋，有几棵叫不出名字的树兀立在其中，成群的鸟在湿地间觅食，不时有鸟飞起、落下，或是一只，或是一群，景色之美，美不胜收；湿地的南侧，有一个村子，建了很多的民居，像是一个大村，但民居都十分低矮，几乎看不到一栋高大的建筑，大量高大挺拔的椰子树将村子点缀得一片绿色盎然，郁郁葱葱。

天气很热，没有一丝风，在太阳底下站一会儿，人就如同被放进了蒸笼里一样，很快汗流浃背，浸透了身上的衣服。大家在太阳底下大致看了下环境，就移步到不远的一棵大树下。

公司负责对接设计院的小姜是个二十多岁的小美女，她擦了擦额头上的汗，说："这么好的风景，到这个地方建个楼盘肯定不错。"

一名叫阿龙的小伙子却说："不错？建楼盘讲究'三通'，这里通啥了？就一条土路。另外，这里这么偏，周边没有任何配套，楼盘即使建起来，我看也不一定好卖。"

两人的直接领导是禤晓龙，禤晓龙知道两人平时就爱打嘴仗，但现在公司领导都在，两人还打嘴仗，就故意重重地咳嗽了一声。两人这才反应过来，急忙相对做了个鬼脸。

辛志清说："小禤，你把这里的情况介绍给大家听下。"

禤晓龙应了声"好"，从手提包里拿出一张图纸，展开，让阿龙和小姜两人一边一个拿着，就给大家讲解起来。他从现在这块地的属性、周边环境、区域优势与劣势、开发前景等多方面进行了分析与讲解。介绍完后，他又接着阐述自己的观点："我个人觉得这块地非常值得买，性价比很高。我个人预测，这里不久将是地产业竞相争取的一块黄金地带。"

禤晓龙讲完，辛志清说："地段与周边的环境大家都看到了，优劣势以及开发前景小褟刚才也都讲了，大家感觉如何，都说一说。"

大家你看看我，我看看你，一时间竟无人说话。辛志清便问杨大彪："老杨，你觉得如何？"

杨大彪的心思根本不在这上面，听辛志清问，也不好不答，就说："刚来看这么一眼，能有什么感觉？再说，我一个工会主席，有看法没看法不都一个样？"

辛志清被噎了一下，好在他也习惯了杨大彪的讲话风格，心理上也有预期他会讲怪话，就没有往心里去，脸上依然带着笑，转头问老朱："老朱，谈谈你的看法。"

老朱正抽烟，辛志清让他说，他几口将剩下的烟吸进嘴里，又从鼻子里吐出，才说："刚听了小褟的介绍，我倒觉得值得尝试一把。"

顿了顿，又说，"具体的看法，等坐下来研究时我再说吧。"

辛志清说："那好吧，现在返回公司，开会研讨。"

杨大彪本来以为到现场看看就算完了，没想到还要回去开会。他想说自己有事，但嘴张了张，没说出来，径直走向自己的车，启动，油门一轰，率先走了，留下一路烟尘。

回到公司，大家坐下来开会，研究和讨论竞买土地事宜。参加会议的除了去过现场的几个人，还增加了几位业务骨干。

会议由辛志清主持召开，他说："大家刚才都去实地察看了，小褟也把情况介绍了，我就不重复了。现在我们坐下来，具体研究讨论竞买的可行性和不可行性，以及后期该如何来做。希望大家都能畅所欲言，认认真真思考，发表各自的真知灼见。"

开场白说完，一开始没有人说话，辛志清看了看老朱，老朱就先开口："那我就先开个头，我是觉得可以搞的。这块地也的确是偏了点，但环境好，加上政府要开发湿地公园，在那儿搞个楼房，极有可能产生异军突起的效果。"

杨大彪这时插话："城市里头有那么些房子都卖不动，谁跑去那么偏的位置买房住？疯了！"

老朱不接他的茬儿，而是顺着自己的思路说："退一万步讲，就算几年不能开发，那也没有问题，就把地存着。按照政府现行的做法，地也不会收回去，大家看看江口市现在有多少地政府卖了没开发，有的可能超期十年十几年都不止，谁见过政府就把地收回去了？所以这点完全不用担心。而更让我这个搞财务感兴趣的是，公司拿下这块地后就算暂时不做开发，但是可以拿来作为其他项目融资的抵押物。也就是说，如果将来公司搞别的项目差钱，完全可以用这块地去撬动银行资金……"

高晓岚也插话说："我也是觉得，即使不开发，那块地的升值空间也很大。"

老朱说："是的，我觉得是可以搏一搏的。搏一搏，单车变摩托嘛。"

大家都笑了起来，只有杨大彪黑着脸，没笑。

明知杨大彪若发言肯定是反对，但辛志清还是示意他发言。杨大彪就说："我还是刚才的那个观点，现在的楼市还处于低迷期，那个地方位置那么偏，搞不得。你们硬是要搞，绝对是自己挖坑自己往里面跳。"

他拿起桌上的矿泉水"咕咚"喝了几口，继续说："现在挣钱不容易，公司账上就那么点钱，拿去买了地，如果开发不了，员工们吃什么喝什么？日子刚刚好过点，如此折腾，是想开历史倒车，让员工们又回到前几年那种工资都发不齐的日子？"

辛志清接茬儿说："老杨，没你说的那么严重。正如刚才老朱所说，这块地拿到手后即使不能及时动工开发，需要钱时也可以拿去银行做贷款抵押，绝对不会成为一个僵尸地。另外，公司有多少钱我心里清楚，这块地现在的出售价不算高，即使在开标的时候有一些溢价，也不至于将公司账户上的钱全部掏空，不会让员工们饿肚子的。"

　　大家又纷纷发言，除了杨大彪，一片赞同声。见形势出现一边倒，杨大彪也不说话了，低头抽烟。

　　辛志清最后进行总结发言，他说："临海公园小区项目做成功后，跟风复制的越来越多。但据了解，他们的销售情况并不理想。这也暴露了现在市场的不确定性和不稳定性，同样的做法，不一定能产生同样的效果，同命不同运，这是一个谁也无法掌控的市场。这就需要我们具备一种逆向思维。什么是逆向思维？也就是反其道而行之。搞企业，想赚钱，一定要跳出传统思维的框架。别人都走的路，不见得是光明大路，很可能是死路绝路，相反逆而行之，走跟别人不一样的路，这条路就是新路活路。具体到这块地来说，我赞同大多数同志的意见或建议，先拿下来。开发是后手，先手是拿地。搞房地产的，手里不拿几块地，始终就像家里的米缸里没米一样。手里头有几块地，才是硬通货，开不开发，放那儿都是钱。"

　　他喝了一口水，继续说："而且我觉得现在房地产市场虽然依然不景气，但也在渐渐复苏，我们一定要抢在别人前面先醒过来。比如这块地，我们不抢在别人前面争取到手，等别人都意识到它潜藏的价值，都来抢，那就晚了。什么叫另辟蹊径？什么叫出奇制胜？我觉得这就叫另辟蹊径！这就叫出奇制胜！"

　　顿了顿，他又说："这就叫先机意识！"

话音刚落，会议室内响起一片掌声。杨大彪举了举手，想鼓掌，又没鼓，他伸手去拿水喝。

因为投标截止时间渐近，也是怕夜长梦多，讨论结束后，辛志清马上组织召开总经理办公会，进行表决。老朱举手，杨大彪迟疑了片刻，也举了手。辛志清最后举手。

议题就此得以通过。辛志清吩咐高晓岚，抓紧出纪要；吩咐褚晓龙，抓紧投标；吩咐老朱，抓紧安排资金。

30

买地需要动用的资金超过三千万元，启动这个项目前，需要把计划上报到资管中心审批。由于担心在熊海平那里又被卡住，辛志清决定先向他汇报一下。他主动给熊海平打去电话，说要去熊海平的办公室汇报一下工作。熊海平说："正好有事要找你呢，这样，你别来办公室了，我定个地方，晚上我们聊聊。"

辛志清听了也不好推辞，就说："那好。"

熊海平定的还是上次那家装修简陋的海鲜店，连包厢都是上次那间，熊海平依然先到，辛志清依然是让阿牛把自己送到那里就让他回去了。不一样的是，上次是他跟熊海平两个人，这次多了一个人。多出来的这个人是个女的，三十岁上下，瓜子脸，高鼻梁，长得很漂亮。她衣着前卫，一头法式烫发显得慵懒、随意。辛志清一坐下，熊海平就马上介绍："老辛，这个是江小玉，上次麻烦你买房的朋友；江小玉，这是辛总，跟你常说的民生房地产公司老总。"

江小玉上前跟辛志清握手，用一口夹杂着重庆口音的普通话说："辛总，久闻大名啊，感谢你关照，我不知道该怎么感谢你呢！"鄂西毗邻重庆，有些地方的话跟重庆话基本一样，让人根本就分不出来。

辛志清抽回轻握的手，忙说："应该的，你是熊主任的朋友，这点小事是我们应该做的。"

江小玉显然善于跟人交际，一双大眼睛忽闪忽闪的，微微转动着眼珠看着辛志清，流露出一层梦幻的光彩，她不失大方地说："辛总，你跟熊主任是朋友，我跟熊主任也是朋友，今天既然跟你认识了，那以后我们也是朋友了，我们先留一个电话吧。"

一见面就要交朋友，留电话，而且还是熊海平带来的人，辛志清不知道合不合适，就拿眼看了看熊海平。熊海平说："对，对，交个朋友，留个电话，方便以后联系。"

辛志清只得拿出手机，互留了号码。

服务员上菜，江小玉倒酒，先给熊海平倒，再给辛志清倒。辛志清急忙将杯子捂住，说："我还是别喝了吧，这段时间工作上的事特别多，我一喝就醉，怕误事。"

江小玉说："辛总，第一次跟您认识，交朋友，你酒都不肯倒一点，让我面子往哪儿放？另外，这可是我老家产的酒，我专门珍藏的，一般我都不往外拿呢。"

熊海平也说："老辛，无酒不成宴，少倒点，意思意思，不让你多喝。"

辛志清见推脱不掉，就让江小玉给倒了酒。

酒倒进杯子里，色微黄，有一股非常浓烈而又醇厚的香味。江小玉倒了酒，把瓶底翻过来，指着瓶底的标记对熊海平和辛志清说："这酒放了十几年了呢。"

熊海平显得兴致很高，说："好酒，好酒，老辛啊，人生得意须尽欢啊。"

辛志清不接他的话茬儿，而是对江小玉说："我的酒量在熊主任面前，那是小溪遇到大海，今天还得你陪熊主任多喝两杯啊。"

江小玉说："辛总，您太谦虚了，哪有男人说自己不行的，我敬熊主任，也敬您。这样，酒既然倒上了，那我不请自请，我敬两位一杯，感谢你们对我的关心和照顾，我先干为敬。"

一仰脖，江小玉把酒喝了。熊海平端着杯向辛志清示了示意，也喝了。辛志清知道这杯酒逃不脱，只得喝了。

喝了几杯酒，辛志清敬了熊海平，也敬了江小玉，怎么也不肯再喝了。他两手合拢，对熊海平说："熊主任，我向您告罪，这酒我是实在不能再喝了，再喝估计又得到医院躺几天，而且还耽误向您汇报工作。"

熊海平听了辛志清的这话，加上还有江小玉陪着，也就点头应允了，说："那你喝茶。"

又问："对了，你电话里说要跟我汇报工作，汇报什么？小玉在这儿，方不方便说？不方便，让她出去避一会儿。"

听了熊海平的话，江小玉作势站起来，辛志清忙说："方便啊，有什么不方便的？"

见江小玉并没走，他就继续说："是这样的，江口市不是最近挂了几块地招拍吗？公司看中了一块，位置不算理想，但我们想做长线投资，把这块地拿下来，不知合不合适，所以想向您做个汇报，请您帮助拿个主意。"

辛志清接着把地块的情况及公司的想法摘要说了，熊海平说："我觉得这块地可以拿，拿在手里，即使不能马上使用，但地还在那儿嘛。地在钱就在嘛，又不会造成国有资产的流失。你们回头打个报告上来，我安排上会通过就行了。需要提醒你们的是，个人在这里面一定要干净，不要搞什么名堂。你知道，现在相关部门对国资单位监管很严，出不得任何事。出了事，个人栽进去不说，单位形象也得跟着受损，所以一定要特别警惕，特别注意。"

辛志清忙说："熊主任，这点您放心，我们把廉洁守法一直当成时刻在耳边敲打的警钟，不会去干那些乱七八糟的事。"

熊海平说："那就好，这个事我知道了，我记在心里，到时你们报上来，我来推动。"

辛志清要的就是这句话，忙端起一杯酒，站起身来说："熊主任，我敬你一杯酒，话不多说，都在酒里。"一仰脖，辛志清把酒喝了。

江小玉在旁边笑着说："辛总，你可真有意思，刚才说不行，现在又行了？"

辛志清不接她的话，只浅笑了声，场面一时有些尴尬。

熊海平似乎看出辛志清对江小玉的感觉不太好，对江小玉说："辛总是个读书人，你在他面前讲话一定要特别注意分寸。"

江小玉嘴上应着"哦哦"，给自己倒了一杯酒，说："那我说错话了，我自罚一杯。"

辛志清越发坐不住了，正在这时，电话响了，他一看，是阿慧打来的，接了，问何事，阿慧说："没事，就问下你什么时候回家。"辛志清嘴里含混了几句就把电话挂了，倒是熊海平关切地问："有事？"

辛志清说："嗯。"

熊海平说："那好，老辛，你也忙，也就不耽误你太多时间了。今天约你来，除了好久不见你，一起聚聚，听你讲讲工作上的事外，我这里还有一个事要麻烦你一下。"

熊海平说得有点过于郑重其事，辛志清心里一惊。他预感到，熊海平说有事要麻烦一下，那肯定是麻烦事来了。

他也不问，只望着熊海平，等他自己把事说出来。

偏偏熊海平不直接说事，而是问："老辛，你那儿有熟悉的关系好的搞装修的公司没有？"

每个房地产公司后头都跟着一堆装修公司，这谁都知道，辛志清也不撒谎，回答道："有的。"

熊海平低头喝了口汤，说："是这样老辛，上次在你的帮助成全下，小玉不是在你那儿买了套房吗？房买了一直放在那儿，没装修，本来她有房住，不想装修，但她爸妈嫌老家冷，想今年天冷了来我们这儿过冬。她原来的房子小，又不够住，所以想把这套房给装修一下，给她爸妈来了住。但她又不认识装修公司，就托我给她找一家知根知底又靠谱的。我哪里懂什么装修公司，想到你，就把你请出来给问问。"

辛志清听了，心想，满大街都是装修公司，他为何偏偏要找自己呢？就为了一个知根知底又靠谱？他觉得肯定没那么简单，熊海平肯定还有什么目的，而这个目的熊海平不说他也能猜个八九不离十，那就是熊海平要在他这里吃免费的午餐。

一种难以言说的情绪瞬时涌上辛志清的心头。为了掩盖这种情绪，他也低下头，默默地喝了一口汤，然后才抬起头，说："熊主任，是有，但您的意思是……"

熊海平看着江小玉说："这个小玉呢，是我多年的朋友。她是在一个小公司里上班，工资也不高，买房的钱是她拿出积攒多年的积蓄，加上她爸妈的资助才凑够的，现在要装修，她是实实在在拿不出钱来了。我想帮她，但我就那么点工资，勉强够家里开销，也帮不了她。所以今天找你呢，就是想让你帮着找家公司把那套房给装修一下。钱呢，你先给垫付一下，等到将来她有了再给。"

虽然大致猜出了熊海平的意思，但当他亲口把话说出来后，辛志清还是感到无比的震惊！除了震惊，他内心还有一种深深的憎恶感。他知道，这件事，坚决不能答应，不能把自己和公司往悬崖边推。

但如果直接回绝，那也就意味着两人就此彻底掰了。辛志清觉得，从他个人情感来讲，这样的人如果掰了也就掰了，他是宁可生命中一个朋友都没有也不愿意要这样的朋友的。

悄悄地深吸一口气，平复了一下心情，辛志清脸上恢复了笑。他决定跟熊海平打打太极，并敲打他一下："熊主任，这个事我听明白了，但跟您讲实话，有几个装修公司跟我们是有合作关系，但业务上都是手下人在跟他们对接，我根本没怎么接触。这样，我回去先了解一下，看哪家装修公司值得信任又水平高，再跟下面的人商量一下该怎么来操作。毕竟这个事说小也小，说大也大，我一个人也做不了主。"

熊海平当然听出辛志清话里的意思，说："老辛，我明白你的意思，你是心里头有顾虑，有担心。这样老辛，我是把你当朋友才让你来帮这个忙，要是觉得为难也就算了，我再重新想办法。但有一点我必须说明，不是让你们白装，只是现在钱上面有些紧张让你们先垫付一下，有了就会一分不少地还，把利息算进去都可以。"

辛志清听出熊海平话里有了几分发急的成分，就说："熊主任，您见外了，钱不是主要的，我会努力办，您放心。"

江小玉忙又端酒，说："辛总，那太感谢您了，来，我敬您一杯。"

辛志清站起身来，拿茶杯和她碰了一下。

这一顿饭吃完，辛志清的内心一阵绞痛，他为自己的无法推脱而感到羞愧。

31

民生公司看中的那块地原来共有四家公司参与竞拍，但临近拍卖日，禤晓龙从拍卖公司得到消息，有两家还没有缴纳保证金，还有一家直接宣布退出。

这三家公司一打退堂鼓，就只剩下民生公司一家了。而按照法律规定，竞买方少于三方的，本宗地的拍卖将被终止。禤晓龙万分焦急，他连夜联系另外的房地产公司，请求支援。好在他在行业内也多少积攒了些人脉，所以他东游西说，终于使得两家公司答应。

他带队连夜赶制新的标书，终于赶在规定的最后期限完成投标。

拍卖会举行当天，禤晓龙代表民生公司上场举牌竞拍，由于另两家公司竞拍的地块只比起拍价高出不到每平方米一千块就竞拍完结，民生公司成功将竞拍地块收入囊中。

当拍卖师落槌的那一刹那，禤晓龙高兴极了，也激动极了。他第一时间给辛志清打电话汇报，辛志清听了心里也很高兴。他知道禤晓龙爱喝两口，说："今天晚上庆贺庆贺。"

禤晓龙的认真负责与能干，极大地减轻了辛志清工作上的压力，也让他深感作为一把手，身边有一两个得力助手的关键和重要。而于禤晓龙，虽然他现在的身份还只是经理，但公司谁都看得出来，辛志清早已把他当成"副总"在用了，或是说，明显已有重点培养的意思，提拔只是时间问题。所以公司有跟褟晓龙关系特别好的就私下说："恭喜啊，当了领导可得拉兄弟们一把啊。"

褟晓龙心里盼着，嘴上却说："你们不要瞎传，搞得我像是多么想当官似的。"又说："当然，要是大家抬举，公司重用，我肯定不会忘了大家。"

32

一个与往常并无二样的一天，七点来钟，杨大彪被闹钟闹醒了。他本来想睡懒觉，无奈高晓岚通知今天有会，很重要，无论如何都要到会，他就只有爬起来，胡乱洗漱了下，睡眼惺忪地准备出门。现在他虽然在外面帮德清公司做事，但民生公司他还担任着职务，特别是副总的职务也还保留着，所以他也不好做得太过。

杨大彪到了办公室，高晓岚突然又通知他说上级临时把辛志清叫去了，开会改期。他心里骂了一句娘，准备走。这时他看见阿牛在走廊里晃，问他："老辛出门，你不给他开车？"

阿牛说："褟晓龙也去，老板坐他的车去了。"

杨大彪"哦"了一声，突然说："有没有时间，一起出去喝个茶？"

阿牛迟疑了一下，杨大彪说："怎么，跟老板当司机，茶都不敢跟我喝，怕老板知道了骂你不忠诚？"

阿牛被这么一激，说："我怕什么？走，喝去。"

杨大彪说："那你不用开车，坐我的车。"

阿牛去跟高晓岚请假说出去一下，有事打他电话，却没说跟杨大彪出去喝茶的事。

杨大彪将阿牛带到海边的一家咖啡馆。咖啡馆离海边不足一百米，这一百米的地上长满了椰子树，十分高大，遮天蔽日，就算天空阳光直射，也只有少数的光能穿过椰树叶。咖啡馆就将这块地利用了起来，摆上了桌椅，供人在此喝咖啡、休闲。

两人找了个最靠海的座位坐下，点了咖啡，阿牛正猜测杨大彪葫芦里卖什么药，杨大彪先说话了："孩子怎么样了？"

一提到孩子，阿牛心里就复杂，他说："就那样，不好不坏。"

杨大彪说："上次工会可是尽自己最大的努力帮你。"

阿牛说："感谢感谢！"

杨大彪突然问："你现在工资多少？是按工勤人员发还是按别的级别发？"

阿牛说："当然按工勤人员发，还能以什么级别发？"

杨大彪说："你是老冯的亲侄子，他在位时避亲不好给你安排，现在辛志清为什么不给你安排个位置？就因为你是个司机？人家一些单位的司机可是能享受经理级别的。"

阿牛心里像根琴弦被人拨拨了一下，但他没有表现出来，而是说："我现在挺好的，除了开车，又没什么别的本事。再说，公司待我不错，我该知足了。"

杨大彪说："这不是什么司机不司机，开车不开车的问题，是辛志清愿不愿意帮你的问题。就算是司机，给你个经理的位置，工资一下涨不少，你嫌多？"

阿牛的内心摇晃得更厉害了，他说："那我倒不嫌多，只是……"

杨大彪说："只要有人提出来，我第一个赞成，但我不能提这个议。我提了，会让人觉得很反常。辛志清那人很敏感，他会认为你背叛了他，背后搞他。"又说："你找机会自己跟他说，要是你不敢，可以找禤晓龙或者是高晓岚跟他说。你知道吗，听说他跟高晓岚……"

两人分手时，杨大彪拿出个信封塞给阿牛，说："一点心意，拿去给孩子买点东西。上次公司组织捐款，因为我没有到现场，也就没捐，这事，我一直觉得心里欠着你呢……"

33

一天晚上，熊海平又把辛志清叫去打麻将。

散场时，辛志清正要出门，熊海平突然问："老辛，上次说的那事能不能办啊？怎么到现在一点动静都没有啊？"

熊海平猛地这么一问，辛志清一下子还没反应过来，脑袋转了几转后才想起装修房子的事，忙回答说："能，能，这事我已安排人了，正积极推动。"

熊海平说："现在快八月份了，能办就抓紧办，争取尽快开工，过年前好用房。"

辛志清回答："好，您放心。"

回家路上，辛志清有点说不出缘由地气馁。他想，这事其实是躲得了初一躲不过十五。熊海平今天不催，明天不催，但总会催，催了还不办，肯定就把人家给得罪了。

第二天，辛志清上班，把禤晓龙叫到办公室商量。禤晓龙说："装修是小事，但钱的问题是大事。他要肯掏钱倒没事，要是不肯掏钱怎么办？"

辛志清说："这些我都考虑过了，的确是风险很大，找你来商量，不就是看怎么办吗？"

禤晓龙突然想到了王顺有，他说："老板，您看这事能不能先让王总帮助给办一下，回头我们再想办法给他结账？"

辛志清心里一亮，心想，亏他能想出这个主意来，实在是个好主意。如果王顺有答应帮这个忙，那就既帮他们解了围，又帮他们避免了潜在的风险，他说："那我找他聊聊。"

禤晓龙这时又说："老板，还有一件阿牛的事也想向您做下汇报。"

辛志清说："阿牛的事？什么事？他天天接我送我，天天见面，有什么事不直接给我说，还通过你绕着弯来说？"

禤晓龙说："估计是他不好意思，也不敢吧。"就把阿牛前几天找他，以家庭困难为由想让公司弄个副经理待遇，增加点收入的事说了。

辛志清听得感觉有些匪夷所思，说："他一个司机，本身就是一个工勤人员，怎么够格享受副经理待遇呢？"

禤晓龙替阿牛说话："他也不是要当什么经理，只是想要个待遇吧。"

辛志清说："咱们这又不是私企，选人用人是有严格规定和组织程序的，这事乱来不得。"

禤晓龙说："行不行您定，但我多句嘴，给待遇，属于照顾性质，不算什么真正的选人用人，别的公司有这样做的。"

辛志清沉默不语。

晚上，辛志清与王顺有见面。辛志清把装修的事一说，王顺有就答应了，他说："这小事，交给额，额安排人去做就行。"

辛志清说："钱你先帮着垫上，回头我这边再安排。"

王顺有点头，说："先把房子装修好，其他以后再说。"

熊海平有一个老乡姓曾，在省国资委任一级主任科员，人们习惯性地叫他曾主任，他也喜欢人们叫他曾主任。

曾主任虽然比熊海平小几岁，但两人是一个镇上的人，又同在省城工作，就走得格外近。他们都喜欢游泳。游泳还不是到什么游泳池、小水塘里游，两人是喜欢到大海里游。大海很宽阔，无边无际，波翻浪涌，人置身于大海，挥动双臂，自由自在，很容易产生一种征服世界主宰世界无比美好的感觉。

熊海平跟曾主任一个月里就会有几次相约去大海里游游泳，放松放松。有一次，两人去了银沙门游泳。那里是入海口位置，呈喇叭状，如果仅看水面很平静，其实水底水流湍急，急流与暗流涌动，人一旦误入暗流，往往是九死一生。这里每年都要发生多起游泳者溺水身亡的事故，相关部门在岸边醒目处立了"水深暗流，请勿下海游泳"的警示牌。但一到夏天，仍有大量的市民与游客前往此地游泳戏水。一天，两人喝了酒，天气炎热，也相约去这里游泳消暑。游了一会儿，熊海平觉得有些气短，就先回到沙滩上歇息。曾主任一个人在海里游，结果游到深水处，遇到一股暗流，他无论怎么向前划水仍无法前进半米。熊海平自小在海边长大，深谙水性，发现不对，急忙操起沙滩上不知谁扔在那里的一个救生圈，快速奔向大海，游到曾主任身边，将救生圈扔给他。曾主任抓住救生圈的一个绳头，拼命游到了岸边。曾主任上岸后说："你救了我一命，这情我肯定记得，也肯定还你。"

当时曾主任还没到省国资委工作，熊海平也不在现在的这个单位工作。谁也不曾想到，十几年后，两人竟然从不同的单位调到一个系统工作，就走得更近了。

这天，两人又约了人一起打麻将。曾主任透露了一个信息，杨达川可能要调到省国资委去当处长，腾出来的位置将从中心的三个副主任当中选一个顶上。三个副主任当然包括熊海平，他一下子血脉偾张，说："有这机会，你可要帮我。"

曾主任说："在委里我半棵葱都不算，我只能给你提供信息，别的靠你自己。"

熊海平一脸为难，但曾主任到底还是给他指了条路："权主任到现在根本就没结婚，但有一个多年的恋人。"

熊海平似乎这才明白过来，但又问："这个路子走得通？"

曾主任说："当然没那么容易，得先联系他司机，他司机肯帮忙才行。"

35

杨大彪与何老板合作开发的振兴小区楼盘终于开始销售了，虽然两栋楼房这时仅仅才建到三层。

杨大彪几乎是整体复制了临海公园小区的销售模式。这个模式是褟晓龙带领团队推出的，在临海公园小区楼盘销售上取得了奇效。杨大彪在振兴楼盘上全盘照抄，除了细节上有些修改，其他均是一模一样。

杨大彪将这个所谓他想了几天几夜才想出来的模式讲给何老板听，还拿了一个几十页纸的策划书给他看，何老板说："好，好，你的这个方案很好，我不懂，你就照着这个方案去干吧。杨总啊，跟你合作我真是跟捡了一个宝贝一样啊，房子卖出去以后，你是重大功臣，我要回报你的啦。"

杨大彪听了，喜不自禁。这天下午快下班时，他把自己关在办公室里给自己算了一笔账。如果项目完成，楼房全部售罄，他至少能拿到五百万元到六百万元的报酬。这个数字让他兴奋得有点大脑充血，这可是一笔巨大的财富，他幻想着拥有这笔财富后自己的人生安排。先是辞职，坚决不在民生公司干了。辞职前必须见见辛志清，跟他好好聊聊，"感谢"一下他，因为如果没有他，自己也不可能拥有大几百万元的财富，甚至快迈进千万富翁的大门了。再就是辞职后，他觉得应该先好好享受享受，先去买一套海景别墅。现在一套别墅也就一百来万元，小意思。再买一辆豪车，丰田路巡不错，何老板开的就是丰田路巡，他坐过，感觉很不错。

杨大彪越想越兴奋，一看时间，快晚上七点了，就准备早点下班。杨大彪走出办公室，本想直接去开车，见售楼处门开着，就进去了。售楼处的人差不多都下班了，只有一名售楼小姐还在办公桌前坐着。见杨大彪进来，这名叫张婷婷的售楼小姐马上站起来，向他问好。

张婷婷个子不高，但长相甜美，一张标准的瓜子脸，淡淡的柳叶眉，她的眼睛很大，清澈明朗，顾盼之间，分明就是一朵山兰花，清新淡雅，芬芳醉人。她过去在别的楼盘做销售，见公司招售楼员，就主动前来应聘。干了快一个月了，她手里有些资源，销售成绩还不错。

杨大彪问："别人都下班了，你怎么这么晚还不下班？"

张婷婷说："手里有点活没做完，想把它做完了再走。再说，反正早下班晚下班回家都是自己一个人。"

杨大彪"哦"了一声，一副漫不经心地说："你这么晚还没下班肯定没吃饭，正好，我也还没吃饭，不如我请你去吃饭吧？"

"好呀！"张婷婷几乎连想都没想就同意了。

张婷婷的痛快倒令杨大彪愣了一下。张婷婷见状，抿着嘴一阵笑。

两人到海边的一个餐厅共进晚餐。吃饭时，张婷婷说了她的身世。张婷婷的身世，让杨大彪顿时对她心生怜悯。她出生在湘西大山深处，父母只有她一个孩子，但父亲在她两岁那年便去世了，是母亲一人含辛茹苦将她养大的。这些年里母女俩没少被人欺负，她本是打算考大学的，但读高中时母亲因为操劳过度而染上了重病，她不得不辍学回家照顾母亲。母亲病好后，她选择了出门打工赚钱。这四五年里在不少行业都干过，却没挣到什么钱。前段时间母亲上山砍柴，惊动了一群马蜂，被马蜂追赶，摔断了一条腿，现在还躺在医院里，等钱治疗……

"我现在急需两万块钱给我妈治腿……"

两万块钱对杨大彪来说并不算啥，当天晚上，杨大彪就把钱给了张婷婷。

36

几天后，熊海平的任命通知下达，任职资管中心主任，而杨达川调任省国资委政策研究室主任。

根据国资委的要求和安排，省国资委一名副主任和组织处处长前往资管中心宣布任命，中心全体干部职工和下属各公司负责人参加会议，熊海平就此走马上任。

熊海平上任大约一周后，一份盖有资管中心大印的文件下发至各下属公司，文件的核心内容是：各公司今后凡超过两千万元的投资必须上报至资管中心，经批准同意后方能实施执行；两千万元以下的投资项目由各公司自行安排和决策。

文件送至民生公司，褚晓龙看了说："以前是三千万元需要申请，现在改为两千万元，这个熊海平，一上任就开始抓权了。"

辛志清听了，不置可否。

37

杨大彪这段时间心情很好，振兴小区楼盘项目进展顺利，销售形势与进度也不错。加之有了张婷婷，他仿佛焕发了第二春。他一有空就请张婷婷吃饭，还给她买这买那。

他向朋友介绍楼盘，或是有朋友来看房，就让张婷婷负责接待，以便她能拿到更多的提成。有个单位想为员工团购二十来套房，杨大彪把张婷婷带去谈。路上，他对张婷婷说，业务谈成后，业绩算她的。张婷婷的业绩以前并不是太好，但在杨大彪的帮助下，业绩直线上升，登上了销售榜的前三。

马上就有大笔收入，又有年轻美丽充满活力的张婷婷相伴，杨大彪很是有点春风得意马蹄疾了，整个人感觉像是泡在蜜罐中一样。他一时觉得自己才是真正的人生赢家，他甚至在想，到时钱到手后，干脆跟老婆离婚。

人生或人生的某个阶段就像是爬山，一座山再高，也能爬上顶，爬上顶后，面临的就是下山了。

杨大彪所负责的项目，出事了，工地上死了一个人。

出事的是个泥瓦工。那天，他正在脚手架上抹墙，脚手架突然发生了倾斜，他瞬间就被摔下了脚手架，直接从五楼摔到一楼地面，当场死亡。

按说一个工地死个把人，是谁都不愿意看到的，但出了也就出了，项目方积极配合处理后事就行。死去的工人来自安徽北部偏远的农村，他老婆也在工地上当小工，是一对老实人。两人常年在外辛苦打工，基本上都是在建筑工地上干活，为的就是挣钱供家里的孩子上学读书和赡养老人。男人死了，他老婆悲痛欲绝。在工友们的帮助下，她向项目方索要一百万元的赔偿。先是项目经理出面跟她谈，表示可以先拿钱把人给送走了，再拿五十万元给她作为赔偿费用。项目经理说："考虑到你们家上有老下有小，才赔给你们这么多，这是很高的了。"

女人老实，也很善良，觉得赔五十万元这个价蛮高了。工友们还劝她再闹闹，说不定再闹闹能多弄一点。但女人说算了，有这笔钱够孩子上学，给老人养老了，就答应把老公火化了，准备拿了钱回老家去，离开这个伤心之地。

谁知人给火化了，钱却拿不到。女人去找项目经理，项目经理却躲着不见，工友们听说后就在一天把他给堵在了办公室。他被逼无奈，才说，其实他答应赔偿五十万元事先也是电话请示过公司领导的，但公司领导后面得知人已经火化了，又觉得赔多了，不同意赔这么多，只同意赔三十万元，弄得他也觉得无法向女人交差，才躲着不肯见她。

项目经理说："你们找我也没用，我不管钱，要找只能找公司领导。"

死者老婆和几名工人就去找杨大彪。他们几乎没有见过何老板，因此认为杨大彪就是公司最大的领导。

杨大彪被几名身着清一色工装、手脚粗糙、脸晒得黝黑的工人堵在办公室，很不高兴，问他们："你们这是干什么？"

死者老婆问："领导，我就想问你，我男人死了，你们开始答应赔偿五十万元，骗我把人火化了，你们为啥又变卦只赔三十万元？"

工地死了人，这么大的事杨大彪早就知道，但一切都是项目经理在负责，他也就没有参与，包括那天项目经理说已跟死者家属达成了五十万元的赔偿意向，他也没有表示同意或不同意。公司财务是何老板亲自管着，他没有签字权，就连他自己用一分钱也得通过财务找何老板签字后才能拿到钱。所以只是让项目经理去找财务，让财务找何老板签字批钱。

他心知是何老板变卦了，但还是叫人去把财务的负责人叫来问问，想通过财务的嘴把自己撇清。财务负责人不在，来的是一个小姑娘，一看眼前的阵势有点蒙，就跟大家说了实话："这事不是杨总不让赔这么多的，是何老板说的。"

杨大彪以为小姑娘这么一说，自己就成局外人了，说："这下你们都清楚了吧。赶紧走吧，该找谁去找谁去，别在这儿烦我。"

这句话不说还好，一说就把大家给惹毛了，有人说："我们在这里干了快七八个月活了，见到最大的领导就是你，你还不承认，你把我们当三岁小孩子一样哄骗呢？"

有人说："你这么牛哄哄，不该找你也找你。"

有人说："这个人长得一看就不是什么好人，他再敢嘴硬，就把他办公室给砸了。"

杨大彪这时要是识趣点，态度稍微软一软，兴许事态就不会进一步扩大。但他嚣张惯了，认为几个建筑工人只是嘴上咋咋呼呼，并不敢真正动手砸他的办公室，因此他站起身来，喝道："你们想造反了吗？我看哪个王八蛋敢！"

人狂必有天收，这些工人虽然干的是最苦最累的活，社会地位也不高，但他们也有尊严，也有血性，不知是谁喊了一声："打他个狗日的！"几个工人就拥了上去，将他按倒在地。

死者老婆被吓得半死，也不敢上去拉，只得在门外大声哭喊："别打了，别打了，求求你们别打了！"

正在附近工地上干活的工友们一听有人喊打人了，也不知道出了啥事，纷纷拥向临时办公区。一时间，门口聚焦了一百多号人。

不知是谁报了警，很快，两辆鸣着警笛闪着警灯的警车疾驶而来。车还没停稳，几名警察就从车上跳了下来，手执警棍，喊道："闪开，闪开！"人们很快让出一条道，让警察进去。警察进去一看，只见杨大彪嘴角淌着血，一边脸也肿了，衣衫不整，上衣五颗扣子，被人扯掉四颗，露出了胸毛稀疏的胸脯，正蜷缩在办公室一角，简直是狼狈不堪。

"这是什么个情况？"一名警察问。

工人们你一嘴我一嘴，抢着要把事情的经过说给警察听。一个五十多岁、两鬓斑白的警察说："太乱了，谁都说，我们听谁的？你们选一个人说，才不乱对不对？"

他们就稍微安静了点，选出一个人来，把事情的经过跟警察讲了。这个人口才很不错，他最后说："他们要赖，说好的五十万元等把人火化后他们又变卦，说又只给三十万元，这不是欺负我们吗？我们来找他说理，他竟然说他不是公司领导，平日里他在工地耀武扬威，连项目经理都敢骂，他不是公司领导谁是？而且他太狂了，我们来跟他讨要说法，他竟然张嘴就骂我们。警察同志，你说，他不是讨打是什么？"

警察表示听明白了，又转头问杨大彪："他们说的是真是假？"

杨大彪并不回答警察的问话，而是擦了一下嘴角的血，指了一下几名工人说："你们今天摊上事了知道吗？你们敢动手打我，我不把你们送进牢里关几年我就是你们生的。"

那个五十多岁的警察突然将桌子一拍，说："警察来了你还说这些话，你是不想我们来管你们的事是吧？那行，你继续跟他们闹，我们收队。"

说罢转身就要走，杨大彪这时才好像突然清醒过来，他喊："警察同志你们别走，我刚才被他们打得头有些发昏。他们说的都是假的，这个工地是我在管，但真正的老板不是我。"

此时正是下午下班吃饭时间，工人越聚越多，警察于是决定带杨大彪、死者老婆，还有几名工人代表到派出所做进一步详细了解。谁知杨大彪不知哪根神经搭错了，此时竟然冒出一句话："我不是这个公司里的人，我是来帮忙的。"

一行人包括杨大彪到派出所后，警察详细向他们了解了整个事情的前因后果。警察做双方的工作，让杨大彪讲诚信，说好的该给死者家属赔多少就赔多少，又劝死者家属和工人们要通过合理合法的手段为自己维权，不要再动手打人。鉴于事出有因，而且是杨大彪骂人侮辱人在先，工人们才动的手，再加上杨大彪只是受了一些抓挠伤，建议双方都各退一步，以和平解决问题为主，不要再另生事端。

死者家属和工人们听了，都觉得警察讲得有道理，都同意按警察所讲的办。但杨大彪不同意，他说他被工人们打伤了，身体受到伤害，精神也遭受创伤，工人们得赔他医药费和精神损失费，不然他绝不答应。

警察听了非常生气，训斥道："你受这么点伤就要医药费，人家一个活生生的人死了你们怎么要赖人家的赔偿金呢？"

说得杨大彪哑口无言，但他是鸭子煮熟了嘴巴硬，说："赔也不是找我赔，我不是这个公司的人。"

他这话一出，死者家属还好，工人们却又炸了，指着他的鼻子说："你天天在工地叼着根烟东逛西荡，指挥这个指挥那个，你不是领导，哪个王八蛋是领导？"

警察也好奇了，问："你说你不是领导，那你是什么身份？谁又是领导？"

杨大彪估计是急于从这件事中脱身，忙说："我真不是这家公司的人，我是民生房地产公司的工会主席，不信你们可以去查。真正的老板姓何。"

警察更加好奇了，又问："你既然是民生公司的工会主席，怎么天天在这家公司上班？这个项目是民生公司跟这家公司合作开发的？"

杨大彪说："没合作，我只是来帮忙的。"

一个国有房地产公司的工会主席，不在自己公司上班，竟然跑到一家私人房地产公司帮忙，这是一个猛料和"大瓜"。

那时候，每家媒体都开通了报料热线，为老百姓跑腿办事解难题。

现场就有工人给几家媒体打电话报了料。这么新鲜的线索，媒体自然不会放过，多家媒体立刻就赶到派出所进行了一番采访。采访完，天色已晚，记者们就跟死者家属和几名工人约好了第二天一早赶到民主公司，来一揭杨大彪的身份真相。

38

这天早上，老冯约辛志清在一家咖啡店吃早餐。吃早餐是吃早餐，其实还是因为阿牛的事。

阿牛在杨大彪的怂恿下，几番缠着禇晓龙、高晓岚来找辛志清"说情"，都被辛志清给驳回。一次老冯找他办点事，他就又缠着让老冯找辛志清给说说。

"外面好多司机都是有待遇的，凭什么我没有？大伯，他是您一手提拔起来的，您得出面替我说说话。"

老冯于是约了辛志清吃早餐，专门来说这事。

辛志清万没想到阿牛会搬出老冯，实在不好拂他的意，就说："冯总，其实这段时间阿牛让几个人来给我打招呼，我也不是没放在心上。我跟高晓岚他们几个商量过，看他能干点别的什么，就让他去干，然后顺便提拔他。可是没有找到合适他的岗位，当司机是最适合他干的活。"

顿了顿，辛志清又说："既然您发了话，这事我不办也不行了。我琢磨着，想办法给他一个副经理的待遇吧。"

老冯说："这个兔崽子，从小心比能力大，一天到晚痴心妄想。他跟我一说这事我就知道行不通。老辛，这样，算了，让他好好当他的司机，别惯着他。"

辛志清当然知道老冯的话半真半假，说："既然您出面了，我想想办法，给他个副经理待遇。"

老冯就举了茶杯跟他碰，嘴里却说："千万不要为难。"

说过了阿牛的事，两人就扯闲篇。老冯说他现在爱上了钓鱼，他居住的小区有个几十亩水面的水塘，有爱钓鱼的业主去钓鱼，结果遭到物业的阻拦，不让钓。几个财大气粗又爱钓鱼的业主就凑了两万来块钱，从外面买了几千斤鱼放进水塘，供业主们垂钓，物业想拦也拦不住了……

讲得正欢，辛志清的电话响了，是高晓岚打来的。她告诉辛志清，杨大彪在外面弄出事来，把民生公司牵扯上了。现在，有报社、电视台的记者来到公司，要对他进行采访。

"什么？"辛志清急忙起身。

大致了解了事情原委，辛志清急忙向老冯说明情况，马上赶回公司。

死者家属和几名工人还有记者都在会议室坐着，吵吵嚷嚷。

高晓岚已经安排人给他们倒上了水，还去买了包子馒头放在桌上，但没有人吃。

辛志清一出现，亮明身份，就被死者家属和几名工人围上了。大家七嘴八舌，讲了事情的经过。

记者们也在一旁摄像、拍照、记录，忙得不亦乐乎。

他们的问题也一个接着一个：

"辛总，请问，杨大彪是民生公司的吗？如果是，他在公司担任什么职务？"

"请问，那杨大彪身为公司副总、工会主席，怎么去帮助别的公司做项目呢？你们公司这边知不知情？"

"这个项目是民生公司跟德清公司合作开发的吗？"

"你觉得这次德清房地产项目工地发生的安全事故，民生公司是否应该担责？"

…………

辛志清从来没有见过这个阵势，有些慌乱，但他强行让自己镇定，认认真真回答了记者们的提问。

大多数记者得到了满意或者说他们想要的答复，打算结束采访回去写稿发稿，偏偏还有一个记者追问："辛总，杨大彪身为民生公司的工会主席，却不在公司好好工作，跑到外面跟别的公司合伙做生意，您觉得公司是否存在管人用人失职失责的问题？您作为公司一把手有没有责任？对杨大彪这种行为公司将怎样处理？另外，你们对死者家属有怎样的安抚和抚恤设想？"

本来打算离去的记者们又围拢到了辛志清身边，辛志清内心此时的愤怒情绪越来越强烈。他不是愤怒眼前的媒体记者，也不是愤怒来"讨说法"的死者家属和他的工友们，而是愤怒惹了事现在却不知躲到哪里去了的杨大彪。接到高晓岚电话后，他让她马上通知杨大彪赶回公司，但高晓岚把电话都快打烂了，杨大彪的电话却始终关机。

自己在外面乱来，惹了事，现在却躲起来，把火烧向了公司，辛志清回想杨大彪在他上任后的所作所为，特别是他没有想到自己的一再包容竟让杨大彪变本加厉，最后终于铸成如此大错，他心里越发无法不愤怒。愤怒归愤怒，面对媒体，他也只能将情绪极力控制住，谨慎回答记者们的提问："杨大彪的行为完全是在没有经过公司许可情况下的一种私人行为，公司一开始并没发现，后来发现后也对他进行了批评教育和劝导，令其回到公司正常上班，但他没有听从。这的确暴露了公司在管理制度上的松弛，对人员管理上有失之于软、失之于宽的现象，我作为公司一把手有着一定不可推卸的责任。"

他字斟句酌："至于对杨大彪这种违反公司管理规定，长期不在公司正常履职，且在外以所谓的给人'帮忙'为名兼职的行为，公司的立场是，发现一起处理一起。公司将按照相关规定和程序做出处理意见，并及时向上级报告，由上级批准后执行。"

"至于对死者家属，因为并非在我公司工地上出事，也与我公司业务完全无涉，所以……我们只能报以同情！"

当辛志清正搜肠刮肚回答记者们的提问时，杨大彪正躲在郊区他一个朋友开的农家乐里睡大觉。他昨天晚上从派出所出来后，就到了这个农家乐。张婷婷很担心他，给他打电话，他满不在乎，也让她别着急，说天塌了有高个子顶着。这几天有媒体记者采访，他不想被曝光，先出去躲两天，等风声过了就回去。他让张婷婷帮着留意工地上的动向，有什么特殊情况发生及时告诉他。

杨大彪安慰张婷婷："不用担心，没事的，民生公司那边我大不了不干了。把这个项目干完，大半辈子都够吃了，到时带你到处旅游去。"

他给了张婷婷另一个手机的号码，把常用的手机关了机，晚上跟朋友喝酒喝到半夜，第二天一上午都在睡觉。

到了中午，他接到了张婷婷的电话。电话中，张婷婷的声音很急切，告诉他工地上午来了好多人，有市区两级公安的、住建的、安监的、维稳办的，还有好些媒体，现场一团糟，她也在工地上忙了一上午。何老板也来了，到处找他，看起来火气很大。听说还有记者去他原来的公司堵他去了。

杨大彪大惊失色，忙问："怎么会来这么多人？"他急忙起床，一边穿衣服一边将那部关着的手机打开。一打开，有好几十个电话没接，这其中有高晓岚的，有辛志清的，更多的则是何老板的。

他马上给何老板回拨了过去。电话铃声才响了一声何老板就接了，何老板显然是急坏了也气坏了，连个招呼都没跟他打，开口就骂："我以为你掉海里淹死了呢！杨大彪，我不管你现在在哪里，半小时内必须赶回工地！"

杨大彪感到腿都软了，丝毫不敢耽搁，匆匆到洗手间洗了把脸，出房间就往停车场跑。朋友抓了一只龟正在跟鸡一块儿炖，见他要走，喊他："你不喝了汤再走吗？大补啊！"

杨大彪哪还有心思喝汤？他边跑边摆了摆手。

回到工地，张婷婷所说的上午来的那些人倒是一个也不见了，只有何老板在。何老板破天荒地坐在为他准备的那间办公室里，一脸铁青。一见杨大彪，他就站起身来骂："杨大彪你是吃屎的吗？这么个小事情，被你搞得这么大！市区两级政府都给惊动了，工地被停工，还要重罚。你个孙子，你说，这个事情怎么弄？"

杨大彪显然没有想到事情会如此严重，更没想到何老板会把一大口黑锅干脆直接地扣在他头上，马上辩解："唉，何老板，这事是你要扣人家的赔偿金引起的，跟我有多大关系？我还挨了一顿揍呢！"

何老板的肺简直都要气炸了，他一拍桌子说："你这个浑蛋！赔偿这个东西跟做生意一样，讨价还价很正常。他们如果死要，最后给他们就是了，但你在中间当搅屎棍，把水搅成了一盆黄汤。"

杨大彪没有想到平时对自己还算客气的何老板骂起人来如此凶狠、刻薄。他心想，自己来这工地干了近一年的时间，没日没夜，里里外外，辛辛苦苦，怎么就因为工人讨要赔偿，自己没有处理得当就成了罪人呢？杨大彪也急了，就也拍了桌子，嚷道："姓何的，老子为你跑前跑后，辛辛苦苦，没有老子你这项目能这么顺利地建起来？你不感谢，反而为一点小事就把老子骂得比狗都不如，我看你才是浑蛋！"

何老板气得左右看看，一副要抄家伙揍人的样子。但谁也没有想到，他却突然又笑了，只是并非那种善意的笑，而是充满了一种让人心里生寒的笑。他笑了几下就不笑了，说："好好，我是浑蛋。这样，我现在告诉你，我这里不需要你了，你该到哪儿待到哪儿待去。"

两人气急败坏地对咬互撕，彻底翻脸。

当天晚上，工地发生安全事故致一人死亡的事件就上了电视，新闻中还披露了杨大彪身为国企公司副总、工会主席长期不履行本职工作，而在外为朋友"帮忙"的事。新闻评论员质问国资系统为什么会产生这样的干部，责任单位为什么对这样的干部疏于管理……

新闻播放时，一位省领导正好在家看电视，非常生气，打电话给秘书，说："要对当事人进行严肃处理，并对责任单位干部管理失职的问题进行问责！"

领导秘书马上电话通知了省国资委主任权国峰，让他马上行动，快速处置。

权国峰不敢耽误，连夜带队前往民生公司。权国峰个子不高，但体格很壮，脸上的肌肉有棱有角，很有气质。此时，他的脸阴沉沉的，像挂了霜一样。

资管中心、民生公司领导被通知马上在民生公司集中开会，其中特别通知杨大彪一定要参加会议。权国峰赶到时，所有人都已到了。

民生公司的会议室不大，长条桌摆在中间，四周放一圈单人真皮沙发。平时，公司开个会够坐，但这回来了这么多人，就不够坐了，工作人员又在除了主位外的其他三面墙边摆了椅子。

权国峰坐在平时辛志清坐的位置上，拿眼扫了一遍与会者。他神色威严，射出的眼光令人生寒。不管扫到谁，谁就不由自主地马上将头低下，或将眼神挪开，不敢跟他对视。会议室寂静无声，像空气凝固了一样。杨大彪坐在离主位最远的角落里，头垂着谁也不敢看。

权国峰抬起手腕看了一下表，轻咳了一声，然后说："大家安静，现在开会！现在是晚上十一点整，这么晚召集大家来开会，是我就任省国资委主任四年多来的第一次。我很不高兴，省领导也很不高兴……"

说到这里，权国峰突然"啪"的一声一拍桌子，声音也随之提高了八度："这下我们在国资委系统出名了，不过出的不是什么好名，而是臭名，臭得让我们可能几年都无法抬起头来的臭名。杨大彪是哪位？来了没有？"他环视了一下会场。

杨大彪坐不住了，站起身来，声音小得像蚊子，说："来了。"

杨大彪站在那里，头依然低垂着，不敢抬起来看人，也怕让人看。

权国峰说："我以为你有三头六臂呢，捅这么大娄子，原来也是平常人一个嘛。"也不让杨大彪坐，而是继续说："民生公司前些年在省国资系统是挂了号的困难户，外部市场环境不佳，致使公司多年没有建树，一潭死水，窘困到连几十号人的工资都发不齐。还好辛志清临危受命接下了这个烂摊子，大刀阔斧改革创新，公司业务才有了些起色。但个别公司领导却在自己一亩三分地里的庄稼都种不好的情况下，动起来瞎心思去帮外面的人搞起了项目，如今出现重大安全生产事故，死了人……"

他又扫了一遍会场，依然是他看谁，谁就把头低下，或是把头偏向一边。他接着又说："我认为，有这么几个方面是存在问题的：第一是我们省国资委在队伍管理、干部管理方面难辞其咎，队伍该怎么管，干部该怎么管，这是一个急需我们面对与解决的问题，我们各级领导都要思考，共同想办法；第二是资管中心和民生公司对下属的管理和自身管理都存在漏洞，管理方式和手段失之于软、失之于宽，放任自流；第三就是杨大彪个人胆大妄为，私欲熏天，致国家法律和国资委三令五申于不顾，跑去给私人的公司打工。一个房地产公司、国资委的下属企业竟然会发生这样的事情，而且涉事者还是公司的领导干部，可以说是最为典型的利己主义者，简直是我们国企的耻辱。"

权国峰说:"我知道你们每个人都有话说,那就挨个说吧。"他一指辛志清,说:"你是民生公司的老总,你先说!"

辛志清坐在离权国峰不远的位置,听到点名,马上站起身来,说:"权主任,各位领导,这么晚辛苦大家到公司开这样的会,我个人感到内心不安,我向大家表示歉意……"

权国峰有些不耐烦地打断了他:"你直接说事,虚头巴脑的话一句都不要说。"

辛志清说:"身为公司总经理,我对这件事负有不可推卸的领导责任。正是我对队伍和干部的管理不到位,没有严格落实执行相关制度,当老好人,这才让杨大彪有机可乘,让国资委系统的形象受到如此大的损害,对此我深刻检讨,并接受组织上的任何处分。同时对杨大彪的行为我们绝不袒护,接下来在上级部门的指导下,我们将在全公司开展教育整顿……"

熊海平坐在辛志清的对面,等辛志清讲完,他去看权国峰,看见权国峰也正看向他,就主动站起身,说:"权主任,各位领导,这件事的发生,也有我们资管中心的责任。我们放松了对下属公司的队伍管理,导致这次重大事件的发生,我作为资管中心一把手,甘愿接受处分。"

两人发言后,权国峰看了看手表,时间已经指向了凌晨一点左右,就问:"还有谁要讲?"

见没人应声,他又把目光转向了杨大彪,不无讽刺地说:"杨大彪,你自己有什么好说的?给你个机会,说说吧。"

辛志清和熊海平发言时都站起来,但发完言又坐下了。杨大彪从被权国峰点名后一直站在那里,站了快两个小时,身体都有点打晃了,而且脸早已变得铁青。听见权国峰点名,他用一种很小的类似于蚊蚋的声音说:"我只是觉得公司事不多,去帮朋友一个小忙。"

"一个小忙？你是怎么帮的？你说明白了。这个时候你还如此嘴硬！"权国峰毫不留情地把他的话给顶了回去。

杨大彪狡辩说："何老板搞房地产，找到我，让我帮忙做些事，我也只是单纯地帮帮忙而已，帮他疏通一些社会关系，偶尔去工地现场看看。我也没有想到会发生这样的事情，以后我一定引以为戒，安心守纪，踏实工作，绝不再犯这样的错误。"

权国峰"呵呵"两声笑，突然又严肃地说："引以为戒？安心守纪？踏实工作？绝不再犯？呵，说得不错，不过，恐怕你没有这样的机会了！"

刘国炎一直在笔记本上记着大家的发言。权国峰看了看刘国炎，说："老刘，你是纪委书记，谈谈你对此事的处理意见。"

刘国炎点头，轻咳了一声，说："纪委建议：一是对杨大彪停职检查，纪委将会同相关部门对他的行为进行调查，拿出处理意见和建议；二是民生公司和资管中心领导班子特别是主要领导对此事要承担相应的责任，该问责的要问责，该处分的要处分；三是要在省国资委系统开展作风大整顿，坚持举一反三、查纠并举、以案促改，查处一起、震慑一片、治理一片，特别是要严查整个系统在人员管理方面存在的管理松懈等方面的问题，对存在严重问题的人员一挖到底，坚决堵住各种制度的漏洞，防止国资委系统再出现此类问题尤其是同类问题……"

会议一直开到凌晨三点才结束。会议结束后，权国峰和刘国炎等先行离去，省国资委纪委的郑昌国等人留下，会同资管中心和民生公司相关人员一直忙到天亮，最终拿出了一份"情况及处理报告"，又匆匆赶回省国资委，由主要领导签发后在第一时间送达到省委办公厅值班室。呈送省领导的同时，又联系新闻媒体，进行沟通，及时补救……

因为民生公司的闹剧而引发的一场整顿风暴在省国资委系统迅速展开，杨大彪知道他的工作是保不住了。他是极好面子之人，因此他想，与其被开除，还不如主动辞职算了，这样还体面些。于是他写了一封辞职信丢给公司，回家待着了。他心里想，自己有那五六百万元，还受什么单位的鸟气？

至于纪委对他进行调查一事，他倒不担心。因为当时跟何老板约定的是分红，而且是口头约定，连工资都没谈。这快一年的时间里，他没在德清公司拿一分钱的工资。

他还把自己辞职的事以短信方式告诉了何老板。那天跟何老板大吵一架后，他愤然离去，他想何老板一定会给他打电话请他回去。毕竟那么大的一个项目，那么大一个摊子，几乎都是他一手操盘推进的，怎么离得了他？

他甚至想，等何老板给他打电话，他一定不能一口就答应，还要端端架子让何老板认错才行。

但他一等好几天，却一直没有等到他想要的电话，他就有点按捺不住了。心说，他妈的，脾气比老子还大，非得让老子主动才行。

但他给何老板发去短信，等了两天，何老板却只字未回。

他又打电话问张婷婷工地上的情况，张婷婷告诉他工地依然处于停工状态，就连售楼部也给关了，而且她也准备回湘西老家了。听说张婷婷要离开，杨大彪顿生一种不安，他问："怎么突然要回去？"

"回去照顾我妈。"张婷婷声音发冷。

"还回来吗？"杨大彪问。

"不知道。"张婷婷说。

"那咱俩……"杨大彪继续问。

电话那头，张婷婷声音更冷了："都乱成这样了，你还想什么呢？想跟我百年厮守，相爱永远？开玩笑吧你。"

不待杨大彪再说什么，张婷婷就挂断了电话。

风花雪月空回首，不堪幽梦太匆匆。张婷婷就此从杨大彪的视野中消失了。没多久，有人在别的楼盘里看到过她，只是，她再也没有出现在杨大彪面前。

工作百分之百是要丢了，张婷婷也离开了，杨大彪陷入一种几近狂乱的状态之中。

现在，他全部的希望是那个项目，那个能让他得到几百万元的项目。但是，何老板非但没有主动给他打电话，连个短信都不给他回。他有些急了，想来想去，决定还是自己主动给何老板打个电话。何老板不重要，但钱重要啊。

何老板的电话竟关机了。杨大彪涌出一丝不祥的预感。

高晓岚给他打电话，告诉他他的辞职须由资管中心批准，而资管中心称他的事还处于多方面调查之中，暂时不批准。另外，按作风整顿要求，他需要写一份在外兼职的情况说明和一份深刻的检讨递交给公司……

高晓岚的话还未说完，杨大彪就给打断了，说："我现在啥都不要了，还写个什么说明和检讨？"说完就挂了电话。

这期间，他多次收到杨达川给他打来的电话，但他一次也没接。他知道杨达川要说什么，但他铁了心要一条路走到黑。

鉴于杨大彪的极度不配合，民生公司召开党支部会议，决定开除他的党籍。又召开总经理办公会，决定开除他的公职，两项一并报资管中心批准。

这回倒是快，熊海平一接到申请立即就开了会。

半个月后，省国资委的处理决定正式公布下发：

一、经调查，杨大彪身为国企单位人员，无视相关规定，目无组织纪律，利用职务之便与他人合作开发房地产，对国企形象造成巨大破坏和影响。鉴于杨大彪虽兼职但还没有形成取酬事实，同意资管中心对杨大彪"双开"的处理决定；

二、鉴于民生公司疏于管理，对公司员工长期在外兼职放任不管，对责任人、民生公司总经理辛志清给予党内严重警告；

三、给予负有领导责任的省资管中心主任熊海平进行诫勉谈话。

至此，一场由杨大彪掀起的风波最终落幕。杨大彪丢了工作和党籍，辛志清和熊海平也被牵连，受到不同性质的处分。他们三个人的命运由此开始发生重大变化。

39

杨大彪被"双开"前，公司在辛志清的坚持下一直没有任命新的副总。从这个层面讲，辛志清算是给了杨大彪足够的情面，只是他并不领情，并不珍惜而已。现在，他被"双开"，就意味着腾出了两个位置，一个是副总，一个是工会主席。

工会主席好办，从公司里挑选一个资格老点的来当就行。副总这个职位很重要，可以说就是辛志清的左膀右臂，既要有能，更要有德。选好了，能为他分担不少；选不好，比如再选一个杨大彪这类的人，那就纯属给自己埋雷，自己挖坑自己跳。禤晓龙业务能力比较强，也勤快，能吃苦，但太年轻，不足以服众，而且辛志清觉得他身上有一种令他感觉得到但说不出的东西。

辛志清找老朱商量副总的人选，老朱却提议让褟晓龙当副总。他说："公司就这么些人，论业务，没人能超过小褟。"

辛志清说："总感觉他不是太成熟，提拔过早不见得是什么好事。"

老朱说："现在不是提倡干部年轻化吗？不成熟，放到位置上后咱们多带带，不就培养出来了？"

辛志清考虑了几天，还是下不了决心，但这天，熊海平叫他去见面。熊海平问到了公司人事安排的事。熊海平是以一副不经意的样子问的，但辛志清敏锐地察觉到他其实是有目的的，说不定是要安排什么人来，忙回答说："都考虑了，副总这个职位公司准备安排褟晓龙干，您认识他的，建筑工程科班出身，业务能力强，听话，交代的工作他都能出色地完成。"

熊海平"哦"了一声，并没反对，而是问："那工会主席呢？"

辛志清马上说："公司的意思还是在现成的人里头找个人兼任算了。公司就这么大点规模，犯不上专门配一个工会主席。您说呢？"

熊海平抽着烟，有点不满地说："搞什么专职？都是杨达川那个时候搞的名堂，我觉得也没必要，你们公司自己看着办吧。"

为防夜长梦多，辛志清下决心起用褟晓龙。他找褟晓龙谈话，把意思说了，褟晓龙激动得不行，说："老板，这是天上掉馅饼啊！"又说："我一定把工作干好，报答公司，报答您！"

副总有了人选，辛志清琢磨让谁来干工会主席。想来想去，他决定让高晓岚来兼任。高晓岚自公司成立起就负责办公室工作，各方面能力尤其是协调能力很强，交办的事都是第一时间去落实。她虽然接触各方信息，但从不多口长舌，很沉稳，而且十分敬业。一次，辛志清正好在外面，见她在公司楼下打电话，不经意间听见她要请一个人去学校接下自己的孩子，说孩子发烧了，要送医院，她下班后就去陪。辛志清听见是孩子生病的事，就没走，在她身后不远处站着。等她挂了电话，他叫她，把她吓了一跳。他问她为什么孩子生病了不请假，她吞吐了半天才说："孩子身体弱，常生病，习惯了，公司事多，请一次两次假可以，不能总请。"但实际上她一次假也没请过。他就想趁着这个机会提拔她一下，毕竟工会主席也是公司领导。

辛志清又跟老朱沟通，老朱很干脆："我同意。"

高晓岚同样激动，对辛志清说："让我怎么感谢您好呢？让我怎么感谢您好呢？"

公司将禤晓龙、高晓岚的拟任申请呈报给了资管中心，随后辛志清还给熊海平打了一个电话，说了这事，请他帮助玉成。差不多过了一周，中心派人来进行考察并做了民主评议，又进行了公示，两人就上任了。

工会主席这个职位，因为高晓岚在公司时间长，其他员工并无非议。禤晓龙年轻，他就任副总，有人就眼红和忌妒，背地里说他的一些闲话。

没多久，阿牛被公司内部提拔，享受副经理待遇，拿副经理的工资，但工作岗位与职责不变，还是当司机。

杨大彪一开始还没意识到，他的人生危机会像丛林中的陷阱一样，一个接着一个。他连续几次给何老板打去电话，但电话一直关机。他忍不住，又发短信让何老板给他回话，说只要把死者家属该赔的赔了，把罚款该缴的缴了，就能重新恢复施工了，让他给自己回个电话。

但一连等了几天，也没有等到何老板的回复。

杨大彪又给项目经理打电话，项目经理跟他说："我也在找老板呢，好多天了电话一直打不通。"

杨大彪问："工地上怎么样了？"

项目经理说："还停着，老板没有给钱，那个死者的家属天天来闹，工人也天天在闹。"

杨大彪又问："工人们闹什么闹？停工是政府让停的，又不是我们让停的，等几天复工不就完了吗？"

项目经理说："我看一时半会是复不了工。工人们闹是因为他们没有拿到工钱，而何老板不露面不说，连财务人员都给撤走了。"

如一记响雷在耳边炸响，杨大彪怀疑自己听错了，大声问："什么？财务人员也撤走了?！"

项目经理也提高了声音说："没错，撤走两天了。"又问："这么大的事你不知道？"

虽是大冷天，但汗水一直从额头上冒出来。杨大彪不敢耽搁，挂了电话就急忙冲出门。虽然他清楚项目经理不可能跟他撒谎，但耳听为虚，眼见为实，他要赶去工地一看究竟。

车还没开进工地，杨大彪就远远地看见那排简易房做的办公室前，几十个工人在那里或坐或蹲。想到前些天的事，他不敢再靠近，只得把车停下，熄了火，然后拐到一面围墙边上隔着围墙朝里望。

因为距离并不远，里面的情况看得清清楚楚。他看见除了工人，公司的管理人员竟然一个都没有。再看自己的办公室，门开着，里面的电脑竟然也不在了。财务室的门也开着，里面同样空荡荡的，别说人，连张桌子都没有了。

杨大彪只觉浑身一软，一下子瘫坐到地上。

几天后，一个惊雷在江口市当空炸响：德清房地产公司楼只盖了一半，但楼房基本售罄，老板何永胜卷着房款跑路了……六百多名购房者开始集体维权上访，二百多名在工地辛辛苦苦干了快一年的工人也因欠薪天天到劳动部门讨说法，还有大批材料供应商的材料款同样被拖欠……

感到从天上被直接摔到地上的还有杨大彪，他千算万算，怎么也没想到口口声声要带着他发财的何永胜会趁着工地出事之际，就坡下驴，来了一个遁逃，让许多人由可能的受益者立即变为受害者，其中就包括了他。

工作丢了，发财梦破碎了，杨大彪感到就像被这个世界给遗弃了。他差点疯了，虽然没有真疯，但由于精神遭到重挫，整个人都变了，变得木木的，谁跟他说什么，他都三句话不合拍就骂人。后来他就开始大量酗酒，每天只要醒来，就开始喝酒。喝酒也不要菜，就那么干喝。喝多了就哭，就骂人，骂得最多的，就是辛志清与何永胜。

而德清公司老板何永胜卷款跑路所引发的社会问题还在持续发酵。天网恢恢，疏而不漏，司法部门早已展开对此案的调查，他就是跑到天边也难逃法网，等待他的是法律的严惩。不过，这是后话了。

第三章

40

　　辛志清、禤晓龙还有王顺有正赶往两百公里外的鹿城，他们之所以远赴鹿城，是因为王顺有给公司介绍了一项新业务。

　　鹿城有一块地，是王顺有一个老乡公司的。老乡姓钱，也是靠挖煤起家的，赚到大钱后就到鹿城买了一大块地，盖了一栋楼。楼当时盖的时候还是好好的，但由于靠海，地基沉陷，楼就斜了，成了一栋危楼。偏偏老钱在跟人做生意时，被人骗走了钱，还卷入一场债务官司，他必须尽快去还人家的钱，不然就将有牢狱之灾。

　　王顺有将项目推荐给辛志清时说："楼肯定不值钱，还要花钱拆，但地肯定值钱，稳赚不赔。"

　　辛志清问王顺有："能稳赚，你怎么不买？"

　　王顺有说："额这个年纪了，又没有什么野心，一点积蓄早就够吃够喝了，唯一的一个姑娘在外国留学，又拿了绿卡，额买来做甚？"又说："你们成了，额介绍费都不要你们一分，够意思吧？"又说："老辛，额是想帮你才介绍给你。你不要，额就介绍给别人了；介绍给别人可不像介绍给你，得要介绍费。"

辛志清笑眯眯，说："逗你呢，介绍成了，一样给你介绍费。"

想起跟王顺有的交往，辛志清有时候会觉得这个世界上真是有一种说不清的奇特缘分。他跟王顺有本来天各一方，却因为一种奇特的缘分相识，又在特殊的时空中产生交集，并得到他的帮助，公司得以翻身。

车走的是高速路，辛志清和王顺有坐后排，禤晓龙坐副驾驶室。三个人有一句没一句地聊着天，打发着不长不短的旅途时间。

高速路上车并不多，阿牛是老司机，所以大家都很放心。谁知就在一个爬坡加拐弯处，只听见"嘭"的一声，车的右后轮胎炸了，车就出现摆动。所幸正是爬坡加拐弯，加上阿牛经验丰富，车晃了几晃速度就减下来，停住了。几个人都被吓了一大跳。车停稳后，四个人全部下车，阿牛跟禤晓龙迅速下车，打开后备厢。禤晓龙拿出安全警示牌小跑着去放到车后百米处，回来见辛志清和王顺有都站在车旁，急忙让他们迈过护栏，到公路外站立。

阿牛拿出了千斤顶，禤晓龙配合，两人一起将爆了的轮胎换下，又将备胎换上。细心的禤晓龙发现，两个后轮轮胎跟两个前轮轮胎明显不一样，旧，后轮磨损明显大过两个前轮。这个发现让他心里一惊，不由多看了阿牛几眼，但他什么也没说。

老钱五十来岁的年纪，性格豪放，说起话来，跟王顺有一样的口音。正因为性格豪放，太相信人，结果做生意被人骗了。虽然被人骗了，换一般人要想不开，他却乐观，说："钱就跟额家那媳妇一样，跟额闹意见了，跑回娘家几天，迟早会回来。"

当天在鹿城，他们去看了地和危楼，又跟老钱坐下来喝茶。

辛志清凭直觉觉得这个项目值得做，有钱赚，兴趣很大，所以把一些具体的事情也谈了，包括价格。

老钱跟辛志清说："额实话跟你讲，额也就剩这块地了，卖了还债。你出价高一点，额把债还清了就还能留点翻身的本钱；你把价出低了，额就重新白手起家，重新再来。"

辛志清比较喜欢这种豁然开朗的性格，说："我尽量，但公司不由我一个人说了算，还请你理解。"

老钱又说："额是真的舍不得卖，但实在是急需用钱。"

辛志清和禤晓龙跟老钱喝茶谈事时，王顺有没有参加。鹿城正好有座国内外都有些名气的寺庙，王顺有每次到鹿城，都要去看看。

晚上，他们就住在鹿城。老钱尽地主之谊请他们吃饭，但等把饭吃完，禤晓龙早就把单给买了。

老钱走后，几个人分头回房间休息。辛志清和王顺有分别住单间，禤晓龙跟阿牛住双人标间。禤晓龙把辛志清和王顺有送进房间，回到自己的房间，见阿牛正躺在床上看电视。禤晓龙将电视声音调小，然后坐在沙发上，对阿牛说："兄弟，坐起来，我们聊聊天。"

阿牛问："聊什么？"

禤晓龙有些恼怒地说："我知道你孩子生病花费大，缺钱，但兄弟，在轮胎上搞名堂，要不得啊！"

阿牛的脸一下子红了起来，但他并不愿意承认，而是说："你看到什么了？你这话是什么意思？"

禤晓龙说："兄弟，以旧充新，以次充好搞不到几个钱，搞不好还会出人命。你以后不要搞这名堂了，被老板发现了，肯定把你给开除掉的。"

阿牛嘴巴硬说："他凭什么开除我？我给他鞍前马后，天天像个孙子一样伺候他，他给我什么了？这么多人跟他说，让他给我一个经理的位置，连我伯伯都出面了，结果呢？结果是什么你也知道。对他这样的人，我能没有委屈……"

禤晓龙说："你这叫不满足，你一个司机，给你一个副经理还不行？"

阿牛说："谁说我只能当司机？给我个经理，我不照样干？！"

禤晓龙轻笑了一声，然后说："兄弟，不是像你所想的那么容易的。老板对你其实很不错，别的不说，给你那些救济，还有组织员工捐款，哪次不是他在推动？你要知足啊！"

想了想又说："退一万步说，就算你能干，他不让你干，他肯定有他的苦衷。作为一个老总，这么大个摊子，他的站位，他想的事，都跟我们不一样。你不能在轮胎上打主意啊！今天还算幸运，要是出了大事，那你真难脱干系了。"

阿牛心里害怕起来，嘴巴却依然硬邦邦的，嘟囔着说："他们说这轮胎只是旧点，但质量没问题的。"又求禤晓龙："这个事只有你知道，你就不要往外说了，说了我就死定了。"

禤晓龙说："这个你放心，咱们是兄弟，我要是往外说，就不会跟你说这些了。但你不能再这样了，好好地把工作做好，老板不会亏待你的。"

第二天，他们回到江口市，辛志清马上召开会议进行鹿城项目的讨论。与会人员都说值得，能干，能赚钱。

虽然都觉得不错，但辛志清还是担心这块地"不干净"。"不干净"指的是担心这块地产权不清晰，或有什么债务之类的纠纷，因为老钱正欠着别人的债。所以，辛志清交代禤晓龙一定要把土地背后的情况摸清摸准，绝对不能有任何风险。

禚晓龙很用心，把该跑的单位都跑到了，该找的人也都找到了，还去了工商、税务以及银行方面咨询，结果证明这块地是干净的，无产权等瑕疵。

公司又邀请了相关专家召开论证会，论证的内容无非是风险防控及有无开发价值。得出的结论是，这个项目风险极低，且相当有开发价值。通俗地讲，就是把地连楼都买下来，拆了重建，还能包赚不赔。

危楼不计价，地一共是十一点五亩，经过双方拉锯式的谈判，最后以每亩五百六十万元的价格谈拢。公司内部开会进行了研究，认为价格合理。会上也有人提出来旁边的地块有人在网上挂每亩五百万元起价。有人就说，五百万元只是起价，真正有人要买人家肯定抬价，一亩抬到六百万元也有可能。

在一系列前期基础工作完善之后，公司向资管中心提交了申请。为了让中心领导对项目有个更加直观的了解和感受，更好支持和批准项目实施，辛志清特意前往资管中心，邀请熊海平前往鹿城观摩指导。熊海平答应带人去。

由于不久前熊海平受到杨大彪的牵连，背了个诫勉谈话的处分，辛志清想借此弥补一下熊海平。加之他一心想把这个项目拿到手，所以他非常重视这次鹿城之行，提前做了周密细致的安排。他让禚晓龙和高晓岚提前一天去鹿城打前站，做好接待准备。整个行程如何安排，他都跟他们一一认真商量。

他自己则和老朱乘坐公司租用的一辆商务车，在第二天接了熊海平他们，赶到鹿城。熊海平他们一共四人，除了熊海平，另外三人是两名副主任以及陈天军。

到鹿城后，一行人住下来稍事休息，随后就去现场看那块地。禚晓龙向大家详细做了介绍，辛志清也不断插话，阐述项目的背景、可行性，以及开发设想，描绘得"景色宜人"。

熊海平不表态，而他带去的几个人都表示项目不错。一名副主任说："我觉得这个项目可以，拿到后能赚钱。"

辛志清很是希望熊海平能就项目表个态，希望项目能得到熊主任的肯定与支持，但熊海平就是不表态。

陈天军看出了辛志清的意思，就帮衬说："还是老辛有办法，上任这一两年搞了一个临海公园小区，现在又弄到这个项目。如果能搞起来，肯定能赚大钱，公司大有希望，大有前景。"

辛志清听了，连连说："运气，运气，托各位领导的福，也靠各位领导多支持。"

熊海平话也说，却说的都是别的话题，仍是只字不提项目的事。

辛志清和禤晓龙送熊海平回房间。辛志清送到房门口就回自己的房间去了，禤晓龙帮熊海平开门，开灯，拿拖鞋，又帮着烧开水。

熊海平一屁股坐在沙发上，忽然对禤晓龙说："小禤，你是个人才，有你给辛志清当副手，他轻松省事不少。"

禤晓龙不知道他怎么会无头无脑说这么一句话，连忙谦虚地说："感谢熊主任对我的认可，我还做得不够，需要继续努力。"

第二天吃自助早餐，熊海平差不多九点才出房间到餐厅。他见了辛志清，说："项目的事我们回去研究研究再说。"

这是此行熊海平第一次就项目做表态，虽然不明确，只是说"回去研究"，但辛志清认为，既然领导都这么说了，应该就八九不离十了。他连声感谢。

回去后，辛志清又马不停蹄安排与银行对接，争取贷款。

公司现在有了实力，多家银行都争先恐后要跟他们合作。最后，公司与一家国有银行达成了贷款意向。

公司的商业计划是：鹿城的地和楼拿到手后，如若地能在短期内升值，就出手变现，直接赚差价；如果地短期内无法直接升值，而有开发价值，那就把危楼给拆掉搞项目开发。因为临街，拟开发一座商业综合体项目，具体的功能定位到时再根据城市发展需要和周边业态来确定。就算前两项无法实施，那就先放着，反正是贷的款，公司只需付银行相应的利息，而贷款利息相对于那块地的价值只是点小钱。民生公司在市场的不断锤炼中，利用市场规则赚钱的手法越来越娴熟、越来越老到。

如今，全公司的人都已对辛志清的能力深信不疑。到公司才短短一年多时间，他就带领公司打了一个翻身仗，而且他显然不想缸里有了点存粮就停下脚步，而是在寻找新的更大的突破。这不仅让公司上下都服气，更让大家都感到无比振奋。辛志清也颇有些意气风发，有一种某个清晨站在一座高山顶上，迎接新一轮红日喷薄而出的满怀豪情。

但是，送到资管中心的申请却久久没有回音。禤晓龙找陈天军主任打听，陈天军告诉他说申请还压在熊海平那里，不批也不说话，几乎又在重演上一次的故事。

41

就在辛志清为申请一事一筹莫展之时，一天晚上，熊海平突然打他电话，约他到一家茶艺馆见面。辛志清心想，正好可以借机把鹿城的项目再跟他好好说说，请他尽快上会研究，给批下来。

谁知去后才知道，熊海平找他是因为他要帮朋友解决一笔过桥资金的事。

辛志清一听说是要动用公司资金，内心就有些警惕了。

辛志清并不太了解像民生这样的公司能不能给别的公司出借过桥费，不了解也就不好一口回绝，所以他问："您朋友需要多少？"

"三千万元。"熊海平说。

"三千万元？这么多？"辛志清吓了一大跳。又问，"需要周转多长时间？"

熊海平说："周转不了多久，两三个月吧，最多不会超过半年时间。"

辛志清挠挠头说："熊主任，跟您说实话，公司账上这点钱是有，但财务这块我不太懂，不知道能否将公司的钱拿去给人做过桥资金，其中有没有风险，有又如何防范，所以我要回去跟财务商量一下，您看可以吗？我明天一早上就找他们商量，一有结果我第一时间向您汇报。"

辛志清停顿了一下，又说，"熊主任，知道您工作忙，但鹿城那个项目我们现在也是迫在眉睫，不能再往下拖了，您看能不能抽空研究下，支持支持公司？"

熊海平看了看他，眼里露出了很明显的不满，说："老辛，我跟你说过桥费的事你不答应，原来是要跟我做交易呢。"

辛志清忙说："熊主任，您可别误会，我可没这意思，一码归一码……"

辛志清还要继续说，这时熊海平的电话响了。他掏出电话准备接，接之前，对辛志清说，"那就这样，我先走了。"

辛志清愣在那里，好一阵子一动不动，像被人施了定身法一样。

熊海平最终没有帮朋友弄到三千万元的过桥资金。朋友讥讽他说,下面管着那么多的公司,竟然一个都指挥不动。

那天,辛志清带着老朱去见熊海平。辛志清带老朱去的原因就是他怕自己说不清楚,而老朱是搞财务的行家里手,懂政策,懂业务。熊海平精,一看是两人去找他谈,心里就明白事情搞不成了。所以他未等辛志清把头开完,就说:“我知道了,既然不符合规定,那就算了,当我没说。”

42

这天上午,王顺有突然接到江小玉的电话,约他见一下面,说要把以前装修房子的款结一下,务必见面。王顺有觉得事有蹊跷,就给辛志清打去电话,辛志清跟王顺有一样觉得事情蹊跷,问:“江小玉态度坚决不?”

王顺有想了想说:“坚决,相当坚决。她一讲,额以为她是客套,额也跟她说了一些推辞的话,但她态度很坚决,说必须见面,不然她就上额家来找额来。”

辛志清说:“熊海平可能是怕我们拿这个做把柄怎么样他,要把这些他认为的隐患处理干净。”

王顺有说:“那这钱我收不收?”

辛志清说:“既然这样,我建议该收收。”

当天晚上,王顺有就跟江小玉见了面。江小玉带来了房屋装修所用全部经费,共计四十万元。她交给王顺有后说:“王老板,以前我们算过,一共是三十八万多元,这里是四十万块钱,你拿着,多出来的一点钱,你拿去请辛苦帮忙的兄弟们喝顿酒,表示一下我的谢意。”

王顺有连连摆手,说:“本来说这账不用结了,但你非要结，也就结了。但钱是多少就是多少，多一分钱也不能要。"

江小玉说："王老板，这个你就不用多说了。四扎钱捆得好好的，你莫非要撕开一捆来找给我？这样你是看不起我，也显得自己小气了不是？再说，当初是你大力帮忙，房子才装修好的，以后说不定还要麻烦你呢，把账搞得这么清是准备以后不当朋友了吗？"

王顺有还要说什么，江小玉制止了他说："王老板，不要再说了，钱你拿走，你给我开个收据就行了。"

两天后，辛志清突然接到王顺有的电话，让他如果晚上有空去他家一下，说有个东西要给他看。辛志清那天正好有空，就答应了，以为他是又在哪儿弄到什么好收藏品，就没多问，等着晚上再去看。

晚上下班后，辛志清在公司食堂简单吃了口饭，又到附近公园转了转，一看时间差不多八点钟了，才去了王顺有家。

王顺有让邵静云先给辛志清泡茶，自己一会儿就出来。说是一会儿，磨磨蹭蹭却有半个小时，这期间邵静云就坐在客厅陪辛志清说话。这个当年煤老板的女儿，如今也五十岁有余，脸上的皱纹已经显现，头发有不少都白了。

辛志清说："王总人善心善。"

她点头说："顺有出身苦，但一辈子行善积德，从不害人。"说完，满眼的怜爱，幸福感满满。

辛志清发现，她说话间，总不时拿手去按一下右胸部，好像是那里不太舒服一样。他想问，但因为是女人的私处，他又不好意思，就没有问。

他们家养了一只大白猫，全身白，浑身上下没有一根杂毛，像用漂白粉漂过一样。这时它跳到邵静云腿上，"喵呜喵呜"

地叫，邵静云就说："才多久又饿了？"抱着猫起身给猫拿猫食去了。

这时，王顺有出来了，他笑着对辛志清说："不知道你啥时候来，耽误你时间了。"

辛志清打趣他说："是我打扰了。"

喝了会儿茶，两人又聊起了关于鹿城那块地的事。

辛志清叹了口气说："这事大概率要黄掉，但是，不到最后一刻，我们该努力还是会努力。"

突然想到电话里王顺有说要拿什么东西给他看，就问："不说这些了。您又在哪儿淘到什么值钱宝贝了？拿出来让我开开眼。"

一听这话，刚才王顺有还一片晴朗的脸上马上起了乌云。他叹了一口气说："什么值钱宝贝？拿出来给你看，你肯定也得气死。"

"啊？"辛志清有点意外，心想，还跟我有关？

王顺有也不起身，坐那儿唤邵静云："你去把那个钱拿出来，给老辛开开眼。"

邵静云一听，埋怨说："这恶心人的事，你给辛总说啥？"

王顺有说："老辛他不是外人，没事的，拿出来，去拿出来。"

邵静云才进里屋去拿了，辛志清沉不住气，问："到底搞什么名堂？"

王顺有不说话，但脸上的乌云此时已经散去，重新换上了笑容。

一会儿，邵静云拎着一个布袋出来了，搁在沙发上。打开，是一堆钱，都是百元钞，簇新。不过，捆扎钱的不是银行那种白色的纸带，而是橡皮筋。

辛志清还是不解，说："怎么啦，这是？"

王顺有拿起一沓，将橡皮筋取下，然后将钱递给他说："你认真看看，看看有没有什么问题。"

辛志清就认真看，看了几张没问题，正疑惑，王顺有示意他继续看。他就从中随机抽出一张对着房顶的日光灯看，这一看，看出问题了，是一张假钱。他再看，就发现了越来越多的假钱。这时他猛然想到前两天江小玉跟他结款的事，疑惑地问："这是那个江小玉给的钱？"

王顺有点了点头说："就是她给的。"

"啊！？"辛志清虽然预感到那件事有蹊跷，但确定是江小玉给的钱后，仍大惊失色。

"可不"，邵静云插话说，"前天顺有拿了这钱回来，就放在柜子里。正好前几天姑娘找我们要钱，今天咱就想拿到银行存了给她。咱是搞财务的，对钱敏感，一摸钱，就感觉不对，拿出来看下，结果一看就看出了问题。都打开一数，竟然近一半都是假的。"

"啊？！"辛志清惊得差一点从沙发上弹起来，他问夫妻俩，"知道是假钱后你们找江小玉没？"

"没找。"王顺有说。

"这太欺负人了，咱是让他去找，但他不去。"邵静云说。

"为什么不找她呢？"辛志清也疑惑。

王顺有端起茶杯喝了口茶，才说："人家给额现金，额不当面验看真假，还给写了收条，回头你去找人家，说给的是假钱，换作你，你能承认？"

辛志清内心怒火中烧，说："这也太下作了，太可恶了！"

"嗨，人家这么做，赌的就是额这人太相信人。"王顺有说，

"怪人下作，也怪额自己，额当时多个心眼，验看下，或是一道拿去银行存当时就能发现。"

辛志清气得眼里直冒火，嘴里出着粗气，却一句话都说不出来。

"算了老辛，跟这种人不值得生气。再说，这钱是不是江小玉搞的鬼也不一定呢。她怎么可能一下子准备那么多钱，而且还有那么多假钱掺杂在里面呢？所以额后来跟老婆分析这钱应该是在江小玉的上游或是上上游就出了鬼，她或许也是个不知情者。"王顺有又开始替别人着想起来。

邵静云接话说："好在是在家里发现假钱，要拿到银行去存，发现这么多的假钱，银行都能报警抓人了。"

她几乎习惯性地又在右胸口按了按，不知是哪里不舒服，还是在安抚她有些后怕的情绪。

辛志清说："老王，这个事毕竟是你帮公司忙。钱有了缺口，不能让你吃亏，我回头看看怎么弥补你。"

王顺有又"呵呵"笑了两声，说："你这是小看额，额给你讲这个事，不是向你讨钱。这点钱对额来说算个啥？给你讲的目的就是让你以后跟这些人交往多个心眼而已。"

辛志清就说："那以后再看有什么办法弥补吧。"想了想，又说："不管是江小玉还是谁这么弄，都是处心积虑，说明人心真的是太坏了。"

王顺有说："唉，算了，不提这个了。"又对邵静云说："还是择一择，把真钱择出来，把假钱扔掉。这样混在一起，搞不好，真钱都被假钱给拐跑了。"

"看着咱就来气，还择！"邵静云说归说，还是将布袋拿到里屋去了。

43

资管中心收到一封匿名举报信，信中举报民生公司在鹿城一个项目中存在猫腻和腐败现象，具体为：民生公司在鹿城购买土地一块，周边的地价格都在五百万每亩左右的价格，而这块地民生公司给卖家的价格是五百六十万元一亩，一亩多出六十万元，十一点五亩就是六百九十万元，这笔多出的钱，双方谈好，为给辛志清等人的回扣。

看到这封举报信，熊海平叫来一个手下，嘱咐道："将这封举报信上报给省国资委纪委。"这个手下叫陈松，在资管中心是科级干部，如果辛志清下台，他有"取而代之"的可能与机会。

很快，这封匿名举报信就出现在了省国资委纪委书记刘国炎的案头。刘国炎一看，吓一跳，省国资系统下属的民生房地产公司总经理辛志清，被举报在鹿城一块土地购买中收取近七百万元的回扣……

"怎么又是他？"刘国炎对辛志清的这个名字已是熟悉不过，他一看又是一封匿名信，就预感到这次估计跟上次一样，又是诬告。但令他感到蹊跷的是，这封举报信竟然是有人先寄给资管中心，由资管中心呈报上来的，这就叫他不能不"另眼相看"了。再有就是，七百万元这个数字多少显得有些刺眼。真的也好，假的也好，都要安排人去调查了解一下。

刘国炎依然批示由郑昌国带队去办。

郑昌国接到指示，马上带着他的得力助手小黄先来到资管中心。资管中心是民生公司的上级单位，按照程序必须先到资管中心告知并与主要领导进行沟通。

熊海平听说是纪委来人，亲自出面接待。当郑昌国将此行目的告诉他后，他一脸惊讶，说："啊？辛志清胆子还这么大？真没想到。"又积极表态："资管中心坚决支持上级纪委的工作，对贪污腐败分子，我们坚决配合查处，绝不袒护！"

郑昌国说："只是一个举报线索，还没有经过调查核实，不要随意给人定性什么腐败不腐败分子的。"

熊海平说："只是表达一下资管中心的立场和态度。"

郑昌国说："你们资管中心派个人跟我们一起去。"

熊海平连忙答："好，好，我马上安排。"

这天，辛志清接到母亲的电话，说父亲病了，要他回去一趟。辛志清的老家在离江口市六十来公里远的侨乡，通了高速，交通十分便利。他上午在公司上班，打算中午赶回去，谁知刚开完一个会，打算出门，郑昌国就带着人来了。他只得暂时放弃回家，留下来接待。

在会议室坐下，郑昌国向辛志清说明了此行的目的，并说："根据举报线索开展调查了解，核清事实，是纪委工作的职责所在，希望你不要有抵触情绪，认真配合调查，弄清事实真相。"

辛志清听了，心里很惊讶，他不知道又是谁在背后来捅刀子，便说："我是欢迎调查组来调查，我也将全力配合，但这个举报荒唐得很啊！"

郑昌国说："荒唐？此话怎讲？"

辛志清说："我们所买地的价格，是我们一个团队与对方进行多轮谈判最终确定的价格，并非我一个人说了算。"

郑昌国说："就算是集体行为，你是一把手，掌握着最后的决策与拍板权，就能说没有用权力进行利益交换的机会？"

小黄补充说："另外，根据这个举报信，我们也经过了调查，这个地价比周边的出售地的确要每亩高出几十万元，这说明了什么？"

辛志清没有对郑昌国的话做回应，而是对小黄提出的质疑做出解答："在跟对方谈价格时，我们也注意到周边的地块起价是五百万元每亩。但请各位注意，这只是起价，说白了就是招揽人去关注去洽谈的一种方式，实际待到双方坐下来谈时，往往就不止这个价格了，我们在实际经营过程中也经常遇到这样的情况。"

他又举例说："就像我们做卖房广告，都是用起价吸引人。起价低嘛，等真正有人想买了，却是一层一个价格，不同的户型又是不同的价格。所以，起价不是最终价。"

郑昌国跟小黄对望了一眼，郑昌国说："好，你这么一讲我们就明白了。多少钱买的地我们就不管了，我现在问你，公司或者你个人在这个中间存不存在拿回扣的行为？"

辛志清说："怎么可能存在拿回扣的行为？对方是做生意被人骗了，又卷入官司急于还债才卖地，五百六十万元一亩他都不够还债，他恨不得一千万元一亩卖给我们，还会给我们回扣？你们也可以去向对方了解调查。"

郑昌国正要讲话，辛志清又说："我刚说这个举报荒唐，因为这块地我们只是达成意向，买地申请还在等资管中心批复中，交易都还没达成，怎么就发生了拿回扣的事？就算是拿回扣，那也得把交易达成才有钱给吧？"

"什么？你们还没成交？"郑昌国几乎不相信自己的耳朵。

"对。"辛志清回答。

"啊？"郑昌国和小黄几乎同时发出一声惊叹，郑昌国说，"这事真扯，还查什么查？！"

一直不言不语的老郭发出一阵不明含义的短笑。

44

心里虽然知道鹿城那个项目已希望不大，但辛志清仍不愿放弃，他们越来越感觉到，这个项目可以赚大钱。

老钱那边也发了话，说不能再等了，最多再等半个月，如果民生公司这边还是不能定下来，他就要另找买家了。毕竟他这边欠别人的债还不起，人就要进去了。

辛志清心急如焚，将老朱和禤晓龙叫到办公室召开"闭门"会议，想办法。

几个人在一起研究了一天，也没想出什么法子。最后还是禤晓龙提议，是不是请老冯再出个面，将熊海平约出来，看行不行？

接到辛志清的电话，老冯听说是这么个事，也很着急。老冯说："我就再出个面，把他请出来，你们也利用这次机会好好跟他修复缓和一下关系吧。"

老冯约他见面，熊海平自然不好推辞，就同意了。见面约在周五晚，辛志清、老冯、老朱、禤晓龙和高晓岚，加上熊海平，一共六人参加这次面谈。

辛志清他们先到。六点半，熊海平也到了，几个人都给他打了招呼。老冯打趣说："老熊，人逢喜事精神爽，你这一升职，整个精气神都不一样了。"

熊海平说："论资格，我还差你一大截，在你面前，我顶多算是大象面前的一只小蚂蚁。"

老冯说："别这么说，我只是一个老头。你现在才是正值盛年啊！"

两人相谈甚欢，气氛渐渐融洽，老冯觉得差不多了，就把话题向买地的申请上引，说："老熊啊，听公司说他们想在鹿城拿块地，前期做了很多的工作，觉得是个好买卖，应该能赚钱，申请听说也送上去有些日子了，辛志清说也辛苦你带队去考察过了，怎么样啊，能不能给批啊？"

听到说批复的事，辛志清几人一下屏气凝神，现场一时没了声音。

熊海平却一副漫不经心的样子，说："哦，这事啊，我这里是没问题，支持下属公司发展是我们的职责所在嘛。但有个小插曲啊，前些日子我正准备安排上会，不知道是谁写了举报信给咱们省国资委的纪委。他们派人来调查，说公司有人在这里面拿了几百万元的回扣，查是查了，但后来就没消息了。中心这边也不知道到底是个什么结果，所以就把这事给搁下了。"

辛志清说："熊主任，调查的事当时就有结果，认定是子虚乌有，是有人恶意诬告的啊！"

熊海平不满地看了他一眼，然后说："就因为他们上面查，我想批也不敢批了。不批，这块地不买，就出不了事；批了，出了事，我得负责。"

辛志清继续说明："熊主任，纪委那天来查，我们已经把情况给他们说明白了。说都没交易，哪来的回扣？纯属是有人故意捣乱，想把事情给搅黄。"

熊海平说："我也知道是这个理，但是有一点你们可能没想到，这个事既然有人举报，那就说明有人在盯着你们。从另一个层面来讲，或许也说明你们在工作中存在一定瑕疵。再有就是，这个事已经在上面挂了号，要再推进我们就得加倍小心，须谨慎再谨慎。"

辛志清求助式地看了看老冯，老冯"哈哈"几声后说："老熊，事情还得一分为二看。纪委调查归调查，属于纪法监管范畴；公司要做项目做买卖，你给不给批，是业务范畴。你不批，他们这笔买卖就得黄；批了，他辛志清如果真的去收受回扣，被抓去坐牢，那是他活该，这是两回事。"

他叹了口气，又说："老熊啊，公司很不容易。我在位七八年，没什么作为，公司员工也跟着我受拖累。现在辛志清来接手干，市场环境虽然依然没有太大改变，但他敢干，肯干，也干出了点成绩，所以你要多支持啊。另外老熊，我个人觉得，总不能因为一封无中生有的举报信就耽误了这么大一笔生意吧？"

熊海平话语坚决地说："老冯，你讲的这些我都懂。我也不是那种见不得人好的人，我是巴不得下属公司都做大生意，都发财。但我刚才讲过了，这个事既然上面来查了，说明上面已经在高度关注这个事了，我批没问题，签个字，上个会的事，但上面没个结论，我同意了，万一上面问起来怎么办？"

"那你说这事怎么办？就这么搁置不办？"老冯有了明显的不满，但他心里清楚，熊海平管着民生公司。为了民生公司，他的不满又不能表现得太强烈。而且依照他的性格，他也不愿为了公司的事跟任何人翻脸，犯不着。

熊海平也感受到了老冯的情绪，就转头对辛志清说："这样，你们去国资委纪委要个东西回来，就是证明这个事情已经结案，公司和你不存在拿什么回扣的结论之类的东西。有了这个东西，我们就有了依据，我就能安排上会研究通过了。"

辛志清没有说话，他在权衡能否从纪委要到"结论"的可能性。但禤晓龙在一旁坐不住了，他说："熊主任，这个事我也有几句话要说，纪委来调查的事只是他们收到一封匿名举报信，他们按常规来核查一下而已，核查的结果是根本就没有举报说的那么回事，当场就给了口头结论。现在去找他们要结论，他们怎么出具？有什么理由出具呢？"

熊海平瞟了他一眼，眼神露出一丝不屑的神色。他显然不乐意一个公司的副总跳出来跟他这样讲话，他说："你们的立场是你们的立场，但我也有我的立场。"

他看了看老冯，说："老哥，不是我不给你这个面子，也不是我为难公司，今天我就放下一句话，拿不到上面的东西，我不可能给批这个项目。"

老冯见事已至此，也很无奈。

辛志清心里清楚，这盘棋已真正成了一盘"死棋"。他不甘放弃，说："过了这个村，绝对不会再有这个店。这个机会一旦失去，公司发展至少要延缓好些年。"

他又将几位公司领导召集到一起研究，说："熊主任要纪委的答复，那我们就去找纪委，讲清我们的迫切需求，让纪委给我们出一份证明，或是让他们出来帮我们说句话，澄清一下。我们再做最后一次努力。"

老朱他们都感佩辛志清的执着，明明已不可能的事仍在努力争取。老朱说："人都掉井里了，你老辛还指望耳朵能挂住，真是佩服。"

禇晓龙则主动请缨："我去找他们。"

很快，禇晓龙就将那天到公司调查"回扣"一事的郑昌国联系上了。禇晓龙把事情给郑昌国说了，郑昌国听了很生气，说："这个熊海平，怎么能这样呢？这不是拿我们纪委下去调查做幌子为难下面企业吗？乱弹琴！我回去马上向刘书记做汇报，让刘书记亲自给他打个电话，把事情说清楚，顺便也提醒一下他，不要这样为难企业。"

虽然禤晓龙觉得郑昌国有点说大话的味道，但还是顺着他说："全靠领导玉成，这个项目对我们来说的确很重要，我代表公司感谢您帮忙。"

郑昌国说："不要说什么感谢不感谢的话，都是职责所在。"

郑昌国回去后就向刘国炎做了汇报，刘国炎说："不是没举报信上说的那回事吗？这个熊海平怎么还拿这个理由不给下属企业批复呢？"

郑昌国说："是的刘书记，民生公司也很为难，他们想让我们给出个书面的东西，他们说这是那个资管中心主任要的，您看……"

"乱弹琴！"刘国炎不满地说，"我们收到举报去调查，发现没问题我们内部结案就为止了，有什么理由给他出具什么书面的东西呢？"

郑昌国说："我也是这么跟他们讲的，但辛志清他们公司的人讲，那个熊海平说不看到纪委出具的结论就不批准他们的申请，他们现在急得火烧眉毛。"

刘国炎想了想说："这个熊海平到底是真讲原则还是以这个为借口刁难下属企业，我倒想知道知道。"又说："郑昌国，这样，干脆你下去一趟，去见一下熊海平，把情况了解一下，看一下他到底为什么要这么做，想办法让他抓紧给人家批了。"

郑昌国根据刘国炎的指示，第二天便去了资管中心。熊海平对郑昌国的态度很谦和，他表示既然是上级领导来说明这个事，他心里也就清楚了，并说他是怕出问题才把问题想得复杂了些，才没及时批准民生公司的申请，并非不支持下属公司的发展。他说："请上级领导放心，我马上安排上会研究，尽快给出处理意见。"

郑昌国回去了，他以为这事就这么办妥了，给禤晓龙打电话，把情况大致说了。

禤晓龙长舒了一口气，觉得辛志清真了不起，项目明明都被判"死刑"了，他依然不放弃，努力争取，结果在最后关头峰回路转，迎来希望的曙光。他去给辛志清做了汇报，辛志清听了很高兴，说："到底是纪委，替咱们撑了一回腰。"

但是，他们没有料到事情虽然开始推动，但其结果却令他们大跌眼镜。

那天，熊海平等郑昌国走后，马上将一个姓郭的副主任叫到办公室。一番交代后，他又把陈天军叫到办公室，让他安排召开主任办公会，专门研究民生公司买地的申请事宜。

会是第二天开的，资管中心一正四副领导参加。结果在会上，讨论一开始，郭副主任首先发言，表示项目存在极大的投资风险。熊海平频频点头，似乎是在表示认同。

另外三名副主任看在眼里，轮到他们表态时，几个人你看我一眼，我看你一眼，然后都表示，郭副主任的意见有道理！最后，熊海平发言，说："既然大家都认为这个项目存在投资风险，那就不批给他们了。"又说："我们鼓励与支持下属企业投资做项目，挣大钱，但如果存在投资风险等问题的，我们就要替他们当好守门员，把好关，不然就是我们的失职失责啊。"

会议纪要和批复很快出炉，陈天军通知民生公司去取批复函。高晓岚听说是关于鹿城的批复，马上派人去取了回来。

其实，会议刚一结束，陈天军就通过电话将结果告诉了禤晓龙。禤晓龙听后简直难以置信，但他不敢私下把结果告诉辛志清。

批复函取回来后，高晓岚自然是第一个看。当那一行"该项目存在巨大投资风险，不予批准"的大字进入她的眼帘时，她一阵慌乱，连忙将批复函合拢，好像里面藏着妖魔鬼怪一样，好一阵才又打开。平复了一下心情，她才迈着沉重的步伐走向辛志清的办公室。

辛志清正好在办公室，她敲门进去后，还没将批复函递给辛志清，眼泪就先流了出来。辛志清一看她的神色，又见她手里捏着一张纸，就已猜出了几分，内心一阵狂跳。但眼见为实，他从高晓岚手中拿过那张纸，一看，心顿时如坠深渊，直跌谷底，他觉得就像一支毒箭一样射向自己，正中心脏。

消息很快传到王顺有那里，当天晚上，他约辛志清出来喝茶，辛志清在别人面前还能控制情绪，但在王顺有面前，他是一点都不控制。他愤怒难耐地说："这么好的一块地，拿到手不管是转手卖还是搞项目开发，都能大赚，公司发展才有真正的后劲啊，结果被熊海平几个人轻而易举地就给否掉了，不甘心，太不甘心了！"

王顺有宽慰说："老辛，事情既然已经这样了，就不要太生气了。其实你现在怎么生气，也没用，只能伤自己。资管中心既然都这样不顾企业的死活了，你们为什么不向上级反映呢？"

"向上级反映？"辛志清愣住了。

王顺有说："额不是在这里挑事儿，这个项目算是彻底黄了。但是，就算这个事黄了，你们也应该向国资委去反映一下。你不跟熊海平叫下板，你们以后想再做其他的事，估计都不会那么容易了。"

辛志清说："向上面反映，那不是以下犯上？再有就是这不是摆明着跟他撕破脸了吗？"

王顺有说："你啊，就是心软。这么大个公司交到你手里，他压着你什么事都做不成，但到头来人们不会说是他压着你做不了事，而是会说你这个当头的没当好，无能。现在都这样了还有什么撕破脸不撕破脸的？与其被他压着，不如主动将真实的情况向上面反映反映，说不定还能带来一些改变。"

辛志清沉默了半晌，说："我考虑考虑再说。"

过了几天，郑昌国到刘国炎办公室送份材料，刘国炎突然想起了民生公司申请买地那件事，就问郑昌国："给批了吗？"

郑昌国一听气不打一处来，说："他们上会研究是上会研究了，但没批，说是项目存在投资风险问题。"

"哦？"刘国炎很诧异。

"我看就是有人在捣鬼。我听说熊海平这个人心眼很窄，爱计较，得不到满足他就处处为难下面。"郑昌国说。

刘国炎说："唉，算了，他批不批是他的权利，我们不好干预。我们是干纪检的，不是业务经营部门，去插手和过问下面单位的业务开展情况，不是我们职责所在。我们或许是好心，但传出去，可能就是另一种说法了。好了，你去忙吧，别为这个事纠结了。"

郑昌国走了，刘国炎站起身来，走到窗户边。窗外有几棵木棉花树，木棉花正似火般盛开；几只不知名的小鸟在跳跃，鸣叫；不远处的楼宇在薄雾的笼罩下若隐若现。

刘国炎做了几个扩胸运动的动作，然后自言自语道："这个姓熊的，不简单啊！"

45

虽然鹿城的买卖没干成，但一点也不影响禤晓龙工作的积极性。自从就任副总后，他干劲十足，每天就像打了鸡血一般。

转眼又到了春节，这是禤晓龙当副总后的第一个年、辛志清任老总后的第二个年。

年前，禤晓龙东跑西跑，挨个去给人拜年。过年的前两天，他才请假回四川老家陪父母过年。他要田娇艳跟他一起回，田娇艳不肯，他便自己一个人回去了。

刚一到家时，禤晓龙有一种从一个世界来到另一个世界般的隔世之感。他是初一回到家的，初四便匆匆赶到四川乘飞机回了江口市。走时，他要给父母亲留一万块钱，父母不要，他硬是塞在了父母床头的枕头下。

他暗暗下决心，一定要奋斗，争取在父母的有生之年，将他们接到江口市过几年。

春节长假过完第一天上班，公司召开例会，禤晓龙就汇报了一件事：他得到一些消息，江口市即将对那个湿地公园进行开发建设，规划都做好了，春节后将择日公布实施方案。

这是一个极有分量的信息，如果属实，那就意味着公司通过招拍挂买下的那块地，迎来了开发的良机。

辛志清觉得应该早做准备，把工作往前赶，一旦湿地公园建设方案公布，公司立马启动楼盘开发项目，并将一些前期工作交由禤晓龙牵头落实。

受领任务的禤晓龙很快就组织人员拿出了一个新楼盘开发的商业计划书，定位是：打造一个让都市人贴近大自然、远离喧闹的栖息之地。楼盘名字是：湿地之畔。广告词是：与湿地，零距离。

正如禤晓龙所提供的信息一样，没过多久，《江口市湿地保护与修复工作实施方案》正式发布。江口市拟投资两亿元，将湿地打造成一个集水系与生物多样性的美丽的湿地公园。

原本那块连人都很少去的土地，随着这个"方案"的出台，立刻水涨船高，一下子变得价值不菲。

由于此前在开发临海公园小区中积累了丰富的经验，公司轻车熟路，就将向规划、住建、环保等部门申请立项的材料准备好了，并向资管中心递交了项目申请。

湿地之畔的规划设想是，共建设七栋十层至十六层的小高层、高层住宅及配套底商。跟临海公园小区一样，小高层、高层住宅全部拿来出售，配套底商依然用于自营或出租。

申请送上去之前，禤晓龙不无担忧地说："该不会又批不下来吧？"

辛志清说："地早就拿到手了，这次这么好的机会，他有什么理由不批准？"

禤晓龙快人快语："难讲。"

辛志清沉默了一会儿，说："其实我心里也有你说的这种感觉和担忧，但真不希望会出现你说的这种情况。"

叹了口气，辛志清又说："他这次要再不批，阻碍我们的项目开展，我们就直接向国资委反映。"

禤晓龙附和道："是的，再不能让他为所欲为了。"

申请递上去后，禤晓龙通过陈天军打听到，熊海平看了，但没有签字，也不做任何表态，申请现在就在熊海平的办公桌上。

辛志清他们深知，"不做任何表态"是熊海平惯用的手段。他不想批，也不想点头，就不做任何表态，一副人畜无害的样子。

辛志清觉得不能让申请就那么一直放着，他跟老朱和禤晓龙商量，决定约他见面。辛志清给熊海平打去电话，没想到熊海平直接拒绝了见面，说："工作忙，没时间！"

辛志清见他不愿出来，干脆就说事："熊主任，公司去年在江口市的西边拿了一块地，因为位置偏，一直放着没开发，刚好前些天江口市要在那儿建湿地公园，我们就想趁这个机会把项目搞起来。我们把商业计划书与申请都送到中心了，不知道您看到没有？"

"嗯。"熊海平在电话里含混不清地答了一声。

"熊主任，这个项目借着紧邻湿地公园的优势，应该会有较高的利润。您看是否抽空帮助看看，指导指导？如有不妥我们再修改完善。"辛志清字斟句酌。

"等我有空再看吧，最近事多，一时半会没空看。"熊海平又打起了太极。

挂了电话，辛志清在心里骂了一句"可恶"，又把老朱和禤晓龙叫到办公室商议对策。

辛志清把刚才跟熊海平的通话情况说了，禤晓龙说："我就猜他百分百会这样。"

老朱说："公司去年可以说一点业务都没做成，今年好不容易迎来这次机会，再不能白白错过了。难道我们就一直这样什么事都做不成？"

禤晓龙突然说："老板，跟你讲个事，我估计你听了肯定得骂人。就是去年鹿城那个项目，最后被别人以同样的价格给买走了。这才几个月，买家就把地转手给拍卖掉了，赚了差不多三千万元。"

"啊？！"辛志清大张着嘴，眼睛瞪圆。

"是的，我也听说了，一直没敢跟你讲。"老朱说。

辛志清想说什么，却气得嘴巴直抖，一句话都说不出来。

老朱和褟晓龙急忙安慰："算了算了，都过去了，犯不着生这么大气。"

这时，辛志清脑海里浮现出此前王顺有的那个建议。他觉得，真的不能再被人当"软柿子"，一直任人捏了。

辛志清就把王顺有的建议说了，褟晓龙一听当即说："我举双手赞成，就得这么干。把他的情况向上反映，让他至少以后不敢太刁难公司。"

老朱也表示赞成。

两位班子成员都赞同，辛志清却冷静了下来，并说出了内心的顾虑："熊海平对公司这样，估计对其他公司也肯定不会好到哪儿去。别的公司都能忍，我们来出这个头，我担心给人留下一个爱打小报告的坏名声。那以后不管是在领导那里，还是在外面做业务，恐怕都会受影响了。"

褟晓龙说："老板，您考虑的也不是没有道理。可是，被熊海平如此压着，以后肯定是不好做事的。为了公司能够顺顺利利做点事，能够发展，什么名声不名声，都是虚的。"

老朱也说："做不成事，没有业绩，到时板子不会打他熊海平头上，肯定还是打在你头上，打在公司头上。不要顾虑那么多了，马善被人骑，人善才被人欺啊！"

辛志清终于被说动了，他决定，以公司的名义写份材料，呈报到省国资委，反映资管中心违背市场规律和不顾下属公司发展需要，在下属公司申请的项目中，以主任办公会讨论研究为名否定公司的项目开展，导致项目最终搁浅的事实。

下定决心之后，辛志清又多想了一层，他说："我们不要把目标对准哪一个人特别是熊海平，那样就成了私人恩怨。咱们反映资管中心，不提他们哪个个人，这样矛盾可能就会小些。"

老朱和褟晓龙都说："这样比较巧妙。"

辛志清再次叮嘱："小褟，这个材料你亲自写，记住，就事论事，不要扯其他的东西。"

几天后，一封关于民生公司经营项目因资管中心否定导致几千万元受损，新的项目又被资管中心拖而不批的情况反映材料，摆在了省国资委主任权国峰的案头。

作为省国资委的当家人，权国峰的压力其实也很大。这么大一个国资系统，队伍建设，事业的发展，效益的高低，都压在他的肩上。民生公司虽然在整个国资委系统只是一家不起眼的小公司，对整个国资委系统发展起不到关键性作用，但就像浩浩荡荡的长江水一样，这些江水都来自无数山涧里的溪流。没有这些溪流，滚滚长江也会断流。同理，一个民生公司发展受阻，那十个、百个民生公司呢？如果都因人为因素而原地踏步，那还遑论什么大发展、大前进、大飞跃！

他叫人通知熊海平，让他到省国资委来一趟。熊海平猛然接到通知，不知道何事，也不好找人问，就心怀忐忑去了。

权国峰虽然心里有气，但他见了熊海平，并没有发火，而是问："老熊，叫你来，是想了解一下，你跟民生公司之间发生了什么不可调和的矛盾，让人家把你的情况反映到我这儿来了？"

一听说是民生公司反映他的情况，他心里"咯噔"一下，心想坏了，难不成因为他没给批鹿城的项目，他们把什么事情包括过桥费的事都反映到权国峰这里来了？

他心中没底，看看权国峰，想从中猜出点什么，但权国峰一脸平静，什么也看不出来。于是他决定装傻，他表现出一副很惊讶的样子，说："民生公司反映我的情况？权主任，反映我什么？我不太明白，他们有事情应该直接和我们资管中心沟通啊，怎么反映到您这儿来了呢？"

权国峰是什么人，熊海平的这个小把戏一下子就被他看破了，他有些不满地说："老熊，你自己做了些什么，你心里应该比谁都清楚。民生公司是资管中心的下属公司，他们不跟你们直接进行沟通，而是越级向我们反映，那肯定是情非得已才这么做的。"

熊海平低头不语。

权国峰就说："鹿城那个项目你们为什么不批给民生公司？你知道不知道，就因为你们不批，民生公司损失了三千万元。"

熊海平其实早就听说鹿城项目的事了，心里也早就找好了措辞，因此他辩解说："权主任，鹿城那个危楼和地我当时是想批给他的，我还带队实地去考察过，但我们后来在召开办公会讨论研究时，有人提出了不同意见，认为存在投资风险，不同意批准。您知道讨论一个项目上不上马我们实行的是集体表决制，我也只有一票权，有人不同意，我也没办法，所以就没给他批。因为资管中心没有批准让他们少挣了几千万元，并不是我们有意为之，而是在决策上没有远见卓识。"

顿了顿，他又说："鹿城那块地现在别人赚钱了，他们当然可以说我们没有批给他们造成了损失，但如果亏钱了呢，那责任又在谁呢？"

熊海平的话可以说是近乎天衣无缝，但权国峰哪里会被他带节奏？权国峰说："老熊，你不要跟我扯这些个冠冕堂皇的大道理，讲大道理，你讲不过我。我就问你，你在研究讨论这些项目的过程中有没有私心？"

熊海平的脸稍稍僵了一下，但很快就说："权主任，没有私心，这都是工作上的事，哪来的私心？我可以向您保证，一切都是从工作实际出发，从维护国有资产利益出发，我们只是因项目存在风险不敢批。"

　　权国峰说："好，老熊，鹿城的项目已形成了既定事实我就不追究了，那么我问你，最近民生公司的那个湿地公园旁边的项目报给你们了为什么又压着不给批？是不是你们认为又存在风险？如果你们又拿风险来说事，那你告诉我，哪个项目没有风险？如果任何项目都怕有风险，那我们的企业还怎么发展？是不是都应该关门算了？"

　　权国峰看了一眼熊海平，继续说："我大致了解了一下，地是人家公司的，现在旁边又在建湿地公园，多好的机会，值不值得开发建设连我这个不懂搞房地产的外行都一目了然，怎么你们就不给批呢？"

　　熊海平脸红得像关公，却仍一副被冤枉的样子，说："权主任，不是我们不给批。是这些天工作实在太多，我又经常在下面调研，没顾得过来啊。"又说："既然您过问了，我一会儿回去马上就组织会议讨论研究。要是能批，我们就马上给他们批了。"

　　见他如此表态，权国峰的语气稍稍缓和了些，但话语依然严厉："每个国有资产下属企业都是整个国资委系统的细胞，不管大小，都决定和关乎着国资系统的兴衰。一个真正有觉悟、为全局着想的领导，应该都是巴不得下属企业干好、做大，挣大钱，而不是处处以各种借口为下属企业设门槛，为难他们。如果都这样，你一个理由他一个理由，让企业处处受制，那还了得！那国资委就只有关门算了，我这个主任也只能回家卖红薯了。"

顿了顿，权国峰又继续说："我时常在想，下属企业干出了成绩，难道不是为领导脸上涂脂抹粉？另外，但凡当领导的，只有拥有真正大格局、心胸宽广的，才能越走越远，越走越顺；天天只想着要权用权的，必定走不顺，也走不远。"

权国峰的这番话，似乎是在说整个干部队伍，但熊志清听了，却如芒在背，他一个劲地点头称"是"。

权国峰却好似讲话上了瘾，继续说："老熊，好好善待你下面的那些企业。你一个资管中心有没有成绩，可得靠他们啊！另外，我给你打个预防针，如果再遇到此类该批不批的事，那我也不像今天这样找你了。我让纪委下去，查一查背后到底有些什么样的'故事'！当然，不能批的也不能乱批、瞎批、硬批，那样造成损失你们依然脱不了干系！"

权国峰的这番话说得相当重，熊海平的额头渗出了密密的汗珠。

熊海平走出省国资委，司机在门口等。他坐上后座，将车门关得"咚"的一声响，把司机吓了一大跳。司机没敢说话，知道熊海平不高兴了。

在权国峰的过问下，资管中心没有再拖着不办，而是很快批准了民生公司关于湿地之畔项目的申请。

天下没有不透风的墙，很快，民生公司向省国资委告资管中心状的事就在全省国资委系统传开了。有人说："啊，下级单位告上级的状，这不是儿子告老子吗？"有的说："这工作起来怎么弄？"有的则认为告得对，尤其是那些跟民生公司有相似遭遇的公司，更是对民生公司的做法纷纷叫好，认为他们有胆魄。有一家从事园林绿化的公司也归资管中心管，老总跟辛志清熟，他打电话给辛志清，说："你们有胆量，就是要有人站出来治治他。"

辛志清有点尴尬，说："谁愿意这样？我们也是被逼的，几十号人要吃饭，不做项目会饿死。"

在公司里，辛志清叹了一口气，对老朱和禤晓龙说："项目虽然给批了，但这下可算是把人给彻底得罪了。"

禤晓龙说："怕他个啥？他再为难我们，我们还向上反映。"

辛志清说："总不能老是这样。"

老朱说："想那么多干啥？走一步算一步吧，说不定上级很快就把他调走了呢。"

辛志清突然笑了起来，说："他调走不调走那是上级的事，但说真的我有时会想，来这个公司当老总干什么？外行不说，做个事情也时时处处受人掣肘，自己所谓的一些想法都无法付诸实现，我是我，但我又不是我。"

老朱说："你跟老王经常在一起，也搞得越来越高深了。"又说："其实不管是民企还是国企，都难做，都会有亏有赚。就跟打仗一样，哪有只打胜仗不打败仗的人？"

辛志清笑了，说："别说这个了，小禤，你说说项目的事吧。"

禤晓龙点点头，就把项目推进情况做了汇报：项目目前所需的国土使用证、建设用地规划许可证、施工许可证、竣工验收备案表等诸多许可证有的已经取得，有的则正常推进，都安排了专人跟踪与催办；跟银行的对接也很顺利，公司拿土地抵押，可以贷到七千万元左右，资金在预售许可证拿到后即可开始回笼，资金回笼周期应该在一年至一年半之内。至于土石方施工、承建公司等，正在进行招投标，现在报名的公司多达二十余家，公司为此提高了门槛，严苛了条件，争取做到优中选优。

辛志清对项目的推进感到满意，表扬了禤晓龙的工作，同时要求项目在每个环节都要做到合法合规、安全守信。他还举了德清房地产何永胜卷钱跑路留下一个烂尾楼的例子，说："影响太坏了，遭受损失的人也太多了，承建方、材料供应方大多都是垫资，工人们辛辛苦苦有的也没拿到一分钱工资。尤其是那些掏钱买房的客户，他们有的是一辈子省吃俭用好不容易才攒下的钱，有的甚至是几代人的积蓄，拿出来，本来是想改善一下居住环境，结果全打了水漂。这些人天天到政府去上访，去告状，把政府也弄得狼狈不堪……所以我们一定要严格管理，资金审批制度一定要严格执行，建设过程中，要严格按照合同按进度付款，保证工程一天都不能停。材料供应方和工人的工资也一定要按时发放，尤其是工人工资。如果发现我们的钱给了，一些承包商没有及时把工人工资发到位，我们可以提出警告，如果警告无效就直接终止合同。我们是国企，经济效益固然重要，但社会效益也同样重要。"

相关人员听了都表示，将不折不扣地按照要求去落实和执行。由于此前临海公园小区项目的开发，公司上下积累了不少经验，因此在湿地之畔项目上，大家都显得轻车熟路。尤其是"与湿地，零距离"的定位很是受人关注，试想，每天打开自身窗户，眼前就是一望无际、草长莺飞、美景如画的湿地公园，谁能不向往、不动心呢？所以，项目还没开建，就有人开始通过不同渠道向公司打听开发建设及销售情况。

禤晓龙敏锐地意识到，湿地之畔的销售将比临海公园小区要火爆。他把感知到的信息讲给辛志清听，辛志清也很高兴。

某个周一，辛志清组织公司召开中层以上干部例会，老朱在会上说起了一件事："老辛，前几天财务的几名员工在跟我闲聊时提了个想法，说我们是房地产公司，马上又要有项目上马，现在公司的好些员工没房，公司能否考虑一下，制定一个内部价，对想买房的员工进行优惠，让他们能够享受享受房地产员工的福利？"

　　辛志清说："你具体说说。"

　　老朱说："我们建盘不是有成本价吗？我的想法是，公司员工以提前认购的方式购房，价格给予一定的优惠，优惠程度大致比成本价要略高，比市场价要低，照顾照顾自家员工。"

　　辛志清说："能不能这样操作？违不违规？"

　　老朱说："操作应该能操作，至于违规我看也算不上违规，这应该有点类似于一些政府单位集资建房那种。只不过我们这个是纯粹的商品房，但这是为内部职工谋福利，解决住房困难问题，不是对外销售。"

　　辛志清看向禤晓龙，禤晓龙说："这个应该可以搞，但具体能否操作还要再了解了解，就怕好事最后变成坏事。"

　　辛志清却不急于表态或是定夺，而是说："大家都想想，看这事能不能操作，不违规是第一位的。"

46

　　湿地之畔项目推进迅速。这次，公司跟临海公园小区一样，依然采取公开招标的方式来确定土石方、承建方以及各项材料供应商。无独有偶，这次的土石方工程同样被张建设的公司拿到，张建设霸道是霸道，但他的公司实力强，各方面的关系硬，再加上施工起来进度快，要求高，丝毫不逊于任何公司，所以，他的公司中标，谁都觉得无可厚非。但蹊跷的是，这次施工中标的公司竟然又是龚学才的凤凰公司。这一下子在行业内就炸了窝。参与投标但没中标的其他多家公司不干了，纷纷向相关部门举报民生公司搞暗箱操作。

辛志清也听说了有人向有关部门举报的事。这次评标，他依然是公司代表之一，当他见到凤凰公司也在投标公司中时，心里就有些打鼓。在建设临海公园小区时，凤凰公司龚学才的所作所为，并不令人十分满意。尤其是那个加建，搞得辛志清有些狼狈，所以在打分时他刻意给压了压分。谁知这次开标，中标的竟然又是凤凰公司。其他参与投标的公司纷纷认为招标存在问题，辛志清也觉得这里面有些不太正常，但具体他又说不上来。想了想，具体落实招标包括对接招标公司等工作的是禤晓龙，就把他叫到办公室问情况。

辛志清对禤晓龙说："小禤，你跟我讲实话，这次的招标你有没有帮忙背后做工作？"

禤晓龙信誓旦旦地说："老板，您不要听那些没有中标的公司瞎鼓捣，他们是没有吃到葡萄说葡萄酸。整个招标、评标包括开标都是公开透明的，专家也是提前个把小时随机抽取的，评标过程中又都是现场打分现场公布分数的，怎么可能存在哪一个人去帮谁中标的呢？"

辛志清说："整个江口市多少家承建公司，有的资质、实力比凤凰公司不知要高多少、强多少，可偏偏公司搞了两个项目，中标的都是这家公司，这不能不引人遐想啊！"

禤晓龙说："老板，您可能忘了，这次在招投标过程是设置了一个加分项的，那就是先前跟公司是否有过合作，以及合作的规模、方式、标的以及满意度等。凤凰公司正是因为之前跟我们有过合作，形成了一定的影响力，占了优势，在这项加分中拿了不少加分，才超过其他公司的。"

辛志清"嗯"了一声，说："小禤，那个龚学才曾经多次约我吃饭，我一次都没有答应。逢年过节他也不止一次到我家看我，但都被我挡在门外。那是个不简单的人，你也要注意，把公私分清楚，尤其是不要跟这些人走得太近。这个我在建临海公园小区时就跟你讲过了，人生的路很长，切莫被眼前的一点利益糊住了眼睛，要看长，看远，干干净净做人，清清白白做事，人生的船舵和方向是握在自己手里的。"

禤晓龙表态说："老板，您放心，我一定把握好自己的人生方向。"

因为有人举报，辛志清以为又会迎来一场"风波"。蹊跷的是，上级主管部门这次都没有任何动静。听说资管中心也接到了举报，但他们没有派人下来做任何了解和调查。

很快，项目就开工建设了。这次开工公司没有像临海公园小区开建那样搞那么大的开工仪式，有人提出来要搞，但辛志清想了想，觉得当前跟资管中心的关系有点微妙，就建议不搞了。

公司不搞，但张建设和龚学才还是每人出了一笔钱，请来了几个舞狮队，在开工那天搞了一场规模不大但热热闹闹的开工庆典，还拉辛志清去给狮子点了睛。

正式开工建设不到三个月，楼盘开始预售。售楼处每天都有大量的购房者涌来。同样也没有实体房可看，就连样板间也没有，售楼部依然只有几幢按比例制作的沙盘模型，每个购房者都是看项目所在位置和周边环境，然后由专业的售楼员对着模型给客户们"画饼"，但就是这样，成交量也较为可喜。

销售数据每天下午或晚上都会准时出现在辛志清的手机上。看着可喜的数据，辛志清无比高兴，他也不得不由衷地赞叹禤晓龙脑子活，点子多，的确是个不可多得的人才。

　　但高兴之余，有件事却一直搁在辛志清心里，那就是帮员工们解决住房困难问题。

　　自那次会议老朱提出来之后，辛志清就一直放在心里，他还让高晓岚做了个摸底。结果发现，员工们的住房需求的确是大，自己有房的员工不到三分之一，大多都是租房住，本地员工则多是跟父母挤住在一起。员工们解决住房的要求十分强烈。

　　员工老付的情况最为突出，他原来是项目部一名业务员，在建教师村项目时到工地监督检查工作，结果不小心摔了一跤，把腿摔残疾了，其他工作干不了，就留在办公室帮助做点杂事。老付是江口市本地人，家里原来有个百把平方米的平房，是他爷爷在世时修建的。他父亲兄弟两人，结婚后分家，房子一人一半，虽然面积小，但那时也勉强够用。但父亲兄弟俩感情不是太好，大伯后来做生意发了财，就把属于自家的五十来平方米的房子给拆了，然后又从旁边买了几十平方米的空地，建起了一栋四层小楼。而他父母只能继续带他住在过去低矮的平房里，面积小，又阴暗潮湿，他们也想把平房卖了到别处买个新房或建新房，无奈家里实在贫困，尤其是他腿有残疾，根本没钱实现这一愿望。等他结婚后生了孩子，房子更加不够用了，一家三代住在五十来平方米的房子里。全家人最大的愿望就是能够有朝一日换套大点好点的房子来住。

　　辛志清属于那种外表有点冷但内心热的人，对待员工的合理需求，他总是能解决则解决，甚至有的可帮可不帮的也尽力想办法去帮。这点，早已为员工们所称道。

这次，面对员工们的住房之需，辛志清心里头就像放了一面鼓，稍有外界撞击，鼓就会响几声。他一直在找一个下决心的机会。

不知是巧合，还是上天的有意安排，不久后，省国资委权国峰的一次调研，让辛志清下了帮员工解决住房的决心。

那天，权国峰到基层调研，湿地之畔项目是调研的其中一站。辛志清按照要求早早地赶到点位等候，并且做好了汇报的准备。权国峰到后，看了看项目，又在现场问了一些问题，都是由辛志清做讲解与回答。权国峰听了后指示说："这个项目很好，一定要保证质量，更要保证施工安全，这两者都大意不得。另外，据我了解，现在国资委下属单位不少干部职工存在住房困难等的问题，我们能不能想想办法来解决职工们的需求？尤其是作为房地产公司，要认真考虑，看能不能通过什么渠道解决内部员工住房问题。"

他转头对陪同调研的熊海平说："老熊，你觉得呢？"

熊海平应和道："您考虑得周全，我看民生公司就可以拿现在这个项目来做做试验，看行不行。"

熊海平的话一半是跟权国峰说的，一半是跟辛志清说的，辛志清马上回应："领导们能为我们基层员工着想，我们回头马上研究，拿出一个解决方案，报上级批准实施。"

权国峰说："只要不违规违法，可以尝试。"

员工们的消息很灵通，上级领导的指示迅速传开，员工们欢呼雀跃，仿佛迎来了春天。

有人说："我们是房地产公司，员工没房，说出去让人笑话。"

有人说："这有什么违规不违规的，又不是让公司白送我们房？我们一样花钱买，只不过享受个内部价而已，哪个单位不是对内部职工都有个优惠？"

…………

辛志清也觉得这是一个机会，很快就召集几名公司领导开会研究，大家一致同意，说，这是好事。为了稳妥起见，公司的法律顾问也被请来一起研究。

律师是个四十多岁、矮胖的男人，辛志清请他发言，他好像没睡醒一样，磨蹭了半天才说："我也查了一些政策和法律规定，其实对这种内部认购的情形也没有一个明确的界定。如果我们要施行，我个人建议就以职工集资建房的名义来操作。这样，员工该享受的福利享受到了，如果有人说公司行为违规也可拿这个来做理由解释。"

律师都这么说了，辛志清终于下了决心，但他还是有些担心，说："帮助员工们解决住房问题是公司应尽的一份责任，但一定要在政策允许的情况下去推动，不然，公司将承受难以预料的后果。"

很快，公司就出台了关于内部员工认购的方案，又经过征求意见和完善，很快就公布并开始施行。按照方案，公司入职一年以上的无房员工每人可以购买一套面积约一百平方米的房子（双职工按一人计算），享受公司制定的内部价。这个内部价含金量颇高，要比市场价每平方米低一千五百元左右。这就意味着，每名购房员工都能享受到十五万元左右的优惠。

那个时候，就算辛志清的工资也不过每个月七千元上下，员工们的工资则更低。这个优惠，让员工们是真真正正享受到了巨大实惠。

说是无房员工才能买，但面临这么大的优惠，无房的说自己无房，有房的也说自己无房，都要买。公司对此也只能睁一只眼闭一只眼。结果，公司全体人员除了辛志清外，人人都定买了一套。

辛志清其实也想买，这么大的优惠为何没买，他自己也说不清。有回跟王顺有喝茶，王顺有听说了问他，他说："自己在城里有房，在老家农村也有房，要那么些房干啥？"

方案公布前，民生公司向资管中心打了申请报告。禤晓龙担心地说："没准报上去，这事儿又黄了。"

辛志清说："应该不会黄，毕竟上次权主任做指示时他在场，而且他在现场也是表了态的。"

报告递上去后，资管中心这次没有阻拦，也没有批，只是将报告退了回来。陈天军主任在电话里说，中心领导让你们自己干就行了，资管中心不管这块。

既然资管中心说不管，民生公司就自行开始推进。员工们就纷纷跟公司签订了协议，缴纳了定金，只等着住进新房那一天的到来。

员工们个个脸上都笑开了花，见了辛志清，嘴上抹了蜜一样一口一个"辛总"或"老板"地叫。

辛志清心里也有一种自豪感、成就感，比他自己得到实惠还高兴。

禤晓龙跟他说："手下好几名员工说，没有您他们可能一辈子就只能住老房子或租房子住。"

有一天下班后，员工们几乎都走了，辛志清依然还在办公室加班。老付敲门进来，进来就要给辛志清磕头，辛志清急忙上前把他扶起来。他眼里噙着泪说，这是代他一家人给辛志清磕的。这次，他也买了一套房，尽管借了不少钱，但毕竟看到住新房的希望了，所以他觉得最应该感谢的就是辛志清。

老付走后，辛志清的内心久久不能平静。他想起不知哪位领导曾经讲过的话，干部和领导就是要心系群众，心里想着百姓，急群众之所急，想群众之所想，一切从群众利益出发，这样群众心中才会有你。他觉得，为员工们办的这件事，真是办对了。

47

民生公司开了一个向省国资委"打小报告"的先河。其他下属公司似乎也学会了，给资管中心打什么报告和申请，竟然也若隐若现地摆出一副不给批就要学民生公司往上捅的样子。这令熊海平十分恼怒却又无可奈何。

对于民生公司这个"始作俑者"，熊海平曾经想找个理由和借口把它的总经理辛志清换掉，但他实在是找不出什么理由。另外，现在民生公司跟自己之间的矛盾在国资委系统早已不是什么新闻，即使能换掉辛志清，也会让别人说他利用手中的权力搞报复。

前几天，省国资委组织处打电话到中心来，让中心书面上报一份熊海平任资管中心一职以来的表现报告。他不知省国资委组织处是何意，打曾主任的电话问情况，曾主任却说自己这段时间一直陪着领导在基层调研，不知道委里的情况。

熊海平就想起了权国峰的那个司机，打电话问曾主任，曾主任说自己也好久没见过他了，听传言说此人这些年打着权国峰的旗号干了不少见不得光的事，权国峰发现后，很生气，将他赶走了。

这下，熊海平越发抓瞎了。

48

这天下午下了班，阿牛送辛志清回家。走到半路，马路上发生了一起车祸，三车相撞，有人受伤，交警、120 都来了，很多人围观，路被堵住了。

阿牛就跟辛志清说："老板，您听说没有，杨大彪差点丢性命？"

"哦，怎么回事？"辛志清很意外。

"听说这段时间他天天喝酒，一天要喝一两斤高度白酒，把人喝得变形了不说，前几天还喝出了胰腺炎，幸亏送医院抢救及时，不然就完蛋了，现在还在医院躺着呢。"

"消息准吗？"辛志清问。

"准，肯定准。"

辛志清"哦"了一声，没再说话。

阿牛本来是想把消息告诉辛志清，让辛志清"高兴高兴"，谁知他表情如此平淡。心里还想，领导就是领导，城府深，不喜形于色。

这时在交警的指挥下，清理出了一条可以供车辆通行的道，阿牛跟着前面的车辆慢慢往前开。辛志清这时问："你知道杨大彪住哪个医院吗？"

阿牛说："我不知道啊。"

辛志清说："你打电话问问。"

正好红灯亮起，阿牛停了车，回头问辛志清："老板，啥意思？难道你还想去医院看他？"

辛志清点点头，说："毕竟同事一场，他躺在医院，不知道也就算了，知道了不去，内心好像不答应似的。"

阿牛说："这种人，看他个毛……"

说是说，阿牛还是拿起电话，询问杨大彪住哪家医院，连什么科多少号床都问到了。

辛志清其实早就发现，阿牛身上有些变化，这种变化不太好说，但他能感觉得到。比如讲话，不再像过去那样对他总是客客气气，而是经常性地口无遮拦，甚至口出不逊。当然阿牛不敢直接针对他，但总是在说到其他人时不失时机地冒出一两句脏话粗话。

辛志清不傻，他当然知道阿牛在自己面前的反常表现，就是因为自己没能满足他当经理的要求。对此，他也无奈，该说的话都说过了，他不听，或是不满足，那是他的理解能力与境界问题。自己一个总经理，总不能因为一个司机让员工们觉得自己一碗水端不平，不任人唯贤，搞亲亲疏疏，满足个别人，失威于多数人。因此，他对于阿牛的一些不成熟的表现并不当真，他相信阿牛会有明白的一天。

车到了医院附近，阿牛说："老板，现在正好是吃晚饭的时间，进去说不定他们正在吃饭，不如我们先去找个地方吃口东西再去？"

辛志清本来打算这天晚上不吃饭，却又想到阿牛也没吃，就说："那找个小店吃一口吧。"

在一家规模不大但看着干净的海鲜店，两人点了一个杂鱼煲、一个炒地瓜叶。辛志清只象征性地吃了点鱼和地瓜叶便放了筷子，其余的都被阿牛风卷残云般地干掉了。

吃完饭，车开进医院的停车场，辛志清叫阿牛等着，他自己上去。杨大彪住在住院部的七楼，他一出电梯，差点跟一个人撞了个满怀。仔细一看，有点吃惊和意外，竟然是杨达川。

"怎么是您，杨主任？"辛志清热情地招呼。

"咦，是老辛？你怎么来了？"杨达川也是一脸惊讶，跟他握手，说，"来看一个病人，刚看完，准备走。你呢？"

"我也是，公司以前的工会主席杨大彪生病住院了，刚知道，下了班就转过来看望一下。"

"哦。"杨达川的神色变得有些不自然起来，说，"那你去看吧，我先走了。"

旁边不时有人走来走去，也不适合两人久聊，两人就又握了下手，辛志清去病房，杨达川则坐电梯下楼了。

杨大彪住的是一个单间，房间不大，但设施很齐全。他正躺在床上输液，两眼望着天花板，不知在想些什么。辛志清轻咳了一声，叫了声："老杨。"

杨大彪听到声音，侧过头朝门口望了一眼，看到是辛志清，一脸意外，却冷冷地说："你来干什么？来看我笑话？"

辛志清很是尴尬，但还是笑着说："老杨，听说你住院了，来看看你。"

杨大彪"哼"了一声说："不需要，我这种人现在是拔了毛的凤凰不如鸡，你也不必来装什么好人。"

房间里有两张床，另一张空着，辛志清就在空的一张床上坐下，说："老杨，咱们同事一场，尽管有些矛盾，但也不至于你住院了我来看看你就觉得我是虚情假意吧？"

杨大彪动了动身子，沉默了好一会儿，才说："老辛，我知道你是个宽厚的人。我这个人性格多疑、偏激，我们俩不是一路人，你来看我，我感激你，但这也不代表我们过去的恩怨就会一笔勾销。我明人不说暗话，如果有机会，我肯定该怎么着还怎么着，你也做好准备。我实话告诉你，我就是死，这辈子也不能原谅两个人，一个是你，一个就是何永胜那个王八蛋。尤其是那个何永胜，老子恨不得生吃他的肉、喝他的血！"

杨大彪说得恶狠狠的，辛志清心里一寒，他知道再待下去也没什么意义，站起身来，想走，却还是从口袋里掏出钱夹，数了两千块钱，塞到杨大彪的枕头底下，说："老杨，好好养病，来得匆忙，连束花都没买，一点小心意，不要嫌少。"

杨大彪没有拒绝，却连声"谢谢"也没说。看着天花板，眼珠子一个劲地打转。

辛志清离开病房，下了楼，往停车场走，突然听到有人叫他。他一看，竟然是杨达川站在一棵椰子树下，边喊他，边向他招手。他急忙走过去，问："您还没走？"

"等你呢，老辛。"杨达川说。

辛志清惊讶，说："等我？"

"是啊，得知你来看杨大彪，内心有些复杂，就想见见你，跟你聊聊。"杨达川的神情有些复杂，"看你这神情，他一定又跟你胡说八道了吧？"

辛志清掩饰说："没有啊，挺好的。"

"唉，你呀，这个时候还替他遮着掩着。我的弟弟，我最了解他。"杨达川语气平和地说。

"什么，您的弟弟？"辛志清惊得下巴都差点掉了，他眼睛不眨地看着杨达川，期待着答案。

"你没想到吧？看外表我俩是不像，这不奇怪，因为我俩同父不同母。"与辛志清的惊讶相比，杨达川显得平静很多，他点了一根烟，抽了几口，才说，"我比他大八岁，我母亲生下我后，不到一年就死了。我父亲又娶了一个，生了他。父亲要挣钱养家，他妈又是一个只会做家务的农村妇女，平时基本上没人管他，所以从小就养成了不可一世的性格，好跟人争长论短，觉得这个世界上就他最厉害，跟人讲话讲不到三句就呛出火，弄得谁都不想搭理他，不愿跟他做朋友。后来他长大了，在我的引导甚至威逼之下，终于考上一个中专，读完就分到一个工厂当工人了。结果他也不好好干，不是跟这个不对付就是跟那个不对付。我也是好话跟他说尽，毕竟是自己的弟弟，就又想办法把他调到民生公司。谁知这么为他帮他，他却不争气，逞能乱搞，搞成现在这个样子。"

"他是您弟弟，可从来没有听任何人说过啊！"辛志清几乎还是不敢相信。

"这跟他的性格有关，我混得比他强，他嘴上不说什么，但内心里还是不服气的，所以说就算打死他，他也不会在外面说我是他哥哥的。他是怕被人说成他没本事，靠的是我。他不说，我自然更不想说。"杨达川一脸无奈。

一根烟抽完了，杨达川从烟盒里又掏出一根，衔在嘴上，点上火后，又说："老冯退休时他就跟我提出，想接老冯的位。但我考虑到他的性格不适合，加上他的能力也不行，不要说公司面临着生存困难，他挑不起这个担子，就算把一个好的公司交给他，他也可能搞垮掉，所以我直接就给回绝了。他非常生气，还说既然不让他当，那么谁当他都不会让谁好受。所以我就知道，你的工作难以开展了。我也做过他的工作，甚至是骂过他，但他不听，还说我胳膊肘往外拐，不帮自己兄弟帮外人，扬言要跟我断绝兄弟关系。他后来的表现果然如他所说的那样，在公司处处跟你作对，还到处造谣告你。我也不能不给他碗饭吃，所以后来在设立工会主席一职时我借机把他变成专职工会主席，其目的是让他去个闲位置，不再到处生事，好让你带领公司大踏步往前走。没想到他破罐子破摔，越发变本加厉，最后把自己弄到这个不堪的境地。"

辛志清听完，内心深处五味杂陈，说："杨主任，听您讲的这些，我都不知道该说什么了。请您放心，我一定好好干，不负您的期望。"又说："经过这么一些事，对他来讲也是个极其惨痛的教训，但人非圣贤，孰能无过，相信这些经历会改变他。这样，他既然是您的亲弟弟，加上我们也曾经是同事，如今落到这个地步，等他出院后，我看能不能帮帮他，弄点事做，让他重新站起来。"

杨达川说："江山易改，秉性难移，他的事你就不要放心上了，我跟你讲这些，不是让你帮他。一个人跌倒了，最好是自己坚强地站起来，光指望别人扶，扶起来了也还是会摔倒。"又说："他的事我最了解，怪不得任何人，要怪就只能怪他自己。辛总，我现在是国资委的一个小主任，既不管业务，又帮不到你们什么，跟你讲这些，其实是想让你不要背什么思想包袱，该怎么干就怎么干，一切以公司发展大局为重。另外，我跟他的关系还希望你能帮着保密。"

辛志清忙说："您别这么说，您的品德永远值得我学习！而且请您放心，您与杨大彪的关系，我不会往外说一个字。"

杨达川说完，走了，辛志清站在原地，内心一时百般滋味。杨达川、杨大彪，他心里默念着这两个名字，一时又哑然失笑，就像一个人因某一件事一直被蒙在鼓里突然明白过来一样。

他对这次来看杨大彪，说不清该来，还是不该来。

49

湿地之畔开发的可行性报告还在制作之中，一些鼻子灵敏的公司就已闻到了味道。一个房地产开发项目，上游、下游，空间太大了，谁能靠上去，谁就有可能分到一杯羹，他们开始通过各种方式跟民生公司建立联系。当得知禤晓龙是项目负责人后，他们便把攻关的重点对准了禤晓龙。

渐渐地，许多人得知，民生公司是辛志清掌舵，但项目实际都是由禤晓龙在负责，要想做成项目，找禤晓龙比找辛志清有用。

在项目管理中，不管是大事小事，禤晓龙基本上都要过问，有的则必须他点头同意才能干，因此他的身边总是有人跟着。

禤晓龙依然是一副收入平平的样子，就连在田娇艳面前也表现得跟过去没什么两样，天天忙忙碌碌，但衣服一年到头总是那么几套，一双鞋不穿烂不换新的。他给田娇艳的钱虽然比平时多了些，但也有限，以至于田娇艳依然觉得他没挣到什么钱，并不止一次讥讽他："不是当了什么副总了吗？也听说公司搞项目了，怎么没看你挣几个钱啊？"他不吭气。

他对辛志清始终尊重有加，就算辛志清在项目方面特别倚重他，他也该请示请示，该汇报汇报，从不越权。而且，不管什么时候，只要辛志清交代什么工作，就是半夜他也要爬起来把事做了。另外，他在礼节方面也想得十分周到，逢年过节，他总会到辛志清家里去看看。辛志清每年都要回近百公里外的老家农村过年，每年大年初一，禤晓龙总会一个人早早地开车赶去拜年，令辛志清一家都十分感动。尤其是辛志清的父亲，每次见到禤晓龙，简直比见到自己的亲儿子还亲，跟他有说不完的话。

禤晓龙身边总是围着一些人，辛志清其实也不是没有发现。他也能猜到这些人围着禤晓龙转的目的何在，为此他不止一次提醒禤晓龙，叫他千万不要跟那些人走得太近，沾一些不该沾的东西。一个人只有知道满足才能满足，才会永远富足。

每次，禤晓龙都一脸诚惶诚恐的样子，并很坚决地表态："老板您放心，只是一些普通的工作交往，我不会去沾那些不该沾的东西！"

禤晓龙努力把自己活成在别人眼里堪称洁白无瑕的一种人，但只有他知道，自己内心深处那棵欲望的魔树越长越大。他沉溺于这种欲望的海洋，无法自拔。即使为公司做得再多，也无法摆脱他是为了满足自己更大的欲望这一不争的事实。

禤晓龙在迷途中渐行渐远，身影越来越模糊。而孤独、寂寞和恐惧也与之如影随形，让他不敢回头，害怕回头。

50

有一天早上，王顺有遛狗回来，发现邵静云躺在床上呻吟。他连狗绳都来不及解开，手也没洗，就赶紧到卧室里问："你这是怎么了？"

邵静云有些不好意思地一指右侧乳房说："这儿疼，很疼。"

王顺有说："给额看看，是什么情况。"

邵静云边呻吟边说："别看了，里面长了一个包。前段时间我就发现了，没在意，就隐隐有点疼，以为是什么炎症，也到药店买了药吃。吃了药好了几天，没想到今天突然发作，简直要疼死了。"

王顺有说："药呢，还有没有？有的话马上吃，看能不能好点；没有的话，额现在就去买。"

邵静云边呻吟边说："药咱吃过了，但没有用，还是疼。"

王顺有说："那额们去医院，病怕医生，一见医生，病就跑了。"

说着，王顺有去扶邵静云。邵静云挣扎着起身，却又一把抓住王顺有的手，说："顺有，咱昨晚做了一个梦，梦见一个神仙要带我去一个地方，你说咱这病是不是……"

王顺有急忙打断了她的话，说："你瞎想什么！可能就是发炎而已，额们去医院，现在的医疗技术先进得很，什么病都能查，什么病都能治。"

王顺有开车将邵静云拉到一家三甲医院。医院里人山人海，挂号、排队，排了半个来小时，终于轮到了。

坐诊的是一个六十来岁的女医生，女医生简单地问了情况，就让邵静云到里间躺在诊疗床上。女医院用手摸了摸那个包，又问了几个问题，就出来说："乳房里面有个肿瘤，不小，需要做进一步检查。"

开了单，王顺有带着邵静云去做核磁共振。检查做完，医生给开了些药，让先拿药回去吃，两天后来拿结果。医院里留的是王顺有的电话，结果第二天下午，王顺有就接到医院电话，让他单独去一趟。

他顿时有了一种不祥的预感。去的路上，他脑袋里一直乱糟糟的，开车到了医院门前，竟然没往里拐，直到过了医院才发现，只得又兜了一大圈才拐回医院。

还是昨天那个女医生。她见了王顺有，从抽屉里将几张胶片拿出来，对他说："经初查，你妻子患的是乳腺癌，而且已到了晚期。"

王顺有听闻，如晴天响起一声霹雳。他颤着声问："乳腺癌？晚期？"

女医生点点头，说："在我们医院检查的结果是这样的，应该八九不离十，但也不排除存在个别失误和不准确的情况，所以建议你带妻子去别的医院进行复查，看一下到底是否准确。"

"医生，如果确诊是乳腺癌晚期，那她还有治愈的希望吗？"王顺有急切地问。

"病人只要有百分之一的希望，我们医生就会当成百分之百的希望去挽救。就你妻子的情况来看，的确是比较严重的，采取化疗措施肯定是不起什么作用了，唯一的治疗办法就是切除。但切除后的效果也不一定会好，因为已到了晚期，有些癌细胞已经向其他部位转移了。但切除不切除医生只能是建议，最后还得是你们自己定夺。"女医生将胶片装进胶片专用袋，递给王顺用时，忍不住责怪了他一句，"你一个男人，妻子身上长这么大个肿块你竟然都不知道？"

医生的话让王顺有既感到无望，又感到惭愧万分。他也想不起，自己已有多久没和邵静云在一起了。

回到家里，他将胶片拿给邵静云，故作轻松地说："就是稍微严重点的炎症，去医院打针吃药就好了。"

邵静云很纳闷，说："不是说明天才去拿结果的吗？"

王顺有说："估计是做检查的人少，他们出结果快。"

邵静云不说话了，等过了一会儿，她突然对王顺有说："顺有，你跟咱讲实话，你一个人去，是不是医生给你讲了什么不想让咱知道的情况？你老实告诉咱，让咱也有个心理准备。"

王顺有看着邵静云，她的两鬓早已斑白，皱纹早已不知何时爬上了额头，一双圆圆的有神的眼睛也早已失去了青春的光泽。一时间，往事像电影回放一样在脑海里闪过。烧香秉性问苍天，俯仰悲咽苦不心。一种悲痛的情绪突然涌上心头，他一时无法自控，蹲在地上，大放悲声。

王顺有想送邵静云去医院做乳房切除手术，但邵静云坚决不同意，也不说理由，就是不同意。好说歹说，才同意去化疗，期待通过化疗来延长一些生命。但只化疗了一次，她就不愿再去了，说化疗的过程就跟下地狱一样，而且一次化疗后就开始大把大把地掉头发。她不想掉光头发，她说怕没了头发，去了另一个世界，王顺有再去时找不着她了。

王顺有仍不愿放弃，他决定带她去广州和上海治疗。他给她描绘那些医院的医疗条件和医生，说得跟花一样，但她不为所动，不愿再去接受任何方式的治疗。

王顺有期盼命运之神能够眷顾和垂青于她。他常常在晚上等她睡着以后，独自在心里为她祈祷，祈福，有时一坐就是一晚上。

但她到底还是离开了。没多久，她的全身开始疼痛。开始还比较轻微，到后来全身像针扎一样疼，要靠大把大把地吃止疼药才能勉强消减一会儿。

终于在一天清晨，邵静云醒来，她叫王顺有。王顺有正在厨房准备早餐，他听到声音去卧室，她拉着他的手说："顺有，咱梦见女儿从国外回来了，还带回来了女婿和外孙子。"

他说："快要过年了，女儿说今年要回来过年，很快你就能看到她了。"

她却说："咱看不到了。"

他说："瞎说，你怎么看不到？不要乱想，慢慢调养，情况会好转的。你梦见了外孙子，但你还没真正见过外孙子呢。"

她说："顺有，不说这个了，咱想吃碗刀削面，你帮咱弄碗吧。"

他连忙答应："好、好！"转身去了厨房。

王顺有在农村长大，做面是一把好手，没多大一会儿，一碗热气腾腾的刀削面就出锅了。撒上葱花，倒上醋，滴上香油，王顺有端到餐桌上，然后去卧室叫邵静云起床吃饭。

她躺在床上，像是睡着了，他叫了几声，没有回应。一种不祥的预感骤然而生，他急忙上前查看，发现她已气息全无。

王顺有一屁股坐在地上，泪水像滚珠一样落了下来。

送别那天，辛志清、禤晓龙等人也去了。王顺有很伤心，不停地落泪，谁也劝不住。

火化后，王顺有将骨灰盒和女儿抱回了家，在家中设了一个灵堂。他准备等女儿从国外回来后，一起将骨灰带回山西老家安葬。

丧妻之痛，让王顺有一下子老了很多。辛志清劝慰他："老王，人已走了，再伤心也无济于事了，还是要保重身体！"

王顺有叹气，说："这个时候才更加体悟到，有些东西真的是再多的金钱也无法买来的。自己有这么多钱，却也无法把老婆的生命延长一年、一月，甚至一天。"又说："没有她就没有今天的我啊！她走的时候，一碗刀削面都没来得及吃啊！"

看着悲苦而又无助的王顺有，辛志清内心也是涌起阵阵波涛。他同情王顺有，心疼王顺有，同时又感觉到，在命运面前，在不幸面前，一个人，乃至一个家庭，就像在汪洋大海上漂泊的一艘小船，虽竭尽全力迎风击浪，但终因太渺小，一阵疾风、一个巨浪就会顷刻将其倾覆。

辛志清不知道的是，随着邵静云的离开，王顺有也起了远离尘世的念头。

其实这个念头王顺有早就有了，只不过现在才像冲破乌云浮出海面的太阳一样，逐渐清晰。

51

杨大彪出院后，依然在家休养。医生告诉他，一定不能再喝酒，更要保持心情愉快，如果再喝酒，心情郁结，恐怕身体还要亮"红灯"。

待在家里，杨大彪倒是可以管住自己的嘴不喝酒，但心情愉快他做不到。自己好端端的一个国企房地产公司的副总，如今落到连一个工作都没有、生活都难以为继的下场，还说什么保持心情愉快？他觉得医生的话简直就是扯淡。在家里，他什么都看不惯，天天骂老婆。老婆贤惠，不跟他顶嘴，只有偷偷流泪。

那天，杨大彪老婆下班回家，带给他一个消息：民生公司的员工每个人都可以以内部价在新开发的楼盘买到一套房。就开始埋怨他此前不该人心不足，瞎折腾，离开公司，搞得现在连一个普通员工都能买到一套房，他却两手空空，啥也没有。

杨大彪听了，心里头是又酸又苦又涩。他眉头紧蹙，操起沙发上的一个茶杯，使劲砸在地上，鼻子里喷着粗气骂："太欺负人了，是不让老子活了吗！"

杨大彪几乎一夜没睡，第二天上午，他出现在了民生公司。员工们见他明显瘦了许多，也老了许多，以前的锐气似乎消减了许多。大家都好奇他怎么来了，他支支吾吾地说："我来找老辛说点事。"

辛志清正好在开会，会议也基本接近尾声，听说杨大彪来了，马上几句话做了总结后就从会议室走出来。他领杨大彪到自己办公室坐下，办公室的小姑娘进来给泡上茶就出去了。

辛志清问："老杨，什么时候出的院？"

"早就出院了，感谢你上次去医院看我，当时身体不好，心情也差，对你胡言乱语，别见怪啊。"杨大彪说。

辛志清说："哪里哪里，老杨，你的性格我知道的，没关系，自己人有时候讲话才随便。怎么样，身体完全康复了吧？"

"身体是问题不大了，但是以后算是跟酒彻底拜拜了，医生说我再喝酒可能就没命了。"杨大彪在沙发上挪了挪屁股，接着说，"老辛，我这次回公司来，是想请你帮个忙。"

"什么忙？只要我能帮就一定帮。"辛志清端起茶杯喝了口茶说。

"老辛，刚刚踏进公司大门，感慨很多啊！唉，真后悔在公司工作时没把自己的位置摆正，没好好配合你，还净想着怎么在背后瞎捣鼓事，结果把自己弄得鸡飞蛋打，真的是后悔啊！"杨大彪边说，眼珠子边一个劲地乱转。

辛志清说："都过去了，现在后悔也没有用啊，重要的是把以后的路走好。"

杨大彪说："你说得没错，我现在就是想怎么样来重新做人。对了，老辛，听说公司现在在搞内部认购。"

辛志清说："是，你消息可真灵。许多员工无房，公司通过集体研究讨论通过，以这种方式来帮员工们解决一下无房住或住房困难的问题。"

"我们公司的员工有福气啊，遇到你这么能干又愿意为员工们着想的老总。"杨大彪又眼转子转了转，说，"老辛，今天我来找你不为别的事，就是为内部买房的事来的。"

辛志清说："为内部买房的事？"

杨大彪说："对，我也想找公司买一套。"

"啊？"辛志清有些吃惊，继而笑着说，"老杨，这是内部认购的啊，只有内部员工才能享受到的，可你……"

杨大彪说："这个我当然知道。我的意思是，我虽然不是公司里的人了，可我毕竟曾经在公司干过，现在又这么落魄，看公司能不能照顾我一下。"

辛志清摇摇头，说："老杨，这样恐怕不行。这是针对公司内部员工的，不是针对其他人的。你如果还在公司，那认购一套一点问题都没有，但你现在已离开了公司，我即使想照顾你，也是做不到的啊。如果公司是私人企业，我当老总，我可能一句话就能帮到你，可这不是私人企业，是国企啊，方方面面的政策与监管你也清楚，干不得啊！"

辛志清坦荡直言，意图打消杨大彪的念头，杨大彪却说出了另外一番话："老辛，我来找你，是想请你念在过去好歹共过一场事的分儿上破例照顾一次。但现在看来，我的这种想法是太不该了。我们现在一个是鸡一个是凤凰，我来找你纯属是自取其辱啊！"

杨大彪的声音听起来令人发寒："卖给我是违规，不符合政策，但我就不知道你们的这种内部认购的方式违不违规，符不符合政策。我看，不见得符合规定和政策吧？"

辛志清不愿跟他交流这个话题，就没接他的这个话茬儿。

杨大彪站起身来，准备走，辛志清对他说："老杨，先别走，坐下喝会儿茶，等下一起吃午饭。"

他摇了摇头，说："算了，我这种人哪有资格跟你这当老总的人吃饭？"

52

时间过得很快，湿地之畔的建设进度也很快，不到一年，主体建筑即宣布封顶。公司为此举行了一个小规模的仪式，来庆贺封顶。这时，离辛志清当老总还不到三年。

晚上全体员工聚餐，照例安排了领导讲话的环节。辛志清与大家分享了公司三年来的发展历程，着重对临海公园小区和湿地之畔两个项目进行了总结，也讲了企业发展的不易以及公司后续发展的设想。会上，他同时向全体员工公布了两个激动人心的数字：在湿地之畔项目售罄之后，公司资金将达到一亿一千万元，固定资产则达一亿两千万元。这意味着，自从辛志清接手公司三年来，公司不仅起死回生，而且创造了创收两亿三千万元的佳绩。

这不能不说是个奇迹，员工们长时间热烈鼓掌，以此表达内心的激动。此时的辛志清，在员工心中早就成为神一样的存在。

禤晓龙认识不少媒体的朋友，封顶是大事，他同样邀请了几个媒体记者前来采访报道。其中有一个专做房地产行业报道的专家型记者，他对辛志清讲话中透露的信息很感兴趣，觉得在房地产市场如此低迷的形势下，民生公司却在短短不足三年内连续推出了两个楼盘，并且均获得成功，的确是个奇迹，就产生了做深度报道的想法。

禤晓龙将记者要采访的打算跟辛志清说了，辛志清说："会不会让人看了觉得我们是要出风头？"

禤晓龙说："怎么可能？并不是宣传你个人，而是宣传企业。尤其是湿地之畔项目，宣传越多，对销售越有利，当然得是正面宣传。"

辛志清说："那行，那就宣传吧。"

第二天，记者来到他办公室，两人畅聊了两个多小时。三天后，该记者所在的省报以整版篇幅推出了一篇通讯《三年时间两个楼盘——民生房地产公司"逆行"的密钥》。通讯详细报道了民生公司三年来开发两个楼盘的过程、成功的经验以及公司的经营理念、做法，针对江口市甚至全省房地产行业下一步的走势，还进行了分析与预判。

这些情况包括分析、预判都是出自辛志清的口。但是，辛志清还是担心别人说他想出风头，要求记者在写稿时，隐去他的名字，一律用公司负责人代指。

通讯刊发后，民生公司名声大振，就连权国峰也看到了。一次内部工作会议上，他讲话时提到了民生公司，说："这个辛志清，还真是有两把刷子。现在这个房地产环境，他能带领公司取得这样的成绩，相当不错。省国资委系统都应该向这家公司学习，向辛志清学习！"

权国峰对公司对辛志清的表扬很快传开，辛志清听了后也有些激动。他并不指望这篇报道能给自己带来什么，他只是希望能让公司名气大些。再就是因为杨大彪的事，许多领导包括权国峰都对公司心存芥蒂，他寄希望于这篇报道能让领导们多少改变些不好的印象，那就再好不过了。

王顺有也看到报纸了，他给辛志清打电话，说："报道写得好，要是上面能露下你的名字就更好了。"

辛志清"呵呵"笑，说："你就别在这儿抬举我了，这段时间忙得焦头烂额，加上公司又搬了，见你一面难了。你是在江口市还是又去哪儿发财了？"

王顺有说："发什么财，只不过离开江口市一段时间，各处去转了转，昨天才回来。今天晚上有空没有？咱见见，喝茶聊聊，今天见了，以后估计见就难了。"

辛志清心里一惊，想，这家伙自从老婆走后说话常常东一句西一句，让人摸不着头脑。说这话，难道要去国外跟女儿他们一起生活了？

晚上，辛志清有个应酬，应酬完，他去了跟王顺有常去的那家茶艺馆。王顺有早到了，正在包厢里悠然自得地喝茶。一见王顺有，辛志清惊得下巴都要掉下来了。只见他一身咖啡色的僧衣，剃了一个光溜溜的头，手里把着一串佛珠，俨然就是一个出家人。

"老王，你这是搞什么名堂，穿这么一身？"辛志清来不及坐下，上下打量着他问。

"老辛，别来无恙？告诉你吧，穿这么一身可不是穿着玩玩，额已决定出家去了。"

"真的假的？"辛志清不敢相信自己的耳朵。

"可不敢打诳语，明天额就要走了，今天约你出来，也是要跟你告个别。"王顺有坐下来，给辛志清倒茶。他早让负责泡茶的服务员出去了。

"什么原因啊你？好好的生活你放弃，我着实弄不明白。"辛志清说。

王顺有说："老辛啊，这个就不追究了，每个人做任何选择自会有其原因，额做这个决定也绝非心血来潮。"

辛志清说："看来你是去意已决了。"

王顺有点头说："是啊。"

辛志清还想再劝劝他："老王，虽然你家姑娘在外国，但你还有这么多朋友，你能舍得下我们，可我们舍不得你啊。你走了，我找谁去拉二胡啊？"

王顺有轻轻地笑了，他说："这辈子，额苦过，也甜过，拼搏过，也低落过，成功过，也失败过，骗过人，也被人骗过，该经历的，额基本上都经历了。把该经历的都经历了，也就觉得人生再辉煌，再灿烂，那也只是如过年时放的烟花一样，一时一瞬，别说永恒，就连让夜空多亮一会儿也做不到。所以啊老辛，该舍的舍，该放的放，身价多少亿，到头来还不是两手攥空拳啊。所谓尝尽人间百味，还是清淡最美，看过人生繁华，还是平凡最真啊！"

辛志清"嗯"了一声，正感叹王顺有话里的意味，王顺有又说话了："老辛，你是个好人，额到江口市二十年来，就交了你这么一个真朋友。"

辛志清内心涌起一股暖意，眼睛发潮，说："老王，你说这话见外了。你也是我这些年遇到的最好的朋友之一，如果不是你的帮助，公司现在还不知道是个什么样的境况呢。要说，公司上下都应该感谢你才是。"

王顺有摆摆手，说："那只能说额们有缘。"

回到小区，刚刚还绚丽多姿、极富神秘感的星空突然被一团乌云黑沉沉地遮盖，"清风半夜鸣蝉"的热闹景象也在一阵风起后平息了。一道闪电划破夜空，犹如巨兽的爪子想要撕裂一切，接着一阵刺耳的轰鸣声从不远处传来，辛志清眼前的几棵棕榈树的叶子在乱哄哄地摇摆，似乎在抗衡这夏夜的疯狂。辛志清不敢耽误，马上加快步伐，回到家中。刚进家门，一阵大雨倾盆而下。

几天后，王顺有离开江口市，从此不知所终。走之前，他给辛志清发了个短信，没有告别，只是一句偈语：云飘散，雾飘散，一切终飘散！手机号是王顺有的，但落款是：智明。

就在民生公司员工以为只要湿地之畔项目完工交房，他们就能拿到自己的新房时，前些日子要以内部价买房却吃了"闭门羹"的杨大彪又开始兴风作浪。他写了数封告状辛志清擅自做主将商品房廉价售卖给内部员工导致国有资产流失的信，寄到省国资委纪委以及资管中心，要求对辛志清进行严肃查处，并收回卖给员工们的房源。

省国资委纪委和资管中心还没有表态，但公司员工几乎人人都在第一时间内得知了消息。一石激起千层浪，员工们愕然、愤怒，有的直接开骂，骂杨大彪是天下最坏的人……就连老朱跟辛志清说起这事时也忍不住爆粗口："这狗日的！"

53

刘国炎其实已经看到了关于民生公司的举报，得知举报人是杨大彪，他眉头皱得能夹死一只蚊子。他对郑昌国说："你们先不要声张，也不要下去搞什么调查，先弄清楚民生公司这么弄到底算不算违规违法，再向我汇报。"

想想又说："你给资管中心打个招呼，这个事由我们负责调查落实，让他们先不要插手。"

郑昌国点头，说："明白。"

这段时间，辛志清的心情复杂得很。他不知道杨大彪这一状会告出个什么结果来，如果上级领导认为公司的做法是错的，责令他们整改，那公司只能是无条件地接受上级指令。如果那样，他真不知道该如何向员工们交差。当想到老付给他磕的那几个头、说的那些话，他心里更是难受无比。

可令人奇怪的是，上级却一点动静都没有，且静得让人怀疑，静得让人觉得备受煎熬。一些员工坐不住了。那天，辛志清刚一到公司就被员工们围住了，纷纷问：

"辛总，怎么样啊？"

"老板，上面怎么说？"

员工们焦灼而又无助的目光让辛志清心疼无比。辛志清也不知道结果会是怎样，但他仍安慰每一位员工道："大家一定要相信上级组织和领导！"

员工们争先恐后地说："辛总，如果把我们的房子弄没了，我们就到省里上访去！"

…………

现场一片混乱。这时，老付突然站了出来，大声说："大家不要这样吵来吵去，听我讲两句。"

声音渐渐小了下来，最后终于安静了下来。大家都好奇地看着老付，不知道他要讲什么。看到大家包括辛志清都在看自己，老付一时竟然有些慌乱，但他很快镇定下来，操着一口不标准的普通话说："公司已为我们做了很多了，大家着急，我相信公司领导比我们还着急，尤其是辛总。他虽然没有拿房，但大家看他的眼圈都是黑的，嘴角都起了疱，这不是着急着的吗？刚才辛总也说了，要相信上级组织和领导，那我们就要按辛总说的做，耐心地等待，不要去干扰公司领导的正常工作。这届领导，已经为我们员工做了很多了……"

这时有人打断了老付的话："我们没有怨辛总，我们也没有怨公司，辛总和公司为我们员工做的，我们都看在眼里，记在心里，辛总是我们遇到的最好的领导……"

有人附和说："对，辛总是最好的领导！"

"辛总，不管结果怎样，我们都不怪你，不怪公司！"

"辛总，您要注意身体，公司还要靠您呢！"

…………

员工们的支持与理解，让辛志清心里感到阵阵暖意。他向大家拱了拱手，走进自己的办公室，将门反锁住，一个人坐在沙发上，坐了很久很久。

就在公司上下焦急地等待上级的调查结果时，在省国资委，刘国炎正在向权国峰汇报民生公司员工购买福利房的问题。

权国峰在省国资委的任上已干了足足四年多了，而且工作得到了省委、省政府的高度认可，尤其是省委主要领导，不止一次在公开场合对国资委的工作和他提出表扬。省委班子即将换届，传闻他要被重用、甚至进入省委常委班子的呼声很高。

权国峰将举报信大致看了看，说："这个民生公司，干得不错啊，怎么有人举报？咦，还是实名举报。"看了看举报者的名字，权国峰眉头皱了皱，问，"老刘，这个举报人杨大彪不是那个……"

刘国炎说："对，就是民生公司原来跟辛志清搭班子的，后来去外面帮人搞项目搞出事了被开除掉的人。"

权国峰"哦"了声，有些不屑地说："他不是被'双开'了吗，怎么还来举报老东家的事？"

刘国炎"呵"了一声说："这个年头，啥人没有，心里头不舒服，报复呗。这种人太龌龊了。"

权国峰说："是啊，一个人因为自己的过错被开除掉了，心里却有怨气，回头还搞名堂。这种歪风邪气绝对不能助长，不然一个系统、一个单位都将永无宁日。"他又说："不说他了，说说你们的意见。"

刘国炎说："我让人专门了解了相关政策，这并不是什么大事。民生公司为解决员工住房困难问题，以内部价销售了几十套房给员工，很难说就造成了举报信上所说的所谓"千万国有资产大量流失"的情况。但这种行为虽然说出发点是好的，但多少还是有些违规。"

顿了顿，刘国炎又说："我个人觉得这不是什么大问题，可以内部对民生公司进行个谈话提醒之类，没有必要小题大做。具体怎么办，还得您决定。"

权国峰点了点头，说："如果是为了解决内部员工的住房问题，虽然违点规，的确也不是什么大不了的原则性问题，就让他们做吧，员工住房问题也是民生问题嘛……"

刘国炎说："老权，我打断一下，听说民生公司每个人都以内部价买了房，只有辛志清一人没买。"

权国峰"哦"了一声，说："这更说明这个人做这个事的出发点是没有一点私心的，完全是一心为了员工嘛。这样的行为，这样的干部，难能可贵了！"

权国峰想了想，又说："老刘啊，这个杨大彪因犯错误都被赶出国资队伍了，还不忘记回头来咬人，这种人令人胆寒啊！所以我们还是要进一步加强对干部队伍的教育，特别是要加强党性修养和廉洁奉公教育，防止信念偏向，防止自身不廉。要是身边有像杨大彪这样的人，那可是防不胜防啊！老刘，你这个纪委书记担子重啊，可要帮我们系统守好门啊！"

刘国炎点点头说："您放心，我一定会尽职尽责，干好自己的本职工作。"像是又想起了什么似的说："老权，昨天民生公司派代表送来了一封员工联名写的信，他们对杨大彪举报公司的后果十分担忧啊，措辞十分激烈。"

权国峰说："员工们的心情可以理解，居者有其屋嘛，好不容易盼套新房，眼看就要住进去却可能要泡汤了，换谁会答应呢？一定要妥善处理，绝不能因为一封举报信牺牲大多数员工的利益，更不能引发任何群体性事件。"

刘国炎心照不宣地说："这段时间我们会格外重视，想方设法确保队伍稳定！"

权国峰点了点头，却又说："但是我又在想，像民生公司这样擅自做主让员工们买房的这种事，虽然为的是员工，但没有报上级批准，到底还算是一种违规行为。要是其他下属单位都来效仿，那是不得了的啊！"

刘国炎心里一紧，他以为权国峰要推翻此前的话，重新定性，谁知权国峰接着说："还是要对这个已造成既定事实的事进行处理，建议由资管中心对民生公司相关责任人进行诫勉谈话，并上报省国资委，由省国资委在全系统做一个通报批评，并提出要求，以后出现此类不经请示汇报擅自做主的违规行为，一律严肃查处。"

刘国炎松了一口气，说："老权，你的这个已造成既定事实的定性绝啊，既对存在的问题进行了处理，又保护了我们的干部，维护了职工的利益，可算得上是一举多得。我马上按你指示的落实，只不过，那个辛志清要受点小委屈了。"

权国峰说："这个人格局不低，他能理解的。"

54

刘国炎前往省纪委开会，省纪委书记王大明出席，会议由纪委常务副书记吴绅海主持。吴绅海总结了上半年的工作，并就下半年的工作进行部署。部署完工作，他突然将稿子放在一边，摘了眼镜，说："王书记昨天批示了一封举报信，说国资委系统下面一家房地产公司的老总，贪污受贿，搞职务侵占，还滥用职权，导致大量国有资产流失，我就不知道我们国资委纪委的同志掌握不掌握这些线索，有没有去查……"

这时，王大明插话了，他说："对于群众举报的线索，各级纪检部门一定要当回事，不要遮掩，不要护犊子。如果纵容犯罪，就是在损害党的肌体！"

吴绅海连连点头，说："王书记讲得对，在座的各位都不要当耳边风，要认真去落实，去执行。我们干的就是为党和国家清除蛀虫的工作，讲不得人情，更徇不得私情！"

吴绅海的目光扫了一眼与会人员，说："国资委谁来了？"

刘国炎站起来，说："到。"

吴绅海认识刘国炎，就说："散会后你把举报信拿回去，认真按照王书记要求的查一查，看到底有没有这回事。要是有，必须严查严办！"

刘国炎回答："是！"

在回省国资委的车上，刘国炎将举报内容看了一遍，内容很多，罗列的问题也很多，既有贪污受贿、违规收受礼品礼金，又有滥用职权、职务侵占，还有在干部录用、职务晋升工作中利用职权违规为亲属谋取利益，大搞权钱交易，利用职务上的便利在工程承揽、项目采购及楼屋销售等方面为他人谋取利益。其中，对每一项都列举了人和事，尤其是在公司员工以内部价认购房屋方面，举报人认为辛志清属于滥用职权，导致国有资产流失，并列举了法律条款。

举报人署名：正义群众。

举报信的最后一行字是王大明的批示：此举报如果属实，说明此人胆大妄为，目无法纪，请相关部门迅速组织专班开展调查，严惩不贷！

刘国炎决定根据王大明的指示，派人去查，但安排人去查之前，他还是决定先去向权国峰做下汇报。毕竟关于辛志清的事他曾经下过指示，况且，他是书记、主任一肩挑，这么大的事，不向他汇报肯定不妥。权国峰"入常"的迹象越来越明显，这是个关键时期。

听了刘国炎的汇报，权国峰眉头皱了皱，说："辛志清这几年带领公司在房地产市场不景气的形势下，实现逆袭，将公司由困难户变身为国资系统的'排头兵'，这很不容易很不简单啊！这是对咱们国资委系统有贡献的人啊！但是怎么回事，他在前面干，总有人在背后告呢？"

刘国炎说："谁知道呢？而且王书记都批示了，不管辛志清有无问题，这事对我们国资委系统造成的影响都太恶劣了。"

权国峰沉默不语。

刘国炎问了实质性的问题："老权，下一步怎么办？"

权国峰说："查。必须坚持一个重要原则，那就是如果查实辛志清有事，那就坚决一查到底；如果没有什么大问题，我们还是要尽力保护我们的同志，特别是我们的干部。"

刘国炎点头，说："那我下去安排。"

刘国炎回到办公室，立即召集相关人员，部署安排工作：由纪委派出纪检干将组成专案组，组长为刘国炎，副组长为郑昌国，组员若干，进驻民生公司展开对辛志清的调查。具体工作由郑昌国负责执行。

郑昌国显得很兴奋，迅速组织人员拟订执行方案，进行人员安排。他将助手小黄叫到办公室，说了要到机场带正在出差的辛志清回来调查的想法，小黄提出不同意见，说："有必要这样搞吗？通知他来调查不就行了？"

郑昌国说："这样搞，主要是为了起震慑作用。"

第四章

55

这年的冬天，江口市平均气温要比往年低不少。据天气预报说，这是江口市五十年来最冷的一个冬天。

这天深夜，伴着寒风，江口市下起了小雨，细密密的，路灯下，像天上落下了无数根银针。离江口市主城区三十公里外的海天国际机场到达厅出口，刚下飞机的乘客陆续走出机场，就被风雨迎接。人们发出惊叫，裹紧了衣服，加快步伐，趁着茫茫夜色匆匆奔向各自的归程。

出差归来的辛志清刚走出机场，也忍不住打了个寒战，下意识地紧了紧衣服，不让寒风钻进体内。远远地，他看见了站在出口处的禚晓龙，有时晚上需要接送，考虑到阿牛要在家帮助照顾孩子，所以他一般不叫阿牛接送。

禚晓龙也看见了他，跟他挥手打了招呼，就向他迎来，接过他手里的拉杆箱，边讲话边向停车场走去。就在这时，一瘦一胖两名男子突然从旁边闪出，横直挡在了他们面前。

体瘦的男子说："辛总，你好啊！"

他们认识说话的男子是省国资委纪委的郑昌国，另外一个则是他的助手小黄。两人一时有些惊愕，辛志清说："郑组长，是你们，怎么，这时……"

郑昌国却一脸黑，说："辛总，是这样，有个案子需要你跟我们回去接受调查，现在就跟我们走！"

辛志清惊得下巴差点掉下来，他本身普通话就不太好，一急更有些结巴："案……案子，什么案子需要你们从机场带我回去调查？"

郑昌国说："辛总，什么时候、什么地方带你去调查不是你说了算，而是组织说了算。"

可能觉得之前与辛志清也熟，自己这么搞的确有点过于郑重其事，说话的语气就放缓了些："放心，只是调查，跟我们回去，把情况说清楚就行。"

辛志清跟郑昌国打过不止一次交道，知道此人常小题大做，表现欲强烈了些。但他也知道这人在纪委工作，懂规矩，手里要是没捏到点什么，断不会晚上跑到机场来堵他。

辛志清这时并不知道到底是哪件事让他找上门来了，于是快速开动脑筋想，结果并没发现自己有什么事值得纪委大晚上到机场堵自己。他心里的担忧也就稍稍减轻了些，还一指禤晓龙，问郑昌国："郑组长，小禤你也认识，请示你一下，能不能让小禤把我的行李给带回去？"

郑昌国听出了他话里揶揄的成分，却也不好反对，看了他两眼，才说："没有问题。"

辛志清将行李交给禤晓龙，说："你回去先不要声张，我很快就会回来。"

禤晓龙有些紧张，却不知道跟他说点什么，仗着跟郑昌国也熟悉，就说："郑组长，你们这是搞什么名堂？大半夜在机场把人带走……"

郑昌国跟褶晓龙也熟悉，见他跟自己说话，也不好不回话，就说："这儿没你的事，你回去。我们这是在执行公务。"

往停车场走的时候，郑昌国一时有些后悔自己玩这么一出。小黄开车，驶离机场往回走的路上，郑昌国有些心虚地说："辛总，咱们也是老熟人了，这次之所以到机场来接你，是我们这里有点线索，需要你跟我们回去配合调查一下。调查清楚，要是没什么问题，你就可以回去了。"

辛志清只说了一声"好"后就不再说话了，他想等一会儿看到底是什么问题这么急切地需要他配合调查。另外，他这次出差是参加住建部下属一个协会在北京组织的一个培训，五天的培训排得满满的，加上坐了四个多小时的飞机，他感到疲惫不堪。

国资委离机场只有二十多分钟车程，这条路辛志清此前不知走了多少趟，熟得不能再熟，但这次，他却觉得路途很长。

车终于驶进国资委大院，辛志清直接被带到了问询室。郑昌国问辛志清要不要上厕所，辛志清摇头，郑昌国就让他坐下，倒了一杯水放在他面前，然后说："辛总，今天我们之所以把你带到这儿来，是因为我们接到了群众举报，反映你在项目合作、工程施工、生活和工作作风等方面存在严重问题。现按照相关规定对你进行询问调查，希望你能积极配合，如实回答我们的问题。"

听说又是因为有人举报，辛志清悬着的一颗心反倒瞬间平静了许多，他说："我会认真并积极地配合。"

郑昌国轻轻咳嗽一声，看了小黄一眼，小黄也看了他一眼，示意准备好了，可以开始，他便开始发问。这次，"辛总"在他嘴里变成了"辛志清":"辛志清,根据举报,说你跟一名叫王顺有的私人老板走得很近,还合作过项目,并在中间得到了不少的好处。你详细说一下跟他的交往过程,合作过哪些项目,两人之间是否存在着利益输送。"

听到王顺有的名字,辛志清猛地一愣,顷刻,往事如烟般涌上心头。那个几年前曾经顶着巨大风险来帮助公司的王顺有,如今却成了被人举报的对象之一,他觉得有些讽刺,但他还是把当时的情况一五一十地进行了"交代",末了他说:"几年前,要不是王顺有的出手相助,可以说就不会有公司的今天。把几千万元资金拿出来借给公司,承担了多大的风险啊……"

"他人现在在哪里?"小黄插话问。

辛志清摇头,说:"不知道。"

郑昌国问:"不知道?"

辛志清点头,答:"是的。他出家了,很久都没他的消息了。"

两人显然没想到是这么一个答案,都愣了,相互对视了一眼,又开始询问另外一个问题。这些问题基本上都是那封举报信上所列的内容,郑昌国办过不少案子了,仅凭直觉,就能感觉到举报信上所列的一些内容基本上属瞎扯,但就算这样,他也得一个一个问。一是职责所在,二是他也希望问出点名堂来。毕竟有省领导批示,要是什么也问不出来,似乎显得自己能力和水平有问题。他很希望能有所收获。

他问得很有耐心,有的问题问一遍,有的问题则反复问,有的问题问完了,过了一会儿回过头来又问。

辛志清回答得也很有耐心,而且小心翼翼。他知道,自己与郑昌国这人虽然有过交集,但这人办起案来往往就是一副铁面孔,是不会讲什么情面的。这个时候,对于郑昌国的每一个问题，自己都必须认真回想。

　　墙上挂着的时钟，不知疲倦地转了一圈又一圈，一圈又一圈。很快，天就要亮了，郑昌国一点有用的东西都没问出来，很是不高兴，说："辛志清，问了你这么多问题，你都把自己撇得干干净净，清清白白，厉害啊！但我告诉你，我们是掌握了一定证据才找你的，让你主动交代是在给你机会，你要珍惜。"

　　辛志清说："我本身就没有干过任何违法乱纪的事。"

　　"呃……"郑昌国碰了个钉子，却不甘心，将那份举报信又一行一行地看，企图从中发现新的可以询问的问题。此时的他熬了一夜，也很疲惫，心绪也有些烦躁，手中的笔不时在笔记本上点点戳戳。

　　郑昌国又问了他几个其实已问过的问题，还是没有问出什么。他更加不耐烦了，但还是不想就此放弃，说："我们还是来说说你们公司搞向职工卖房的事吧，你说说经过。"

　　这个问题，此前国资委也调查过并已做出了结论，辛志清实在想不明白郑昌国为何又拿出来提。他说："这个事早有结论了，此前你们也调查过，最后是我被诫勉谈话，并在国资委系统通报批评……"

　　郑昌国说："有人质疑你这是滥用职权，所以我们要重新再了解一番。"

　　辛志清苦笑，说："如果我这是滥用职权，那这恐怕是今天最冷的笑话了。"

　　郑昌国不满地看了他一眼，说："你不要说什么笑话不笑话，你把过程讲一下，我们需要了解。"

　　辛志清轻叹了口气，就又重新将员工购房的整个过程从头到尾讲了一遍。在讲的过程中，郑昌国不时插话，问一些细节，比如，是谁提的议、向上级申报没有、辛志清自己有无购房等等，辛志清耐着性子，也都一一进行了回答。

墙上的时钟指向了上午八点二十，郑昌国才决定结束这次问询。他打了一个长长的哈欠，又望着窗外说："辛志清，你也不要怨我跟小黄把你弄到这里折腾了一晚上，我们也是为了工作。这样，你把笔录看一看，有问题提出来，没问题就签字，签完字就回去。下一步怎么弄，我们请示领导后再决定。"

辛志清走出国资委大院，风依然刮着，只是没再下雨了。

大街上已是车水马龙，一派城市的喧嚣，昨晚的雨让城市显得有些潮湿。一夜未眠的辛志清一时有些恍惚，差点忘了脚下的台阶。他定了定神，正准备伸手拦车，一辆车突然停在了他身边。驾驶室车门打开，禤晓龙从车上下来，跟他打招呼，并拉开了后座车门。

他坐上车，发现老朱也在车上，就问："你们这是……"

禤晓龙说："担心您，就来等您。"

老朱有些吞吞吐吐地问："老辛，有件事不知你听说了没有？"

辛志清："什么事？"

老朱听了说："有人写你的举报信不是重点，重点是省纪委书记在举报信上做了批示，这个才是重点。"

辛志清大吃一惊："啊？"

老朱示意禤晓龙说，禤晓龙就把听到的情况说给了辛志清听。辛志清听了心里沉沉的，说："我以为就是一封普通的举报信，那个郑组长到机场截我，我也认为他是想要要派头，叫我去问问话而已，原来他也是奉了上级命令啊。难怪，难怪！"

老朱说："老辛，那这事……"

辛志清此时内心已产生了一种极为不祥的预感，但他不愿相信，他说："就算再大领导的批示，没问题难道还会强行弄出问题来？再说，我又不是第一次被人举报，我觉得天黑不了。"

老朱说："但愿如你所说吧。不过我个人感觉，来头跟上次的不一样。"

辛志清说："不管他了，该来的总会来，不该来的永远也不会来。"

禤晓龙见辛志清疲惫不堪的样子，就说："老板，找个地方吃点早餐，然后送您回家休息？"

辛志清想了想，说："先送我回家吧，东西就不吃了，没胃口。"

他觉得脑子沉得不行，索性闭上眼，想倚在后排座上眯一会儿。但眼睛一闭，又睡意全无，脑子里开始翻江倒海。

他回想这三年多来所发生的一切，一桩桩，一件件，他自认为问心无愧。

56

问询只是第一步，随后的半个月里，郑昌国带领专案组一行多人来到民生公司，分成三个小组采取设立线索举报箱、清查账目、对公司内部人员及与之有业务合作的所有公司及人员进行问询等多种方式和手段展开了调查。工作量很大，环节也很繁杂，但专案组不畏困难，劳心费力，抽丝剥茧，核查每一个疑点，就连王顺有也被叫去问话。

汇总起来的调查和审查情况表明，辛志清干干净净。他当民生公司总经理以来，贡献巨大，自己却是两袖清风，不贪不腐。

这期间，郑昌国又与辛志清进行了七八次"谈话"。他对辛志清的态度，也变得越来越好。

辛志清这段时间依然在公司上班，积极配合调查工作。他对各部门负责人说："调查组要什么材料，我们提供什么材料；需要我们怎么配合，我们就怎么配合。"

这几年来，辛志清在民生公司干了什么，没干什么，有没有干不该干的事，辛志清心里无比清楚。除了工资或他应得的奖金与绩效，他没有多得过一分钱。逢年过节员工来送礼，他也极为注意，都一概回绝，绝不接受一分一毛。

工作组在公司忙得热火朝天，他该干的工作一样干，该开的会一样开。他还挨个找人谈心，要求他们除了积极配合调查，还要积极工作，不要受调查组对他个人进行调查的任何影响；要相信组织，相信办案人员会公正办案，不信谣，不传谣。

经过近一个月的调查，工作组几乎是一无所获。

无功而返，郑昌国内心多少有些不甘。同时他担心，辛志清的一些问题还潜在水底没有浮出来，当下他们没有查出来，万一将来浮出了水面，那可就糟大了。所以，这个案子，让他实在有些不知如何面对，如何收场。

一天下午，郑昌国正在办公室加班，突然接到一个电话，称手里有辛志清的重要线索，想跟他见见面，并说了地方。他问对方是谁，对方却不肯说。他想了想，答应了。

晚上，他赶到对方与他约定的地方，是在一个商超的地下停车场。他刚把车停稳，一个个子不高、身材微胖、戴着棒球帽和墨镜的男子就走过来，并敲打了几下他的车窗窗户，接着又拉开车门，坐在了后排。他并不知道此人是什么人，是真提供辛志清的线索还是另有他图，所以他很警惕，侧过身子观察着对方。

男子笑笑说："你别紧张，我只是来替人传几句话，送份东西给你。"

他稍微放松了神经，说："什么话，你说。"

男子说："辛志清并非没事，而是有事。比如他拍板以内部价卖房给员工，就是事，只是看你们如何给他定性的问题了。"

他一怔，问："这话谁说的？"

男子说："谁说的不重要，你采不采用这个建议才重要。说这话，也是为你着想，毕竟这是领导批示了的，你带队查了这么久，却什么都没查出来，回去也不好交差啊。所以呢，来跟你进一言。"

一周后，一份三千来字的调查报告摆在了刘国炎的案头。这份报告是郑昌国组织撰写的，里面共分四大部分：一是整个调查的过程；二是对举报问题逐一调查了解的结果；三是掌握的问题线索及查实情况；四是处理意见或建议。

前两部分的内容是程序式的表述，第三和第四部分才是重点。报告的大意是，根据调查结果，辛志清在以内部价向员工销售房子中存在滥用职权行为，应依相关法律对其开展进一步审查，建议依法依规对其进行惩治。

这份报告让刘国炎有点高兴，又有些不满。高兴的是，如他猜测的一样，举报信那么多内容，查起来竟然全都子虚乌有；不满的是，这个所谓的内部员工购房违规问题，早就查过，而且下过定论了，这个时候怎么又给翻出来了呢？

他把郑昌国叫到办公室，说："内部员工购房这事，早先就已经处理过了。当时定性为违规，根本就不涉及违法行为，你们现在怎么又认定是违法呢？"

郑昌国显然早有准备，他说："这个认定也不是我们专案组几个人认定的，我们是听取了一些法律工作者包括律师、法官等人的意见和看法才这样建议的。"

报告既然拿出来了，那就得做出意见。一方面是要报结果给上级，另一方面对辛志清也要有个说法。

刘国炎拿不定主意，想了大半天，决定还是先向权国峰汇报。

在权国峰的办公室，他拿起报告大致翻了翻，不表态，却说："老刘，你什么想法？"

刘国炎说："老权，说实话，我也为难啊！其他举报都不属实，就这个内部员工购房的事有点问题。但是，这个当时我们已经调查处理过了，还得请示你怎么处理啊！"

权国峰说："问题就在这儿。"

刘国炎心里一紧，他说："老权，你的意思是……"

权国峰说："我在想，既然这个举报王大明批示了，能不能由你们把这个案子汇报给省纪委，请他们给意见？不管什么意见，我们照办就行。"

刘国炎马上说："这样不行，辛志清还不够格，领导在举报信上做批示，跟具体办案是两回事，我们不能没有结果就报上去。"

权国峰说："这是个难题啊！老刘，我的难处，你理解吗？"

刘国炎心里涌起一种莫名的悲哀，但他并没有表现出来，只是说："我们就以滥用职权罪报给省纪委，同时移交给公安机关。到底违不违法，最后得由审判机关给出判决结果。希望辛志清能在审判环节得到一个公正的判决。"

57

几天后，辛志清再度接到郑昌国的电话，让他来省国资委一趟，签下字。到了国资委，郑昌国和小黄将一份材料拿给辛志清看，让他签字。他拿起一看，竟然是一份认定书：

> 经省国资委纪委初步查明：辛志清无视相关规定精神，不遵照国有公司管理办法，滥用职权，批准员工以低于市场价购买国有资产，造成国有资产流失。依据《中国共产党纪律处分条例》等有关规定，经研究决定给予辛志清开除党籍处分；将其涉嫌严重违法违纪问题线索移送公安机关立案调查。

辛志清只觉眼前发黑，气得浑身发抖，他颤抖着问："郑组长，你们这是冤枉人啊！"

郑昌国一脸尴尬，"唉"了一声，然后对小黄说："你出去一下，我单独跟辛总聊聊。"

小黄识趣地出去了，郑昌国深吸一口，然后说："辛总，本来一些话不该跟你讲的，但我们有过交往，虽然不算熟人，也毕竟都在一个系统工作，所以我就单独跟你聊聊。你的这个案子，事实上，你签与不签，都无法阻止我们按流程办案。签了，也就表明你的一个积极态度，也表明你对我们工作的尊重，我们也会在接下来的工作当中更加严谨，为你多争取一些降低或缓解的空间。所以我劝你还是把字签了，我们也好把案子移交给公安。到了那边，如果没有证据或证据不足，他们也会终止侦查。"

辛志清心里明白，如果这个字一签，也就是承认了认定书上所罗列的罪名。一承认，就等于自己的半只脚已迈进监狱的大门了，他哪里会愿意？他面色铁青，选择沉默，大概枯坐了半个小时。这半个小时里，他想了很多，才突然长叹一声，拿起笔，在认定书上签下自己的名字，按上了手印。

辛志清默默地出门，时值下午，太阳正挂在头顶，照耀着世间的万物。他抬头注视着天空，太阳淡了下去，日渐西斜，空气里弥漫着一种阴郁、沉重的味道。

数日后，省、市媒体同一天发布了这样一则通告：

江口市民生房地产开发公司总经理辛志清接受组织调查

据江口市廉政网消息，江口市民生房地产开发公司原法定代表人、总经理辛志清涉嫌严重违纪，目前正接受组织调查。

由于纪委对辛志清的认定只是"涉嫌违纪"，因此他并不像其他违法人员一样被纪委直接带走实行"双规"，而是依然享有人身自由的权利，只是工作已不能再干了。

他内心虽然倍感痛苦，但依然将老朱、褟晓龙和高晓岚叫到办公室，简单地将工作做了一个安排。而且特别叮嘱不管怎样，公司一定不能乱，让他们几个一定要带领大家继续干。

老朱和褟晓龙都是一脸的沉痛，而高晓岚一直在流泪。他们和公司的其他员工一样，都为他感到不平。辛志清让几位公司领导做好员工的安抚工作，并坚定地说："我相信组织会实事求是，不放过一个坏人的同时，也能做到不冤枉一个好人！"

58

这天一大早，几名游泳爱好者相约游泳，在岸边热完身正准备下水，就见水里漂着个什么东西，黑乎乎的，走近一看，妈啊，竟然是一具尸体，而且是具女尸。更加骇人的是，这具尸体上还绑着细铁丝。他们当即报警。

经现场勘查、尸体检验和外围调查，确认这是一起故意杀人案。公安机关当即立案，并成立专案组，展开侦查。

警察给江小玉的父亲老江打去电话时，他和老伴正准备收拾行李回湖北老家。

江小玉失踪已过去快三个月了，这段时间，老江不顾年事已高，到派出所报案，到处找她，却一直没有任何消息。三个月来，他和老伴不知道是怎么过来的，每天睡觉，稍有动静就醒，以为是女儿回来了。有一次半夜，他听到门口有轻微的响动，马上去开门，结果是两只猫在门口闹。过去，他并不像年轻人一样一天到晚抱着手机，但现在他手机从不离身，睡觉也不敢关机和调静音，醒来的第一件事，就是看有无女儿打来的电话或信息。

一开始，他和老伴还抱着希望，但随着时间一天一天的流逝，希望也越变越小，直到最后希望完全破灭。

据公安机关反馈，警方也按失踪警情开展了查找，但一直没有结果。老伴每天以泪洗面，两人都心灰意冷，于是决定离开江口市这个伤心之地，先回老家待一段时间。

接到警察的电话，他当即就产生了一种极为不祥的感觉。电话里，他声音颤抖地问："警察同志，怎么啦，能告诉我吗？"

电话那头，警察的声音很低沉，估计也是考虑到他们年龄大了，没说什么事，而是说："你在哪儿，我们现在过来接你。"

他就说了位置，没有告诉老伴，随后走出小区在门口等警察。一辆警车很快到了，他上了车。车上有两名警察，车往郊外开，跟他并排坐在后座的是一个四十岁上下的警察，很瘦，脸有些黄。他轻轻咳嗽了一声，说："阿叔，跟你说个事。"

他"嗯"了一声，没说话，强装镇定，等待警察的下文。

警察说："阿叔，群众在南渡江边发现一具女尸，带你到现场看一下。"

"哦！"老江内心此时早已坍塌，但他没有表现出来，还显得格外镇静。

车七拐八拐，很快就到了现场。此时，尸体已被警方打捞上岸，老江下车一见，就一下子瘫倒在地。虽然尸体已经完全变了形，但从身材到衣着，再到头发，老江确认那就是女儿江小玉无疑。

鉴于案情重大，警方迅速成立了专案组，组长由市公安局刑侦支队重案大队大队长李长青担任。李长青四十多岁，身材魁梧，一脸刚毅，他从警二十余载，凭借过人的业务能力、敏锐的眼光及对案情与生俱来的敏感度，侦破了多个重案大案，是省厅挂了号的破案能手。

专案组共分为三个小组，三个小组分工明确，各司其职，迅速展开侦查。

江口市这座城市不大，此类恶性案件极少发生。一时间，媒体铺天盖地进行报道，引发了社会高度关注，公安机关面临前所未有的压力。

但很快警方就掌握了重要线索：一组民警在走访当地村民中了解到，三个多月前的一个深夜，他到朋友家喝完茶骑摩托车回家，在进村口的马路边看见了一辆黑色的轿车，但没有看到人，因为这里比较偏僻，一般很少有车辆进出，当时又是深夜，所以就留意了一下。民警连夜调取周边监控画面，确认村民反映看见轿车的当晚，的确有一辆黑色轿车出现。车辆是一辆黑色丰田，虽然通过车牌查找确定是套牌，但他们按图索骥，通过高速出入口高清监控探头画面，证实司机是一个清瘦的青年男子，后排还有一个体型较胖的男子。很快，清瘦青年男子的身份被确定，他叫方阳，外号"阿毛"，是一个有前科的闲散人员，无固定工作。后排的胖子，由于光线太暗则看不清楚，一时无法辨认。

专案组同时加大对江小玉生前社会关系的调查，很快，熊海平浮出水面。调取熊海平与阿毛的通话记录，发现两人在案发前后有过较为频繁的联系，而此前几年时间里，两人却没有一次通话记录……

59

江小玉案浮出水面，熊海平如坐针毡。

熊海平知道警察通过调查江小玉的社会关系，很快就能排查到阿毛，甚至是他。他也想好了应对警察的措施，当前关键就是要让阿毛远走高飞，消失得无影无踪，那样的话，就算江小玉的尸体被发现，在无法抓到阿毛的情况下，警察即使对他产生怀疑，也拿不出什么证据证明江小玉的死跟他有任何关系。

熊海平找到阿毛，让他马上离开江口市，并让他最好逃到国外去。阿毛却不愿走，不愿走的原因是没有钱跑路。熊海平知道他是在借机讹他，也没有办法，熊海平只得又拿出十万元给了他。

阿毛拿到钱后就跑了。熊海平心里虽然忐忑不安，但表现得仍然若无其事，每天正常上下班，让人丝毫看不出与平日有什么两样。只不过，他内心正承受着怎样的恐惧与煎熬，只有他自己知道。

警察终于找上门来了。那天，熊海平接到一个电话，是公安局打来的，让他去一趟。他吓得心惊胆战，以为阿毛被抓住，把他给供出来了，电话里说话都结巴了。他试探着问警察什么事，警察并不隐瞒，说他们正在侦破一起谋杀案，查到被害人跟他认识，想叫他去了解一下被害人生前的一些情况。他这才把心稍稍放松下来。

熊海平去了公安局，跟给他打电话的警察见了面。警察例行公事一般询问了他跟江小玉是否认识，两人之间的关系，以及是否了解江小玉出事的一些问题。

对于警察问的这些，熊海平早就准备好了台词，他的回答可以说是天衣无缝。比如警察问他是否跟江小玉认识时，他老老实实回答："我们是多年的朋友了，但只是一般的朋友关系。我跟她已经有一段时间没怎么联系了，她出事的消息是我们两人共同的朋友告诉我，我才知道的，又看了媒体报道才知道她死得这么惨。"

熊海平还红了眼眶，说："这些歹徒太丧心病狂了，警察同志，你们一定要早日抓到凶手，为江小玉报仇！"

警察说："这种命案，手段残忍，影响恶劣，公安机关肯定会全力以赴地去侦破，请你放心。"

离开刑警大队，在回去的路上，熊海平心里想着警察所说的"命案必破"的话，后背不由得阵阵发凉。

在公安机关夜以继日的艰辛付出下，这起最终被公安机关定性为"雇凶杀人案"的案件真相正一点点浮出水面……

60

一个多月后，辛志清的案子如期在龙山区人民法院开庭。

老朱和禤晓龙早早赶到辛志清住的小区接他，他头昏脑涨地赶到法院时，竟然看到二十多名公司员工在法院门口等他。

他一下车，他们就聚拢到他身边。

他对老朱和禤晓龙说："今天是工作日，你让大家来干什么？"

还没等老朱和禤晓龙说话，员工们就纷纷开口：

"辛总，不是公司领导叫我们来的，是我们自己来的。"

辛志清说："感谢大家能来，我的这个案子，是要根据法律来审判的，大家不要跟我进法庭。大家都回去上班，不要因为我的事耽误工作。"

老付说："我们是怕法院真的判您的刑啊！"

辛志清说："我相信法律，相信法律会给我一个公正的判决。"

禤晓龙也说："大家都回去吧，辛总要做开庭前的准备，大家都不要影响他了。"

员工们这才慢慢散去。老朱因为要去资管中心开会，也走了。禤晓龙留下来陪他。

看着员工们的背影，辛志清感到一股暖流从心底涌起。

检方是一男一女两人，辛志清坐在被告席上。

庭审法官共三人，两男一女，身装法袍，个个一脸严肃。

庭审开始，检方先宣读了公诉书，案由和案件事实是：被告人辛志清身为国有公司、企业工作人员，滥用职权，在未取得江口市联合资产管理有限中心审批同意，擅自出台《职工购房方案》，以不低于建设成本价人民币5480元／平方米的价格向民生公司员工出售"湿地之畔"房产，并出台了相关选房标准，共有46名职工以低于市场价购买"湿地之畔"房产46套，造成国有资产人民币6434071元的特别重大损失，其行为已构成国有企业、公司人员滥用职权罪，应予惩处。公诉机关指控的犯罪事实清楚，证据确实充分，指控的罪名成立，请法院依法判决。

宣读完后，女法官问："辛志清，公诉书听清楚没有？"

辛志清答:"听清楚了。"

女法官又问:"你对公诉书指控你的犯罪事实有无异议?"

辛志清答:"有。"

女法官说:"你简明扼要地阐述。"

辛志清点点头,就公诉书指出的不实和错误内容提出了异议,并阐述了自己的观点:员工内部购房是公司在制定《职工购房方案》并通过相关民主程序表决、签字后,才得以实施,为集体讨论的结果,他本人实施的行为并不存在严重不负责任或滥用职权且造成严重后果。

庭审并没有辛志清想象的那么紧张激烈,甚至剑拔弩张。很快到了最后的陈述阶段,辛志清在陈述中说,他要求法庭尊重事实,尊重法律,还他清白……

女法官面无表情地听他陈述完,侧身问另外两名法官有无问题。两人十分一致地摇头,表示没有,女法官便宣布休庭,择日宣判。

61

辛志清在等待命运的裁判,禤晓龙也再次被国资委纪委叫去了解"情况"。

其实,早在辛志清被调查时,禤晓龙已多次被叫去配合调查。他很紧张,以为是自己的事被发现了,但他一听,问的是辛志清的问题,才慢慢放松下来。

辛志清的案子被纪委移交给公安机关后,禤晓龙以为纪委再也不会找他了,可是并没有。纪委依然隔三岔五地找他去,而且不再问辛志清的问题,而是问他个人的问题,比如他跟龚学才的交往、楼房加层最后是如何解决的等。经常将他问得心惊胆战，紧张不已，直冒虚汗。

他能明显地感觉到，纪委不会没有来由随便找他的，可能是已掌握了他的一些线索。这让他内心充满了恐慌。

夜里，他常常睡不着。他心里比谁都清楚，如果自己"东窗事发"，结局将比辛志清还要惨，他不敢想更不愿意去想，更不敢去面对。

熊海平在忐忑不安中度过了些日子，见再也没有警察找他，心就略略放了下来。

他最为美好的愿望是阿毛逃到境外。只要他逃到境外，想抓住他就不是那么一件容易的事了。警方抓人需要证据，没有证据证实是他雇的阿毛，这桩案子或许就成了一宗永远也侦破不了的悬案。

心一放松，他就想起一件很重要的事来——陈松的工作安排。他曾许诺让陈松去民生公司做总经理。

过了两天，他将中心的几个副主任逐一叫到办公室，将民生公司总经理任职人选一事逐一跟他们商量。三名副主任都同意。陈松就这样被资管中心初定为民生公司总经理人选。

资管中心派人前往民生公司开展个别谈话，以及开展民主测评。资管中心也不敢大意，尤其是熊海平，担心遭受民生公司员工抵制，头天晚上专门给禤晓龙打去电话。

禤晓龙现在的身份是代理总经理，熊海平在电话里要求他提前跟员工们做好沟通，支持上级的工作与决定。

禤晓龙说："我做不了他们的主。"说完，直接就挂了熊海平的电话。

第二天，资管中心组织人事科长带着两名工作人员来了。

先是找相关人员谈话，谈话确定的对象除了公司领导，还有个别中层干部以及员工代表。可不管他们如何循循善诱，得到的结果却惊人地一致：不同意资管中心派人到公司当老总。

民主测评环节，参加测评的 43 个人，无一例外地打了"×"，否定资管中心派人来当总经理。

62

一个月后，在忐忑不安中度过了一天又一天的辛志清接到法院通知：带身份证前往法院领取一审判决书。

他一直在期盼着这个时候，但又怕迎来这个时候。挂掉电话，他只觉得心跳得厉害，全身也一阵燥热，像是周边的气温一下升高似的，腿也软得不行。他给禤晓龙打去电话，让他来陪自己去。

禤晓龙很快就开车赶来了，问他去哪儿，辛志清说："法院。"

禤晓龙像一下子猜到什么似的，等红灯时，他回头宽慰一脸憔悴的辛志清说："老板，不用担心，一审判决应该是对您有利。"

辛志清笑笑，说："谁知道呢？一会儿就知道了，看运气吧。"

禤晓龙点点头，又说："老板，退万步讲，就算一审判决对您不利，但还可以上诉啊。所以一会儿您不管看到的是什么结果，都不要激动。"

辛志清"嗯"了一声。

辛志清跟禤晓龙下了车，在门口办完手续，又赶到领取判决书的窗口，领取到了判决书。

判决书是装在一个牛皮袋子里的，此时此刻，他才真正理解了等待判决是一种什么样的滋味。他内心紧张，想看，又不敢看，情绪的波动，让他全身产生了一种轻微的颤抖。

禤晓龙一直在注意和观察着他，对他说："老板，这里人多，咱们到停车场那边去看吧。"又把牛皮袋接过去，往停车场走。辛志清跟在他身后。

停车场只有车，几乎不见人。禤晓龙把牛皮袋的封条撕开，把袋子打开，抽出了那份判决书。

虽然是对辛志清的判决，但禤晓龙内心的紧张程度一点儿都不比辛志清小。辛志清更是紧张得直咽唾液。

判决书较厚，共有十来页的样子，禤晓龙匆匆扫了前面的一页，便直接翻到了最后一页。他知道那才是关键，那里写着判决结果，一行字像一支支箭一样射向他：

被告人辛志清犯国有公司、企业、事业单位人员滥用职权罪，判处有期徒刑三年……

禤晓龙面色骤然发红，虽没开口，但表情已经透露出了信息。辛志清看在眼里，声音有些发抖地问："小禤，什么结果？"

禤晓龙这才声音带了哭腔，边将判决书递给辛志清边说："判了三年。"

辛志清浑身一抖，他知道禤晓龙不会骗他，但他还是将判决书接过去，亲眼看了。

辛志清被判三年的消息传出，引得国资委系统一片哗然。

63

当年，江口市曾经发生过一起社会影响极其恶劣的案件，一个男子长期对妻子家暴，每天非打即骂，一次喝了酒后，竟然将硫酸泼到妻子脸上，导致妻子面目毁容，双目失明，从此生活在无尽的痛苦之中，而男子却以各种方式隐藏和消灭证据，企图为自己开脱罪责。公安机关将案件移交检察院后，检察机关发现一些关键性的证据链缺失，无法给予量刑定重罪，遂退回补充侦查。而在这期间，男子竟然通过关系取保候审。一名姓蒋的女记者得知后拍案而起，前去调查采访整个案件。最后，她一连推出了多篇重磅报道，在社会上引起强烈反响。最终，在媒体监督与社会舆论的压力下，男子被判刑，得到了应有的惩罚。而蒋记者也一战成名，成为江口市家喻户晓的名记者。

这天，蒋记者前往法院采访，无意之中听说了辛志清案。出于职业的敏感，她主动了解案情，并通过民生公司的员工拿到了辛志清的电话。随后，她约了辛志清面谈。

辛志清没有想到还会有记者要采访他，有些意外，但还是去一家咖啡馆见了面。

蒋记者四十来岁，圆脸，留一头短发，样子很干练。特别是一双眼睛，很大，很明亮，迸射出一种热烈刚毅的光。

一坐下，蒋记者就说："我跟你公司员工聊过了，所以情况我也基本了解了。跟你见面，就是想听听你的一些想法，我看能不能做下报道。"

去的路上辛志清其实也考虑了一下，听了蒋记者的话便说："蒋记者，很感谢你，员工们也是好心，但我刚刚考虑了一下，我的案子正在上诉期，可能通过媒体制造舆论不是很妥。"

蒋记者有些意外，问："为什么？"

辛志清边思索边说："蒋记者，我也知道你一出手可能对案件会产生一定的影响，对我有一定的帮助，但我毕竟是一名国企的领导，如果通过媒体把自己的案件发布出去，发酵后，肯定会给国企形象带来一定的不良影响。再就是，虽然一审判了我几年刑，但我还在上诉，也就是说还没有最后结果。如果媒体尤其是您这样的名记者这时候介入，案子即使获得反转，人们也会认为是我主动找媒体来制造舆论，给法院施压。"

蒋记者没有想到辛志清会讲出这样的话，有些意外。

蒋记者似乎有些气馁："既然如此，那我就不勉强，如果需要，随时可以联系我。你知道吗，你的员工们说，如果能够不让你去坐牢，他们宁可把房子都给退了，可以看出他们对你是何等的感激啊！"

两人握手而别，回到家里，辛志清给禇晓龙打电话，问他怎么回事。

当天晚上，蒋记者又打来电话，问他："你请律师了吗？律师得力吗？"

辛志清这时正在小区里散步，公园里很安静，也适合说话，就说："没有请。"

蒋记者"哦"了一声，说："你得请律师。"

辛志清告诉蒋记者："已经上诉了，上诉状是我自己写的。"

蒋记者说："这样吧，我打电话给你，就是要给你介绍一位律师，她是我朋友，能力很强，而且相当热心，每年至少要无偿帮人打十几场援助官司，是全省法律界公认的'公益律师'。这样，我现在打电话给她，看她有没有空，有空就约明天见面，我们三人见面一起聊聊。"又说："老辛，不争取努力，案子可能就这样了，争取了也可能翻过来，也可能翻不过来，但至少你自己得努力争取。"

晚上很晚了，辛志清接到一则短信，是蒋记者发来的：明天上午九点，老地方喝茶！

第二天早上，辛志清拿着一审的材料去了昨天跟蒋记者喝茶的咖啡馆。她已经到了，一边喝着咖啡，一边在手提电脑上忙活。

辛志清坐下，两人没聊几句，她的那位律师朋友来了。律师姓郑，年龄跟蒋记者差不多。一坐下，她就对蒋记者一通"埋怨"："我都快忙飞了，哪还有时间陪你坐在这儿喝咖啡？说吧，什么事。"

蒋记者说："忙飞了也得帮姐这个忙。"

蒋记者把大致情况说了一下，又让辛志清把一审判决书拿给她看。郑律师看完判决书，说："你的这个官司我来帮你打，而且我一分钱都不收你的。"

辛志清以为自己听错了："不收钱？"

郑律师说："我不帮你，谁来帮你？！"

辛志清说："我怎么能让你义务帮我？那不行，该付多少钱付多少钱。"

蒋记者却说："老辛，她这个人我清楚，一般不答应，答应了你九头牛也拉不回头。"

郑律师白了她一眼，说："就你知道到处当好人。"转头又对辛志清说："我也叫你老辛吧。老辛，我想帮你的原因是你作为一个老总，帮职工解决住房问题，这是做了多大的好事啊！我愿帮你，就是不想让你这种人去坐牢，就这么简单。"

郑律师有点像在法庭上跟人激辩，气场强大。辛志清听了，心里一阵感动。

64

龚学才再次被相关部门叫去配合调查，很快，禤晓龙就得知了消息。龚学才已经被叫去几次了，每次出来，禚晓龙就要跟他见面。因为龚学才的凤凰公司与民生公司有合作，相关部门也就问过龚学才与民生公司领导之间有无利益输送。龚学才称没有，跟谁都没有，都是正常的业务往来。

虽然龚学才口口声声表示跟纪委没有说什么不利于自己的话，但禚晓龙还是感觉到了很大的压力，似有一张无形的大网正慢慢撒向自己。这一刻，他突然对"不是不报，时候未到"这句话有了极其深刻的认识与领悟。他开始感到恐惧，而且这种恐惧感越来越重，肩上就像压上了一座大山。

与龚学才的最后一次见面成了压倒骆驼的最后一根稻草。那天，龚学才被叫去问了半天的话，出来后让人打电话给禚晓龙，约他晚上在某路段见面。叫别人打电话约，某路段见，这都是两人事先商量好的。到了时间，他赶去，龚学才告诉他，相关部门极有可能是在调查他的事，这次直接问到了临海公园小区楼房加盖罚款的事，问里面是否有除了罚款之外的其他不法行为。他坚称不知情，但办案人员让他回去认真回想回想，到底有没有问题，他们会随时通知他去配合调查。

龚学才忧心忡忡地说："恐怕要出大事了！"

禚晓龙的脸白了，腿也有些发软。

那天晚上，禚晓龙没有回家，而是一个人沿着海边慢慢走。走累了，他就坐下来歇会儿，然后继续走。那天晚上的大海很安静，只有细浪轻拍。

好好地挣自己该得的那一份钱多好，好好地过平常的日子多好，一个人的一生本就短暂，为什么还要不知珍惜，自己将自己推向悬崖呢？大彻大悟的禚晓龙，在晨曦初露的海边像个犯了大错的孩子一样跪在沙滩上，号啕大哭。

海里浮出一个人的脑袋，接着出现一个人，是一个早起的游泳者。游泳者来到禤晓龙的身边，轻轻拍了拍他。他突然一个激灵，嘴里冒出两个字："解脱！"

男人望着禤晓龙，有些茫然，说了几句安慰的话，就又回头跃身入海，几个挥臂与伸腿，很快就不见了。海上升起了晨雾，远处的城市建筑影影绰绰，像一幅美丽的画。他再次自言自语地说："解脱！"

回到家里，禤晓龙脑袋昏昏沉沉。他洗了一个澡，然后去上班。一整天，他都魂不守舍，有人来请示工作，或找他签字，他几乎是机械地点头和提笔签字。

晚上，禤晓龙约了几个人去了一家平时常去的川菜馆，点了酒和菜。大家发现禤晓龙心事重重，不再像平时那样高谈阔论，跟大家聊个没完，而只是喝酒。他一个人光白酒就喝了七八两，接着又喝了三瓶啤酒，一桌子的人就他喝得最多，是个人都能看出他的异样来。

有没喝酒或喝了酒但还算清醒的朋友劝他说："你喝多了禤总，今天不喝了，改天再喝吧。"

禤晓龙说："喝酒图个醉。喝，必须得喝。"又仿佛开玩笑似的说："兄弟们，喝，喝死一个少一个。"

散场后，一名没有喝酒的朋友送禤晓龙回家。送到楼下，他死活不让人送上楼，坚持叫人回。朋友只好走，他自己上楼了。

65

辛志清听到禤晓龙跳楼的消息，是在当天的半夜，老朱打电话来告诉他的。他惊得不行，接电话的手一个劲地颤抖，他不敢相信是真的，一个劲地问老朱："是真的？好好的，他怎么跳楼了呢？"

他不敢相信这是事实。他打算赶去现场，但阿慧拦住了他，阿慧说："等你赶过去，人都已拉到殡仪馆了，不要去了……"

对于禤晓龙的死，根据警方的调查，排除他杀，认定为自杀。

送别禤晓龙的那天，公司的人基本上都去了殡仪馆，只有辛志清没去。他想去，但那天早上他头晕目眩，都无法正常站立，阿慧怕他出事，坚决不让他去。他只有一个人待在家里，想着禤晓龙，想着一些事，泪如雨下。

老总被判刑，副总跳楼自杀……一时间引得社会一片哗然，人们都在议论民生公司。关于禤晓龙利用手中的权力想尽办法捞钱的事，也渐渐浮出水面。辛志清听到这些关于禤晓龙的传闻，内心疼痛无比。

还有哪些问题沉在水底没有浮出水面？禤晓龙跳楼后，省国资委领导层极其震怒，连夜联合资管中心派出工作组，进驻民生公司，开始追根溯源，开展整顿。谢世明在资管中心下属的另外一个公司任职，临危受命被选派到民生公司任总经理。

66

辛志清的父亲，干了一辈子警察。年轻时，他摸爬滚打，风餐露宿。退休后，身体积攒下来的问题全部显现了出来，除了有高血压、高血糖、风湿病，前段时间他的胃再次被诊断出糜烂并出血。

父亲做手术时，辛志清因一审开庭不能回家。一审开完庭准备回家，结果因为属于监视居住，不能随便离开江口市。要离开的话必须按程序申报，等办完手续，父亲也已经出院回家了。

父亲退休后，跟母亲一起回到了农村老家养老，呼吸新鲜空气，种菜养鸡。辛志清满怀内疚与亏欠，跟阿慧一起匆匆赶回家。

辛志清的家在一条冲的一边，红褐色的墙，青石绿瓦，古井幽幽。门前，是一棵大榕树。辛志清记得小时候它就长在那里，不过那时这棵树还小，跟随着岁月，他长，树也长。小时候，他跟一帮小伙伴几乎天天都在树下玩耍，尤其是夏夜，炽热难耐，大人们在树下喝茶聊天消暑，他们就在树下捉迷藏、玩游戏，无忧无虑。如今，他已步入中年，而这棵大榕树也长得枝繁叶茂，主干要三四个人手拉手才能合抱住。树上的枝叶更是浓密，就像一把绿色的巨伞一样撑在那里，正是"一树拔地起，冠盖倚云天"。

见他们回来，母亲最为高兴，忙着张罗饭菜。阿慧自然不会闲着，也去帮忙，就留下父子二人坐在榕树下喝茶，聊天。

辛志清问父亲的病情如何，父亲说："老毛病了，就跟机器用久了会出毛病一样，修修就好了。"父亲看他的眼神更为关切，接着就问他："听说你惹上事了？"

父亲这么一问，辛志清就知道父亲已经听说他的事了，开始还想瞒，现在他不想瞒了，于是，轻轻点了点头。

父亲叹口气，说："讲讲。"

"爸……"辛志清不想给父亲增加不必要的负担。

父亲不说话，只是看着辛志清。辛志清从父亲苍老却又坚毅的眼神里读到了一份想知道情况的渴盼。

于是，辛志清决定将事情的经过和盘托出，讲给父亲听。

辛志清将到公司几年来的努力讲了，无奈也讲了，末了才讲到官司。他讲得很慢，但很简练，讲完了，他叹口气说："爸，真是没想到，为了给员工解决住房问题，我把自己给搭进去了。"

父亲也是长叹了一口气，才说："如果你是贪腐，那就完全是你咎由自取。你是为了帮助职工解决住房问题，那哪怕是做错了，也是值得的。如果这个行为已触犯了法律，法院判你去坐牢，你也应该坦然面对。毕竟，你虽然是为了自己的员工，却也是犯了法，法律面前人人平等，这没什么可讲的。"

"爸，关键这个事是集体研究讨论决定的……"辛志清有点发急，他想极力向父亲证明什么。

"你不用跟我争辩，跟我争辩没有用。你说你没罪，那法院为什么要判你？我们公安办案子，一个人没有杀人，我们能说他杀了人？"父亲口气里有了几分训斥的成分。

辛志清不想再跟父亲争，跟父亲争于事无补不说，还会增加父亲的担忧，他就说："爸，实际我也做了一些工作，看情形，应该有改判的可能。"

父亲沉默不语，这时正好阿慧来叫他们吃饭，辛志清就站起身来说："爸，先吃饭吧。"

母亲带着阿慧弄了一大桌子菜，有白切鸡、煎马鲛鱼、红焖大虾、紫菜蛋花汤，还有母亲自己种的三四样蔬菜，很丰盛，也很家常，都是辛志清爱吃的。母亲一个劲地给他夹菜，让他多吃点，但他没有什么胃口，却又不好表现出来，只有大口大口地吃。父亲的胃不好，吃得很慢。整个饭桌上气氛有些沉闷。母亲似乎觉察到了什么，怯怯地问："怎么啦……"

辛志清抬头看了看母亲，说："没啥啊。"

母亲叮嘱他："你可别惹你爸生气，他现在病着，可不太好惹。"

父亲瞪了母亲一眼，母亲看见也当没看见，转头对阿慧说：

"阿慧，来，吃菜，吃菜。"

吃完了饭，父亲要去门口的路上走走，这是他多年养成的习惯，辛志清跟在身后。

望着父亲有些佝偻的背影，辛志清想起了年轻时穿着警服威武雄壮的父亲，又想到刚才跟父母一起吃饭的情景，顿生一种隔世之感，不觉悲从心起。

辛志清的家门口有一片山，不高，但绵长，像一条正在奔走的游龙一样高低起伏。一棵棵大树顺着高低起伏的山势连成一片，顶着厚厚的绿盖，葱葱郁郁，凝绿滴翠，满眼绿意盎然。他看看父亲，又看看这山，一瞬间，只觉得生命竟然如此脆弱和渺小。

两人走着，父亲突然指着远处的一座岭说："日本当年侵略咱们中国时，在那座岭上发生过一场惨烈的战事，很多中国军人牺牲在那里。"

那座岭叫封门岭，几百名中国军人为阻击日军，全部牺牲在那里。辛志清从小就听说过，读小学时学校还组织学生去那里开展过爱国主义教育，那里至今还树着一座纪念碑。他知道这时父亲提出封门岭，肯定是有话说，他就"嗯"了一声。

果然，父亲继续说："你别嫌我啰唆，不管你现在还是不是党员，记住，你永远要相信党，相信政府，更要相信法律。你为自己公司的员工谋福利，做错了事，该受的惩罚就得受着。如果罪不至于去坐牢，你也要相信党和政府，相信法律会给你一个公正的说法。"

他一指封门岭说："难道说他们为了国家可以牺牲，你却连为了员工去坐几年牢的勇气都没有吗？你记住，你任何时候都不要忘了你是一名警察的儿子，无论怎样都要挺住，都要受着！"

如果说父亲前面的话让辛志清多少还有些难以接受甚至不服，但最后这句话却让他精神为之一振。打小，父亲可以说一直就是他的榜样，甚至偶像，只是这些年他忙于事业，跟父亲交流的时间少了，而父亲的这句话，一下子唤起了他内心深处的一种记忆。他身上突然像有了某种力量，又仿佛有一道光，射进了他的心田。他语气坚定地说："爸，我真的知道该如何面对了。"

父亲看了一眼辛志清，眼神里露出一丝爱怜，说："我们每个人一生中都会遇到异常艰难的时光，挺过去，人生豁然开朗；挺不过去，时间会教你与困难握手言和。不必害怕。"

辛志清点头，父亲突然又问："省纪委书记叫王什么？"

"王大明。"辛志清说。

"王大明？"父亲眼神骤然一亮，嘴张了张，想说什么，却什么也没说出来。

67

从老家回来后，辛志清干了两件事。一个是他给王大明书记写了一封信。他写了整整两天时间，汇报了自己到民生公司任职以来的情况，为员工解决住房的初衷，被人举报后查实的情况等，最后是希望王大明书记能体恤一个基层国企人的不易与难处，能重新做个批示，让自己能够重新回归到工作岗位，为国家和社会再继续做贡献等。他字斟句酌，反复修改，最后才誊抄了一遍，寄了出去。

他不知道这封信会不会到达王大明手里，或者他看了会不会重新做出批示，一切都是未知。但他依然认真去做，做与不做，结果可能都一样，但做了，毕竟就有一分希望。风里用火柴去点灯，一根不行，两根不行，但十根、一百根呢？

第二件事，是他得知二审主审法官是汪滢后，主动打电话给她，提出要求见面，结果还真的在开庭前如愿与她见面了。

汪滢的父亲曾是本省的副省长，前两年才刚刚退休。这位老领导曾经为新中国的成立出生入死，后来一直长期在本省工作，为老百姓干了很多实实在在的事情，口碑极高。汪滢很像她的父亲，坚持秉公办案，从不徇私情，在法院系统同样享有较高的声誉。

汪滢的身世是郑律师告诉辛志清的。辛志清一连打了几个电话，汪滢才同意抽时间见他。他们约定好时间，就在法院相见。他把情况告诉了郑律师，郑律师说："这是一个好的信号啊，至少说明汪法官很重视这起案件。现在法院案子堆成山，每个法官平均一年都有几百个案子的审理任务，不格外重视，谁有时间有精力会案前见一个当事人呢？"

在汪滢的办公室，辛志清终于见到了她。她五十岁上下，个子不高，但长得特别端庄，戴副近视眼镜，给人以知性柔美的感觉。

汪滢的办公桌上堆满了案卷，靠窗的一侧，有茶几、沙发。辛志清坐下后，她说："我俩年龄差不多，我就叫你老辛吧。老辛，我手里的案子很多，实在是抽不出太多时间跟你聊，你电话里说要跟我讲讲案件的一些背景，你拣主要的说，法庭判案以证据和法律事实为依据，其他的并不重要。"

辛志清还是将自己接手公司后的经过大致讲了下，着重讲到所谓滥用职权的前前后后，并提出了自己对这件事的看法，希望汪滢能够实事求是，以法律为准绳，以事实为依据，公平公正来判决。

汪滢听了并不表态，而是说："按照二审开庭审理的常规模式，一般情况下，法庭是不需要对一审判决、裁定认定的所有事实、证据都再审理一遍的，没有异议的事实、证据和情节，法庭可以直接确认。而且你的上诉书我也认真看过了，大致的异议也都写在上面了，至于你刚才讲的这些，有些可以作为参照，但对事实认定产生不了多大的影响。"

自己说了半天，没想到竟然换来的是这么几句话，辛志清有些激动。他甚至怀疑自己来错了，来了也是白来，还真不如不来。一时，因为激动，他的情绪有些难以自抑，嘴唇微微颤抖，额头上也淌下汗珠。他喃喃地说："我知道了，算了，认命了，你们想怎么判就怎么判吧。"

"老辛，别灰心。我刚才跟你讲过，我案子很多，很忙，你的案子因为离开庭时间还早，我也只是因为你要来大致看了两眼，没有细看，但这并不代表在审理时我就会不重视。我们对每一个案子都会认真对待，公正判决，因为，这是我们的天职！"

辛志清听了一怔，他看了看汪滢，说："汪法官，我……"

汪滢说："每个人遇到你这样的情况都会觉得冤枉，我理解。你也是好几十岁的人了，而且还是国企领导，不要这样负气，负气不顶用。尤其是在法院，法院讲的是事实和证据，不会受任何人的情绪左右。我只尊重事实。"

这一席话，让辛志清内心仿佛被一个重物撞击了一下，荡过一丝暖流，也让他对自己刚刚负气说的话感到羞愧，便说："汪法官，我是有些绝望了……"

汪滢抬起手腕看了看，说："情况我都明白了，我还有一个会要开，就到这儿。老辛，回去后别多想，要相信法律，相信法律不会冤枉一个好人，也不会放过一个坏人。"

68

江小玉的案件继续朝前推进，经过艰苦的摸排与侦查，警方终于锁定了阿毛的行踪，他此时已潜逃到了云南。警方不敢有一分一秒的耽搁，马上与云南警方取得联系，请求支援，并派出几名得力的办案民警乘飞机赶往云南。

阿毛侥幸躲到云南后，惶惶不可终日，就如惊弓之鸟，他正打算偷渡到缅甸。根据"蛇头"的安排，阿毛跟七八个偷渡人员当天晚上将在边境线上的某个指定地点集结，然后由"蛇头"带着他们越过边境线。

结果，就在阿毛心里怀着逃出生天的梦想，前往集结地点的路上，一群警察将他按倒在地。

一抓到阿毛，办案民警马上对他进行了突审。阿毛只得一五一十把熊海平雇他做掉江小玉的过程交代清楚，还交代，跟他一起作案的是他曾经的狱友。两人把江小玉给做掉后，阿毛把熊海平开始给的费用分给狱友一半，狱友跑到哪儿去了，他并不知道。

这是两条重大的线索，在接收到前线传回来的信息后，江口市警方迅速做出两项部署：一、抓捕熊海平；二、寻找阿毛的同伙，对其实施抓捕。

一个阴雨连绵的午后，在办公室里午睡的熊海平被一个噩梦惊醒。他一看表，才一点半不到，离他躺在床上刚刚没多大会儿。

他觉得还是有点困，却再也睡不着，就索性起床，一边回想往事，一边往茶杯里续了开水，然后坐下来开始喝茶。

突然听到有人在敲门，门是反锁着的，他不耐烦地问：

"谁啊？"

"是我，熊主任。"是办公室主任陈天军的声音。

他有些恍惚地去开门，突然间发现时间不对，这个时间还不到上班时间，陈天军怎么会来敲门？他细一听，外面还有其他人在轻声说话，一种强烈的不祥预感骤然涌现。就在这时，他听见了钥匙插进门锁、扭动门锁的声音。之前，他在办公室，是没有谁敢擅自开门的。

他全身一麻，知道大祸临头，急忙奔向窗户，想从窗口跳下去。门这时打开了，几名警察冲了进来，闪电般地扑向他，一把将他给按住，给他戴上明晃晃的手铐，然后将他提了起来，说："熊海平，我们是江口市公安局的……"

熊海平身体软了一下，却又站定了，然后装出一脸平静地说："我知道你们干吗来了，什么都不用说，你们直接把我带走吧。我的报应来了。"

熊海平从办公室被带走，几乎惊动了整个资管中心的人。他可以说是在中心所有人的注视下被带走的，员工们一开始还以为他是因为贪污被抓走的，后来听说他是雇凶杀人，都惊得下巴差点掉下来。

熊海平被抓后交代：他想和江小玉分手，江小玉向她索要一千万元分手费，扬言如果不给足一千万元她会让他身败名裂。熊海平也交代了他串通杨大彪举报与加害辛志清的事，还交代了其他一些违法乱纪的事。随着他的交代，不少人被公安和纪委带走……

69

这是一个冬日的早晨，艳阳初升，正在慢慢驱散所有角角落落的黑暗。辛志清早早地就起了床，他认真地洗漱，还特意刮了胡子。

今天是二审开庭的日子。

为了在庭审当中防止情绪波动，出现血压升高的意外，辛志清特意量了血压，并提前吃了一片降压药。上班时间还没到，他已出现在了中院门口。

冬日的朝阳，映射着法院嵌有玻璃的外墙上，正中悬挂的国徽，散发出了柔和的光芒。一群小鸟从天空飞过，落在了街道两旁的大树上，发出了一阵阵欢快的叫声。

阿慧特地调了班，陪着辛志清来到法院。此时，离上班时间还有半小时，法院的安检口还未开放，两人在大门外一边慢慢散步，一边聊天。他内心紧张，还有种连他也说不出来的感觉，但他不想让阿慧看出，就语气平静地对她说："不管什么结果都无所谓了。"

阿慧显得比辛志清还要紧张，嘴张了几次，才说："我相信法律会公正地对待你。"

终于等到法院开门朝里放人了，辛志清做了登记，带着阿慧走进法庭，坐下来，等待开庭。这时，郑律师也风风火火赶到了，她跟辛志清简单地打了个招呼，就坐在辩护席上开始进行庭审前的准备。辛志清看看表，离开庭时间还有足足半个小时。书记员是个小姑娘，她也早早来到法庭做开庭前的准备。

此时，一群人已出现在法庭门口，是老朱和公司的多名员工。辛志清走过去，问："公司这么忙，你们还来干什么？"

老朱说："来给你助助阵，都想来呢，被我拦住了不少。"

老付也来了，他说："辛总，这些委屈您是为了我们才受的！"

辛志清心口一热，他说："感谢大家了，但这是法庭，一会儿开庭，你们一定要遵守法庭纪律，别说话，以防干扰法官审案。"

员工们纷纷说："我们听您的。"

离开庭时间还有五分钟，身着法袍的汪法官以及合议庭组成人员、公诉人从法庭后面的法官专用通道来到了法庭。

坐在主审席上的汪法官一脸威严，随着一声法槌声响，她宣布：被告人辛志清滥用职权案，二审正式开庭。

在完成基本程序后，进入法庭调查环节，由辛志清陈述上诉理由。这个环节，由郑律师代为陈述。郑律师声音不大，但很沉稳，她言简意赅地陈述了上诉理由，请求二审法庭判决辛志清无罪，几乎无一句废话。

二审公诉机关是市检察院，此前，市检察院并无人员联系过辛志清了解案件，所以，在郑律师代辛志清陈述完毕后，出庭的两名公诉人针对他的上诉理由，对他进行了讯问。

在对事实和证据调查完毕后，庭审进入法庭辩论阶段。

公诉机关的公诉人发言，她对一审法院的判决给予了确认，认为被告人辛志清身为国有企业总经理、法定代表人，滥用职权造成国家财产损失6434071元，其行为已触犯《中华人民共和国刑法》。

她的理由是："《中华人民共和国刑法》第一百六十八条第一款规定，国有企业、公司的工作人员，由于严重不负责任或者滥用职权，造成国有公司、企业破产或者严重损失，致使国家利益遭受重大损失的，处三年以下有期徒刑或者拘役；致使国家利益遭受特别重大损失的，处三年以上七年以下有期徒刑。被告人辛志清犯罪事实清楚、证据确实充分，应当以国有公司、企业、事业单位人员滥用职权罪追究其刑事责任。因此建议法庭驳回辛志清的上诉，维持一审判决。"

轮到被告人发言，依然是郑律师代替辛志清进行辩论。她称，民生公司项目房屋以高于成本价出售给员工，并不是辛志清个人决定的，而是公司在制定《职工购房方案》并通过相关民主程序表决、签字后才实施的，因此他的行为并不存在严重不负责任或滥用职权且造成严重后果的事实，公诉机关和一审法院对辛志清存在低价销售行为认定有误，且无事实和法律依据，其行为不构成国有公司、企业、事业单位人员滥用职权罪。

郑律师还另辟蹊径，围绕案件的"罪与非罪"进行了辩护。她认为，我国《刑法》第十三条前半部分规定了犯罪定义，但又明确规定："但是情节显著轻微危害不大的，不认为是犯罪。"

她声音激昂，每个字都带着一种力量，她说："从主观罪过上加以区分。行为在客观上虽然造成了损害结果，但是不是出于故意或者过失，而是由于不能抗拒或者不能预见的原因所引起的，不认为是犯罪。此案尤其符合此一要件，具体来讲，制定《职工购房方案》是公司行为，就算是公司行为，被告人辛志清作为企业法人、总经理应该担责，但实际上公司的出发点是为员工解决住房问题，而且所售房屋并没低于成本价，只是略低于市场价。这几十套房子应该划出来，按照内部员工福利这种模式来定性，而不应该与商品房混淆在一起。"

说到这里，她略略停顿，从左至右快速扫了一遍法庭，接着说："打个比方，现在有不少政府和单位都在建集资房，江口市政府搞的集资房，价格相当便宜，远比市场价低出不止一点，而且只要是公务员都拿到了房。这个我们怎么理解呢？那我就想问，几乎同等性质，为何要追究被告人辛志清的刑事责任呢？"

这一席话犹如一发炮弹，引起很大震动，旁听席上顿时响起一片窃窃私语声，就连审判席上的几名法官包括汪法官在内也不由自主相互看了看。尤其是这个出其不意的观点，令公诉方显然没有料到。公诉方又进行了反驳，称案件不能与其他例子来对照。而且就算一模一样的案件，在不同的法院有不同的判法，因为中国实行的是"上位法"，而非一些国家所实行的"判例法"。

针对双方意见的不一致，在法庭的主持下，双方又进行了多轮辩论，双方把意见和观点都充分甚至淋漓尽致地进行了表达。郑律师起先预估的开庭时间是一小时左右，结果本案在三个多小时后才到最后的陈述阶段。

基于一审时的教训，也基于郑律师对最后陈述重要性的重视，辛志清提前准备了一份陈述书。他反复修改，郑律师帮助把关，最终形成。他希望即使不能产生大的作用，也能将自己的心里话说给法官听。陈述书就放在面前的桌面上，他将它拿起，站起身来，开始逐字逐句地念：

尊敬的审判长、审判员：

首先，感谢法庭给我最后陈述的机会。前面说过，我的这个案子，是原来分管民生公司也是分管我的资管中心主任熊海平因其达不到个人目的，而联合公司人员对我的构陷。

我接手民生公司后，一直心怀理想与希望，为改变企业困境，改变员工们的吃饭问题，不曾有过一丝一毫的放松与懈怠。公司如今有了两亿多的资产，这些都是我和我的员工们在几年间为公司为国家攒下来的。本来公司还可以发展得更好，挣更多的钱，只因资管中心阻挠，使得公司发展屡屡受到阻碍，没能实现既定的目标，让我和员工们深以为憾。可以说，这几年来，我对得起自己的员工，对得起自己的良心，更对得起"国企人"这个称谓。

法官是非法证据的排除者，更是无罪推定的落实者。我请求法庭依法独立裁判，忠于法律，真正彰显共和国法官的智慧和公平正义，公正不阿！

尊敬的审判长，尊敬的法官，最后我想说，我相信法庭，相信法律！请以法律的名义公正宣判我无罪，还我清白！

陈述词念完了，辛志清有些轻微颤抖，像刚挑了百斤重担才卸掉一样。审判席上的一名陪审员将头伸向汪法官，不知跟她说了几句什么，汪法官微微点头。

最终，法庭在经过三个小时的审理后，宣布休庭，择期宣判。

走出法庭，太阳明晃晃的，辛志清抬头去望，竟然一阵天旋地转。阿慧急忙上前扶着他，他却连连摆手，说："没事，没事，只是眼睛花了一下。"

70

辛志清每天早上早早地就起来，到附近的公园散步。公园里鸟语花香，四季如春，能使他紧张的神经得以放松。

阿慧要上班，不能陪辛志清，他就在公园里这里走走，那里转转，打发着时间，有时竟然一转就是半天。他常常仰着头看那些鸟，它们在树上跳跃，欢唱，亲昵，无忧无虑，自由自在。他就想，要是自己是它们中的一员多好啊！

在公园的一角，有个戏台，戏台青砖碧瓦，雕栏玉砌，很有古意。戏台前面有块空地，有个规模不算小的夕阳红合唱团是这里的常客。合唱团成员是清一色的离退休老人，男男女女，好几十人，他们几乎每天都在这里又唱又跳。辛志清很羡慕这些人，能够在离退休之后，如此快乐地享受晚年。

合唱团里有几个二胡手，有一次，几个票友在合练《梁祝》，怎么也合不到一个拍上。辛志清在旁边看，按弦的手就跟着动，脑海里不由一下子就想起跟王顺有一起拉二胡的场景，而这曲《梁祝》正是他跟王顺有经常拉的一首曲子。一个戴金丝边眼镜、六十多岁的男子看出他应该是个行家，就把二胡递给他，示意他跟他们一块玩。他迟疑了一下，但还是接过了二胡，坐下来，调了调弦，然后一个人拉了一首《梁祝》。几人都给他鼓掌，说他拉得专业，他连连摆手，不是他谦虚，是他的确神志不太专注，拉的时候有几个音并不是太准，别人听没听出来他不知道，他自己是听出来了。几个票友还叫他以后多来跟他们一块玩，他嘴上说"好"，心里却更加苦涩。

阿慧很想带辛志清出去走走，散散心，但他又处于取保候审并且等待宣判的阶段，不能离开江口市，就只有每天到公园转转，或是在家看看电视，打发时间和舒缓心情。有朋友偶尔叫他喝茶，他有时去，有时不去，全看心情。

这期间，辛志清曾经去看过禤晓龙一次。禤晓龙埋在江口市最大的一座公墓。墓碑上，有一张禤晓龙的照片。他看着那张还很年轻的脸，内心就觉得十分疼痛。他在禤晓龙的墓前点上烟，倒上酒，叹口气说："小禤，你这么年轻，有什么坎是过不去的呢？"

　　说着，他情不自禁，泪水流了出来。

　　在各种心绪交织中，辛志清度过一天又一天，他盼着判决那天的到来，又怕那一天的到来。他几次想给汪法官打电话，问问情况，但每次，他从手机里翻出了汪法官的号码，却又迟迟没有拨打。

　　他倒是跟郑律师通过一两次电话，郑律师告诉他，这种判决一般要等上两三个月，有的甚至会时间更长。郑律师说："越是慎重的案子拖的时间才会越长。"

　　时间像一头蹒跚的老牛一样踽踽而行，在艰难而又漫长的等待中，一个半月过去了。那天，辛志清的手机响了。他接听，是一个男人的声音："辛志清吗？我是江口市中院的工作人员，通知你到法院领取你的刑事判决书。"

　　这一刻终于来了！他内心狂跳，小心翼翼地问："什么时候领？"

　　对方说："上班时间来领就行。"

　　电话挂了，辛志清脑子里一片混沌，好一阵子，他才慢慢清醒过来，脑子也快速转动起来。自从沾上官司以来，辛志清买了不少关于法律知识尤其是关于刑事诉讼法的书来读，而且也跟不少法律人士交流过。他知道，如果二审是通知他去领判决书，那大概率就是改判无罪；如果维持原判，或是改判，但依然判有罪，就会采取公开宣判的形式，并当场将人收监。

　　法院只是通知他去领判决书，而不是让他去听候宣判，这意味着将是一个利好自己的判决。

　　他几乎听见了自己"咚咚咚"的心跳声。他看了一下时间，才上午八点多，他决定马上赶去法院领判决书。

江口市中级人民法院作出终审判决：原审判决认定事实不清，证据不足。依照《中华人民共和国刑事诉讼法》第二百三十六条第一款第（三）项之规定，判决如下：

撤销龙山区人民法院（20××）H0106 刑初 537 号刑事判决；

判决辛志清无罪；

本判决为终审判决。

判决书上的这几行字，辛志清后来看了一遍又一遍，一遍又一遍……